云间的歌谣

庄千禾 著

湖南大学出版社
· 长沙 ·

图书在版编目（CIP）数据

云间的歌谣 / 庄千禾著，-- 长沙：湖南大学出版社，2025. 6. -- ISBN 978-7-5667-3973-5

I. I247. 7

中国国家版本馆CIP数据核字第20258S2E51号

云间的歌谣

YUNJIAN DE GEYAO

著　　者：庄千禾

责任编辑：周文娟

印　　装：湖南省众鑫印务有限公司

开　　本：880mm × 1 230 mm　1/32　　印　　张：8.375　　字　　数：203千字

版　　次：2025年6月第1版　　印　　次：2025年6月第1次印刷

书　　号：ISBN 978-7-5667-3973-5

定　　价：60.00元

出 版 人：李文邦

出版发行：湖南大学出版社

社　　址：湖南·长沙·岳麓山　　邮　　编：410082

电　　话：0731-88822559（营销部）　88649149（编辑部）　88821006（出版部）

传　　真：0731-88822264（总编室）

网　　址：http://press.hnu.edu.cn

目录

附录

荼蘼花开

厚厚的羽绒被芯挤在磨毛棉被套里发出簌簌声响，和电影里主人公起床时会制造出的噪声一样，我的耳朵好像是拍摄现场的毛绒麦克风，我必须拥有一些脱离现实的想法才能获得喘息时间。我和电影里的主人公一样起床，认命地撑大鼻孔，呼吸房间里不开门窗后产生的浊气，鞋底下的灰尘、夜晚的汗液、被我拍死的蚊子尸体，还有她的气味。

她今天终于在我早上起床后抓住我所剩不多的休息机会，问："你还记得我们怎么认识的吗？"

"我们是在花店认识的。"我对着镜子里自己的脸说。她还侧躺在床上，丝毫没有想要起来的意思。"怎么了？你连着好多天都在问这个。"

"没什么，只是突然想怀念一下过去。"

"你还没到应该开始怀念的时候。"我从厕所探头看向床边。今天我不应该在卧室的厕所洗漱，而应该去客厅旁边的卫生间，这样她就不会重复问我一样的问题了。我并不是不乐意回复，也不是没耐心，但她每天这么问和每天早上九点半都会播放广播体操的学校广播有什么区别？我必须考虑是不是应该搬走，换个地方住，至少不能住在学校边上。

“今天也辛苦了。”她躺在床上跟我说。

有时候我不知道她除了会自己翻身、吃饭和洗澡外，和瘫痪在床的人有什么区别。

“爱你。”我走前照例亲吻她的额头，“别睡，起来吧，地板上的灰尘都快淹没床垫了。”我心想。

我走出家门，坐上地铁，人挤人同车挤车没什么区别。我们在花店认识……花店老板曾经是我，现在是我朋友，我每个月分得一些钱作为便宜转让给他的报酬，他作为好人没道理不给我钱。他喜欢花，比我喜欢，对各种花语了如指掌。这不重要，我也知道，我有一个本子都是记录花语的，按照花名首字母排序分类，时不时还补充点别人来买花时赋予花的花语，没准下次我能用上。我觉得我曾经的职业和算命人比较像，或者占卜师、灵媒什么的。我见到来者的脸就能想到对应的花语并精准推荐，让买花的人相信花真有这作用，至少有一个买回家的理由，这么美好的寓意收到花的人一定会高兴，大部分人都会在听到购买花的理由之后买上一束。花又不贵，为什么不买回家摆着呢？一旦我提供购买理由，他们就会借着我的话来劝服自己把花买了，如果收花人是他们自己那更好办了，没有什么比提升品位、美化环境更重要，假花做得再真也没有真花真。我家里的花全是真花，虽然我谈不上完全爱花，花作为我的工作伙伴，这么多年我还是有些怜爱的。尤其她非常爱花，也许可证明我们两个非常适合，我也爱上了花，起初是假装，后来是真的。

一开始她就爱花，尤其爱从网上搜集各种奇怪的花语。她眯起眼睛，嘴角向上提，好像年画里的福娃，脸上的肉被推挤向两边，圆圆脸上一张嘴来找我要荼蘼花，说开到荼蘼花事了。我不懂，我疑惑，但我还是告诉她荼蘼象征着友情，店里没有荼蘼，但有满天星。她低下头，苦着脸，弯起嘴，说满天星没有夏天的感觉。她希望能第一眼就发现夏天到来，而荼蘼是春天最晚开的花，等荼蘼花开始凋谢，夏天就会到来。我，最不喜欢夏天。夏天不管是雨天、阴天、晴天，几乎都是一样热，除非刮风，刮风只在雨天有，雨天地面上都是积水，什么时候不注意看脚下就会被地砖缝里的泥水溅湿小腿，弄脏我的白鞋和白袜，还有雨天走在路边，没有注意与车辆的距离，就会和被车轮碾后大声呼叫疼痛的污水打个照面，污水会把我当成救命稻草，扒在我身上死不放手。夏天还有很多蚊虫，不像冬天；还必须开空调、天天洗澡，我受不了这样。冬天我可以不开暖气，夏天的空调却必须有，这到底是什么道理？我太讨厌炙热的夏天了，汗水从体内渗出，搞得我好像要融化，我身上怎么还有股臭味，除了要融化的尸体，没有谁会这么臭，狐臭是另一码事，我没有狐臭。夏天让人没胃口，也不适合吃火锅，没有合理的理由赖在床上，除了有一些水果外没有别的好处。在铺着浅绿色纱布的桌子上，摆放着十几个水蓝色、墨绿色还有浅红色玻璃花瓶，我拿着剪刀，咔嚓剪掉一部分坏掉的绿叶，告诉她我不喜欢夏天，所以这里没有宣告夏天来的花。花店里玫瑰、月季、芍药的味道很浓，我还进了点鸢尾和郁金香，什么时候开不要紧，重要的是我能买到，并把这些有香味的小东西都摆好，在被人买回去之前不会死掉就行。我身后的风扇嗡嗡作响，对准我已经开始出汗的后背吹冷风。她不知道从哪找出来一把椅子，我自己都不知道这里还有多余的椅子。她指向放有花瓶的白桌下方，叠起来的塑料椅子都在这儿。

“我最喜欢夏天，我和夏天特别有缘。”她坐在椅子上开始讲，我还没说我要听。

既然她开始讲了，那我就听一下。我一边听一边用剪刀修剪枝叶，顺便给水里加点药。如果自己有一片花圃是最好的，但我不喜欢虫子也不喜欢化肥的气味，我只喜欢把泡在水里的花搭配起来放进塑料袋里扎好。

“你想，最开始入学就是在夏季末尾，离开学校时是夏季开头，我的生日在夏季中间，我的名字里也有一个‘夏’。我还在夏天捡到过小猫，得到了帮助，也获得了赞美。仲夏夜这个美丽的词也是说的夏天。”她坐在椅子上细数她和夏天的故事。

“别的季节难道就没有吗？”我说，“你太喜欢把夏天套在自己身上了。”说完我有些后悔，以为她会生气，看到她没生气真好。有时候我也不知道怎么回事，像是得了一种喜欢点破别人的毛病。她的脸在我眼睛里就是最好的绳索，只要我看见绳索就能得到我迟早会落回地面的笃定。绳子用久会破损，但我对这条旧绳子建立羁绊了，如果绳子不断，我会一直用下去。绳子断了那就另说，毕竟在攀岩时我不能没有安全绳。绳子断了不是什么大事，我可以停在原地等别人重新给我递一根绳子，但摔到地面上那是另一码事。我观察她脸上的所有表情，微微转动的眼珠，抿起的嘴唇压下翘起的唇珠，她在思考。

“别的季节发生的事虽然也在我身上，但都不在夏天，我从没记过，但我知道夏天发生的好事最多。”她沮丧地说，这里也没有荼蘼那就算了，再去别的地方找找。她虽然已经跑过很多家，却一直没找到，她相信最终会找到荼蘼花，然后买回去插进花瓶，一天一天观察，细数夏天愈来愈近的脚步。

“等一下，我帮你问问。”我告诉她。我们就是这么认识的，幸好我把她叫住，没让她走，不然现在她可能会出现在世界的任意一个地方。

晚上回家后我开始收拾东西。我们打算腾出杂物间，给她肚子里的小孩。杂物间的纸箱子曾经有固定的绳子，拆开纸箱后绳子就断了，我一直没清理，她也没打算清理，因为这是我的东西而不是我们的。我们的东西在我们的卧室、客厅、厨房、浴室，所有属于我们的地方。客厅里摆着蓝色鸢尾，象征纯洁的爱情。我一直觉得这个花语是扯淡，因为它偷了玫瑰的东西，可是她喜欢。

我帮她搞了点荼蘼，她邀请我一起去海边。她好像从来不会尴尬一样，带着我一起在海边与白浪赛跑；在沙滩上压实寄居蟹的洞口，再用手指挖开；在沙滩上写字。那天是阴天，浅金色的光线偶尔能从阴云里露出一部分，大风把她扎好的头发吹散，她朝我伸出手，自然而然我也伸出手好牵着她。她调皮地笑了几声，好像做完恶作剧的魔女。我说要送她开得最好的玫瑰。她觉得玫瑰俗气，只要蓝色鸢尾。她喜欢鸢尾的气味，也喜欢蓝色，像是仲夏的夜晚。花语其实并不重要，重要的是收花的人喜欢什么花，她对花的看法更重要，我送花只是为了让她开心并且希望她知道我的想法。她知道蓝色鸢尾与爱情有关，我送出蓝色鸢尾，一切都顺利。

我发现我真的很幸运，在自己是幸运的这方面，她和我有统一看法。唯一让我有些苦恼的是，她不知道什么时候开始迷上了神秘学。她会网购一些有香味的树枝和叶子、带气味的种子，不知道都是些什么东西。她会把这些东西磨成粉、烧掉或是和宝石搭配起来放在罐子里。每个人都有自己的爱好，这不是什么稀奇事，唯一不好的就是她把这些东西全放在卧室，还要带我一起做仪式。原先总是开着的窗户和窗帘被仪式上用的黑幕遮盖，屋子里的吸顶灯灯光也换成暖黄烛光，金银吊坠换成了彩色宝石坠。屋子里弥漫着辛辣的香草味：像粉胡椒一般的辣混合着柠檬桉与玫瑰的气体。红色木块、羽毛和牡蛎壳还有纸屑全堆在桌面上。在她旁边放着许多她风干的花，有时候她会对花做仪式。房间里还有她不知道从哪里买回来的一架复古的桌面西洋钟，钟摆像节拍器一样“咔、咔”作响。有时候坐在床上，看着她摆满物品的桌子，我就会失去视线焦点，只有暖黄色光晕在我眼睛里汇聚、喧闹、发散。我面对香草和蜡烛时的表现证明我需要净化灵魂中的污浊，这是她认为的。而我认为她需要净化身体里的污浊，否则就不会躺在病床上了。

我们所有人一直都认为她很强壮。她可以一个人背着大包爬完一座山，每天早上六点起床晚上十一点睡觉还神采奕奕，每天不运动就会哀嚎自己身体要生锈的人。不知道从什么时候开始，她的身体出现问题。不知道从什么时候开始，或许是她身体出问题的时候，我的花店也出现了问题。带孩子和照顾她让我身心疲惫，在解说花语时尽说错话。我不再是会说话的占卜者了。店铺必须转让给其他人，好在我还有朋友。朋友不仅是我的朋友，也是她的朋友。朋友给她找来大量仪式材料、仪式书籍，有时还会请她帮忙净化自己的灵魂。我并不了解净化灵魂有什么作用，只知道我要把花店转给朋友。花店和我们孩子的地位相当，都是我和她的结晶。朋友也知道这点，收下花店后没对里面的装修进行改动，唯一让我有些遗憾的是朋友把我写的花语记录册还给我了。我对朋友的怨恨像是我对撕破地狱与现世入口的恶魔的怨恨，朋友把仪式用具送给她，把她送离花店，把我送离花店，把花语记录册也送离花店。花语记录册里写满我和她共同收集的宝藏，也是我们真实拥有过花店的证明。我接受自己离开花店的事实，重新扎根在医院病房和有孩子的家。

曾经的储藏室已经被孩子的床和孩子的东西堆满，从孩子出生开始，给孩子买玩具的行为没有停止过。即使世界上还有很多东西孩子用不了，但随着年龄增加，挤满人类制造品的地球朝内打开大门，用生产物品淹没生产者，我和她被压得喘不上气，只有孩子快活地找寻自己想要的物品。孩子还没有定型，是一团可以任意穿梭在狭窄缝隙里的光团，我和她已经是两块僵硬的白色膏体了。

漂白粉的味道在白色小床边挥之不去，白色混着乳黄色的床栏杆和白色夹杂蓝色小块的胶质地砖贴、纯白盖上灰色手掌印的墙壁、白色落满灰尘的灯、白色被蓝色竖线隔开的病号服、白色被人踩了黑脚印的鞋，纯净但没有那么干净的屋子，她躺在那儿。她刚吐过一阵，清洁工带上沾满漂白粉的拖把来了，湿答答的拖把遇见黏糊糊的呕吐物，一摞摞白色发灰的拖把布黏起酸臭味混合体，再沉入脏了的洗拖把水里，吃过的红色胡萝卜碎在灰水里漂荡。她靠在床头，向我伸出手。我屏住呼吸走到她的手旁边。她对我说，给你添麻烦了。拖把布在地上停顿一瞬。我对清洁工说，给你添麻烦了。她以前不会这样。可能因为和孩子一起在家的时间更多，在刺眼阳光下她的身体蜷缩扭曲，像在热浪中舞动的向日葵的长花茎、大暑田地里的玉米秆，夏天的花或许就是这样。

我、她，还有孩子久违地聚在一起，在医院旁边的饭店里。她和孩子有一个月没见面，时间带给孩子的身体些许改变，她陌生地点评说孩子又有变化了。孩子生疏地问她什么时候回家。我知道孩子要把自己买来的游戏卡全部藏起来以防被她收走。她的仪式用具已经被我打包收起来放在我们卧室中，我怕落灰，现在充满刺鼻香味的桌子上摆满了我的工作资料。我接替了一个朋友的工作，感谢朋友推荐，工作并不怎么需要坐班，偶尔去几天就可以，空出来的时间都能自由把握。我在卧室里的窗户前工作，拉开窗帘，窗帘上抖下一层灰。我没有上次洗窗帘的印象了。她在家里的时候窗帘总是拉上。我认为没有阳光的环境不适宜生长，她说自己已经长够了。饭店里她的身体看着比以前小了些，头发也稀疏了，她在倒着生长，我有个不切实际的想法：她会重新变成小孩，变回婴儿，变回受精卵，变成卵子或精子，变成细胞，变成……听到她下周回家，孩子松了口气。孩子的游戏卡还散落在地面。我也松了口气，她的桌子、箱子，卧室里的窗帘、地板都需要清理。我对我和孩子即将要完成的行动感到不适，后来仔细一想，这不就是面对客人时会做的事情吗？只是她不是客人。孩子吃完饭自己回家。我和她出来散步，她套上自己的衣服，把病人的身份掩埋，她当然不喜欢医院，她想和我在一起。

她一直都喜欢和我在一起，从我们见第一面开始。当我还拥有花店时，我们有时在早上八点出门散步，散步之后她和我去花店或是回家，全看她精力如何。从她和我结婚后第二年，她的精力消散极快，像是存不住水的花瓶。夜晚的睡眠并不能让她舒服，她在阳光下才能获得力气，我认为这和孩子有关。听说子宫是防止孩子无止境吸收母体营养的保护器官，但她的保护器官并没起到保护作用。刚和她在一起之后，我们散步时见到她的初恋男友正在街道对面和一个女人牵着手。她看到那个男人，主动握紧我的手。我和街对面的女人互相对视一瞬，我们相信内心中的话语可以通过行动传播。女人牵着男朋友，我牵着她，我们加快脚步只给他们俩一个点头的时间。在挤满人的城市里还能有机会遇到对方确实是一种缘分，不过我希望她和前男友没有缘分。事情的发展好像总与我的意志相反。我牵着她在医院外头散步，她有一阵子没出门，但她马上要回家，我希望她能尽快适应天上的刺眼阳光。好久不见，她的前男友拽着另一个女人对她说。我搂着她的胳膊，盯着他看，他没看我，反而是怜悯地看她，好像他是胜利者。她看他一眼，牵住我的手朝路边站着，好让他和他的女人先过去。我想质问她为什么要让路，想法毕竟是想法，如果能说出口我会说。她折起手掌捏捏我的手心，继续沉默地向前走。鼻子里全是路边行道树的味道，从小闻到大也不知道树名是什么。我只懂我卖的花。她脸上的表情我看得一清二楚，鼓起的脸颊、咬紧的牙齿、带着水汽的眼睛。我只能牵住她的手一言不发。我不喜欢她不说话的样子。

孩子和她，她和孩子，正在我有限的世界中彼此推挤对方，每一块都有必须占地面积最大的欲望，这或许只是我的感受，每次手机响起工作以外的信息时我都会抖动身体，他们还想从我这里获得什么，我的身体消瘦，睡眠不足，大脑萎缩，肠胃不适，精神堪忧。疾病消耗她的身体，也带走了我的精神。这次，她从医院出来没多久又进去了。医院的费用几乎完全覆盖我的工资，我不得不掏出更多储蓄。孩子已经到了要自己出去探索世界的时候，但孩子探索世界需要保护绳。金钱做的保护绳越粗实越有用，我只能给他一条细的。现在，孩子是一辆随时可以疾驰的高铁，我和她则是老旧的绿皮火车，高铁可以不理绿皮火车，但绿皮火车的目光却牢牢吸附在高铁上，这是必然的历程，毕竟绿皮火车能用的时间所剩无几，而不理绿皮火车的高铁的目光迟早会吸附在更快的磁悬浮列车上，这是自然的更迭。即使我没钱也要掏出钱，即使孩子想走却始终要扎根于我和她。

我对于在我心里始终占据着巨大场所的她有种无力感，我意识到一场无意识的条件反射起始于她的咳嗽。她咳嗽，我就会帮她拍背。她需要我，我就会在。孩子开家长会问她来吗，我回到家里问床上的人在吗，她有时候会在，但经常不在。放大不愉快的体验是人类的本能，我还有这种本能。能记起她的时候是她在病床上，我在卧室里。我不能每天都住在病房，我还有我的生活，我的生活需要为她的生活服务，我身上有无法挣脱的桎梏，由过去的感情与责任感铸就。她的脸比以往更消瘦，皮肤上的黄色因为少晒太阳而退却。我靠近她的时候，她不再伸出手，因为我拒绝牵手。她有了睡眠这个新的爱人。她喜欢做的仪式在医院里被明令禁止，燃烧香草需要火，火被禁止带入病房。有时我会带烧好的香草给她，她吸入火与灰烬交织的气味，抬起头，终于清醒地看我，谢谢！她说，好像高贵的女皇正在轻谢完成任务的侍卫，她什么都不用付出，只要道谢就好。她被禁锢在医院里，我还能怎么样呢？照顾孩子的日子终于过去了。我有限的世界里全被她占据，她曾经弱小的欲望泡泡在我心中涨大，撑开我原本有限的胸腔。我的胸腔迟早会爆炸，我躺在床上看我隆起的胸部。我越想离开她的病房，我的胸腔就越大。似乎从我给她找荼蘼花开始，她就已经在我身上种下种子。我只能靠近她在的病房，然后离开，再被拉近，再远离。我要走，但完全不知道可以走到哪里。出去旅游好像是一部英雄史诗，从开头到结束的时间，奥德修斯回家见妻子用了十年，我和她的距离比十年更长。我是地球旁边的月球，她是我围着转的地球，那太阳是谁……我们的宇宙里没有太阳，太阳早已远航。

我手里还捏着昨天晚上来时她递给我的种子，那会儿我们一句话都没说，因为我们清楚彼此的态度。她让我相信她迟早会收拾好行李从家出来和我去旅游，我从白天等到夜晚，很快就到凌晨，我有预感我们赶不上应该坐的飞机了，旅途的路程里也只会有我一个。她送给我她早就准备好的种子，从她开始买仪式道具的时候就在准备的花种，里面是“希望”，她加重“希望”这个词的语气，显得十分笃定。我质疑她怎么不早点把希望种在家里。她说她自己没机会种希望，这是只能在肚子里发芽的种子，来源于她神秘的炼金仪式，今天她听到了种子准备好的动静。我以为她只会洗涤灵魂，没想到她还会炼金。她浅浅地笑了，说现在是秋天的开头，等明年夏天这个种子就会像她当时买的荼蘼一样出现在家里。我只当她在说胡话，身体年龄增大反而让她心理年龄缩小，就算是童话我也只有接住的份儿。我当着她的面把种子吃下去，明天这个种子就会出现在厕所里，就算是毒药这里也是医院。

再一次回到家里，我把她的仪式用品箱搬回孩子的房间，卧室里只剩下我的东西，这是我的战争，我胜利了。对我而言，只有我一个人的卧室是唯一一个随心所欲哭泣的地方。胜利带来的庞大虚无比快乐更有分量。她的东西没有被消灭，只是换了一个地方生存。孩子的房间变成家中的禁地。躺在床上，我拒绝牵手时候的报复快感被她眼中的失落打败，她没有愤怒，只有浅淡的哀伤。她知道浓厚的忧愁会将我淹没，只有浅浅的哀伤会让我反思。我放下带给她的花，把花插进花瓶。我发现自己好像从来没赢过和她的对弈。我在自己的卧室中，但耳边总有监护仪的嘀嘀声。我觉得是我的大脑还在病房里，所以能复制出经常听到的滴滴声。我还是把她的箱子搬回卧室。熟悉的花草木头香气令我安心，卧室不再空荡。

滴滴声暂停了。我和她的战斗才刚开始就已经结束，她死在刚刚战胜的土地上。

白床单盖上时，屋子里还是一片寂静，一切声音都被时空的扭曲感暂停，轮子在光滑的地面摩擦发出的咯吱声响让我忍不住咬紧牙关。孩子还在外地，对我不妙的预感嗤之以鼻。如果说过去有什么后悔的，那就是孩子，我一直认为从生完孩子后她的身体就变差许多。她让我好好吃饭、睡觉、生活，她都没能做到凭什么认为我会做到……她说这和我吞下的种子有关。我无法拒绝一个快要死掉之人的愿望。为什么说她快要死了……这是人的本能直觉，俗称女人的第六感，但我也有第六感。病房里的氛围很不一样，隔壁病房的人来来回回走了好几趟，今晚房间里只有我们两个。我关掉房间的灯，偷偷爬上另一侧空的床，呼吸疾病遗留的气息。她在另一侧床上，侧身对着我，好像我们是一个宿舍里的同学。我们聊起学校，聊起过去，聊起数不清次数的话题，我们的经历从很早之前就粘在一起，能说的只有彼此没参与过的时光。病房里的黑暗不影响外面夜空的璀璨，我们好像是宇宙里唯一一对知道宇宙真实模样的人，我们眼睛里看见的是路灯——城市的夜灯，但我们感知到的是天空、星系、银河、宇宙，我们轻飘飘的灵魂被夜晚吸入又吐出，像是堵在宇宙呼吸孔上轻薄的纸，我们的身体呼吸、四肢飘荡、灵魂随着宇宙的动作缓慢上升、下降。我从床上翻下身，握住她的手。刚才听到隔壁病房仪器的尖啸声、护士医生们的脚步声、要肾上腺素的声音、要电击的声音，我贴紧她，确保不是她变成这样。今天的耐心很多，因为前些天爆发出的耐心消耗超标。我在她身边睡去，闻到卧室里她买来的仪式道具的香气，好像她变成了那些材料。我醒了，区别是她没醒。

她离开以后的日子平淡且有规律，早上出门上班，晚上回家休息，偶尔骚扰一下孩子。孩子回来过一次，只不过是顺带看我。孩子带了自己手作的纸房子和纸车烧给一摊骨灰，我把她买过的仪式道具重新买了一份烧成灰。她会需要这个。她放在屋子里的东西我没收拾，偶尔拿出来学她的样子摆弄几下。不知道从什么时候开始，我的肚子变大了，似乎是希望在她走之后冒头，宣告她还存在的痕迹。办公室的同事问我的肚子怎么这么大了，是不是平时吃多坐多不运动。我还没发现怎么回事，肚子就胀大到我不能去上班的程度。我不得已和老板请假，还和孩子说了这件事。孩子开始工作有一阵了。孩子听到我的话告诉我应该停止上班，找医院去看一下，他现在赚的钱足够让我吃喝。我不喜欢去医院，医院是现实和魔幻相交的地带。只要我走进医院放空大脑，就会出现在病房里和陌生病人面面相觑的情形。护士们认识我，会告诉病人一切都是误会，但我不能接受床上躺了其他人以及房间里的仪器还在工作的现实。我的肚子里什么都没有，这是检查报告说的。我不相信，我听见肚子里有声音，我还闻到我的屁里有花草的气味，熟透的花草会被摘下来做成她的仪式道具，那些仪式道具还在卧室里，我暂时还没学会怎么使用，不过我迟早会学会。我想到她让我吃下去的种子。如果她还在，肯定知道是怎么回事。

我待在家里，每天都不出门，但我会养花。我的肚子胀大得像一个孕妇。我让儿子给我远程下载了很多娱乐软件，有视频、音乐、游戏等。我最喜欢看神秘学类的视频，学着她洗涤灵魂的方式洗涤自己的灵魂，而且这是我为数不多的有兴趣且能看懂的视频种类。我终于知道为什么她经常赖在床上不起，因为起不起床都没有区别，视频、音乐、游戏全部都可以在床上解决。我坐在床上摸着肚子。肚子鼓鼓囊囊，掀开衣服看里面是一片绿。我呼出的口气好像都是青草与花的香气。我现在不能出门。我不知道我的肚子怎么样了，去医院也查不出来什么。我肚子里的东西好像是我和她的某种秘密约定，只有我才知道约定的含义。我从床上搬到卧室里放着的躺椅上。窗帘布沾满成团的灰尘，木地板上有很多棕色的土，是从外面飘进来的土，好像是来寻找种子的土。种子已经被我吃下去九个月，这些土来晚了。我给朋友送去四盆多肉，叫朋友给我送了一束荼蘼来，荼蘼的花苞正在全力绽放。我的肚子好像小时候听过的西瓜怪谈：吃下西瓜的籽，肚子里就会长出西瓜。我的肚子里大概也有一个类似西瓜的东西。孩子让我多下楼走走，我拒不接受。这样子走下去绝对会被人笑话。由于不能出门，我和花待在一起的时间更长了。我开始想念自己的花店，虽然我从外面买花，但我也会种一点，更有趣的是可以修剪送来的花，我很久没修剪花了，等肚子里的东西出来我会给她好好修剪一下。我确信肚子里的东西和种子有关，既然是种子就一定会破土而出，在肚子里长这么大迟早也应该出来看看。

荼蘼花差不多开始颓败，这应该是我最后一次买荼蘼等夏天了。肚脐冒出一点新芽，我激动地去浴室泡了个澡，不知道她会不会喜欢这么多水。孩子说要回家看看，但被我拒绝，我要陪着她。她一如既往地爱我，迫不及待地从肚子里伸出枝丫。我一晚没睡，光看枝条从肚脐里长大，接着一个荼蘼花苞出现在枝条顶端。花苞鼓起，绽放，快速凋谢，花瓣中逐渐露出她的脸。荼蘼凋谢后，夏天就会到来。我捧起她的脸，弯腰。我们的脸紧紧贴在一起。

书店

每周日去书店看一圈是我必须做的。我一定要看到书店里安安静静站立着或坐下的书们完好无损才安心。书店里有一种静谧的氛围，书们明明都是死物，却在书店里给我一种活的感觉。每当我拿起一本书，其他书都会大声质问我——为什么不是它们。它们也很好，只是我对手里的书更感兴趣。

手里的书叫《那些失去双腿后才知道的事》，失去双腿后能知道的事到底是什么事，我真是无比好奇。书的内页没有作者照片，只有一个名字——“没腿”。我没想到现在出版社居然喜欢这么大胆的风格。第一页是空白页，如果买回去或许可以贴上一张藏书票。

内文第一页写着：看到名字就拿起这本书的人，没想到居然会以这种方式和你见面。你对别人痛苦的境遇有很可怕的探究欲。

我一下就把书合上了。这本书的作者到底是怎么回事？他这么写，岂不是把出版社也骂进去了，他凭什么对读者妄加揣测。这么写是不是也可以说，作者对人的黑暗面有超乎寻常的认知。看到《那些失去双腿后才知道的事》这样的书名会好奇难道不是很正常的事情吗？一般来说，很少有人会拥有失去双腿的体验，既然作者想分享自己的经历，又何必谴责读者的小小好奇心呢？因为这是一本自传。我把书放回它原来站着的地方。希望它不像它的作者一样令人讨厌。我看着这本书旁边的两本书，替它们感到难过。在这样一本"异类"面前还要努力展示自己身为书的魅力以期待被买走，这实在是太困难了。这本自说自话的书在这个书店里显得格格不入。

作者或许只是被周围的人用异样的眼光看待而备感烦恼。我的脑子会很乐意结合过去的事替自传的作者脑补一出悲惨遭遇，虽然作者想要的可能不是这个，但悲惨遭遇和愤世嫉俗的结合就像奶油被抹在了蛋糕上，非常合适。我又把书抽出来，看到书籍封底条形码上面的上架建议——小说。我"嗖"的一下把这本书塞了回去。想必这个作者对世界抱有极其浓烈的悲观色彩，以及十分自负，且对自己的骄傲程度沾沾自喜。这样的小说到底是怎么被"放"出来的。作者在第一页就开始用陈述句来断定世人的模样，其高高在上的意味实在令人不喜欢。但我还是想看看第二页是什么内容，为什么可以出版而且还被归于畅销书一类。

于是我又把书拿出来，跳过第一页直接来到第二页，上面有一行字：被我说中了，你很不高兴，于是你决定回来看看。

我刚想把书放回去，又犹豫了。我当然知道这些字是早就印好的，不可能凭空出现，但这些字让我感到不适。作者似乎觉得她或者他这个主体中镶嵌着神灵，用着神灵的语气却做着俗人的事——自认为洞悉一切，一张口就满含嘲讽。这可离神灵差了一大截，神灵应该是端坐在天上，心如明镜清如水，鱼在其中跳跃也无法掀起一丝波澜。那样的存在，不就是过去的我吗？我的心脏在有规律地狂跳不止，虽然我已不再是小孩的模样。

明明只是一个谁都会犯的小错误……我却立马变成了不完美的人。我的心本来十分平静，可外面来的巨大锤子一下就打破了维护我心灵的屏障——“玻璃墙”。在心周围有一圈阻隔一切的“玻璃墙”，证明其实我内心也并非真的平静，因为心不能自由活动，所以我就没看见这堵“墙”的存在。直到墙破碎我才能够听到周围的声音。我所以为的好并非我所以为的那么好。我用了很久也没有重新建造起全封闭的玻璃房。或许那个玻璃房是天生的，一人只能够拥有一次，想要再拥有就只能回炉重造了。但回炉重造过的铁水还会知道自己以前是做什么的吗？我很怀疑。或许回炉重造的时候有些铁水已经飞溅到地上，和地面融为一体了。

我走出书店时才回神，发现我在不经意间把这本书买下了。我本来没想买书的，不知道是谁暂时接管了我的身体，大概是我的过去。我的过去并不会真正成为过去，不会和时间一起消逝，正相反，我的过去还留存在我的大脑里，留存于几十亿神经元中的某一个角落，它在黑暗中窥视、潜伏，直到我想起过去的事，它会“唰”地一下窜出来，从过去来到现在，却让我以为我还在过去。过去所经历过的感觉一直都在，从来没有消失，不管我多么期望它离开我的大脑，因为它毕竟是从我的大脑里长出来的。榕树垂下来的须即使有人拽也不容易脱落，榕树也没想过要让自己的须离开自己的身体。我的身体和我的意识总是相冲，每当我想忘记什么事情，经历过这些事情的老部件会一次次地向新部件述说过去发生的事。我的身体简直像是一个博物馆，开馆时间最久、参观人数最多的是我最想忘记的记忆馆。人以为自己对自己的身体有绝对控制权，但大部分时候最希望忘记的记忆却留存得最久，这或许是人和自己身体存在争执且难以得到和平谈判的最佳证据。我没想过要把书送回去，虽然现在是现在的我在掌管身体了。

我把书留下是因为我想看看后面的内容，既然如此，也没必要退。一本三十块钱的书，我倒想看看作者还写了什么。第三页的内容只有几个字“别生气，再往后看看”。周围有车碾过马路后马路发出的呻吟，行人们在烈日下默不作声，我们都在准备前往自己的目的地。我和周围大多数人不一样，他们在看手机，而我在看书。我全心全意投入书里，只有翻页时才会用余光看向周围的人，他们还在看手机，仿佛手机才是他们的眼睛，透过手机才能观察世界。周围的人动了，我也开始跟着挪动。人群在马路上汇成彩色的河，直到一辆车笔直而入。

我一直觉得我的身体十分愚笨，每当我想捡起东西或者不想让东西掉下去的时候，身体总会出点岔子。今天却不同，我的身体竟然有了一点预知的能力。——我的身体麻麻的，在床边上还有一本《那些失去双腿后才知道的事》。作者并没有加上主语，之前我认为这本书讲的是“我”，现在看来讲的或许是“你”——指我。

“麻药差不多快要过去了。”

“痛得不行再和我说，给你开点止痛药。”

“你买的这本书现在有了实质性的作用。”说话的人是一位医生。我总觉得他的脸有点熟悉。

这位医生的周围，站着两个看起来年轻点的医生，他们面面相觑，看着想说什么，但又没有。

“没事，我不介意。”我想了想，决定做个好人。

“我也是知道这点才说的。我知道你不会介意这件事，毕竟对你来说只是小事。”他说的语气很平淡，面上也没什么表情，“当然也许是因为麻药还没完全过去，希望你一会儿不要太难过。”

“没有什么能让我难过的。”我唯一感到难过的时候就是在过去，我成为一个不完美的人，既然已经不完美了，还有什么能令我更难过呢？我摸了摸我的双腿，那里果然已经变成了床单，再摸索摸索，可以摸到纱布，再按一按，有少许的疼痛。啊，和我想的一样。我却异常平静，我的情绪超出了我的想象，它异常坚韧。也有可能是因为我还没接受这个事实，如果一直不接受事实，或许事实就会徘徊在我生活之外。又或许，因为缺失了双腿，所以我在跳动却没有情绪的心又回来了。我现在很难说是高兴还是不高兴，有一团絮状的浓云在我脑中，不管是向左看还是向右看，都无法看到伫立着的路灯，更远处的灯塔也看不见，一切都是朦胧的，带着阴暗的湿气。我仔细地看着脚踩着的地面，不希望松动的地砖中的水溅到我腿上。接着我猛地一抬头，看到了刚才嘲讽我的人，只是还是他小时候的模样。

“第一名……”

哦，对，第一名，又是我。

“第二名……”

第二名，就是我帮了的那个——男孩，女孩，不重要。当时我确实在期末考试中帮了他一把，不然等念分的时候又会被嘲笑了。我不喜欢班里的同学这样——每当有人落后他们的时候，他们就会踩上落后的人一脚，落后的人下降得更厉害，他们又进了一步。在我看来，他们的恶是天生的，等他们长大或许会好些，但绝对不是嘲笑同学的时候。他们就像刚从蛋壳里出来，浑身湿答答的，眼睛中还有蛋液，看不清周围，所做的一切全凭本能。在他们身上本能存在的时间要比道德长不少，本能多少有些看不起道德，可群居动物总会发展出仁慈、同理心和合作本能，就像森林狼，不管外表多么恐怖，尖牙却不会对着自己族群里的狼，前提是一个族群。我帮助过那个女孩，我终于想起她是个女孩了。那个女孩就被那帮心怀恶意的同学排斥在外。她站在班级门外，没有人注意到她；她坐在座位上，没有人注意到她。她明明是一个人，却活得像个幽灵。

我刚从班里出来就看到她站在走廊上。她双手放在书包的肩带上，低着头看着地面，一小步一小步地挪动，好像地上有陷阱，不注意就会被吞噬。我盯着她看了一会，她完全没有注意到我在观察她。她的周围好像有一层隐形圈。

“能和我玩一个游戏吗？”我问她。

她小声说好，我几乎没听见。我知道她不会拒绝，虽然她只能短暂地来我的世界旅游一次。

“第三名……”

就是他了，那个对我冷嘲热讽的人。他一直是第二名，这次变成第三了。他脸色变得很难看，但还是上台领了奖。有什么关系，我想，反正他不是完美的，完美的有我就够了。我曾经最喜欢的就是站在最高处，低头看下面那些对我艳羡的眼神，精神能否饱餐一顿就看这一刻了。本来干瘪贫瘠的精神在他们羡慕的眼光中迅速膨胀丰满，我所拥有的，是他们得不到的，不管怎么想都会让我感到愉快。这有点像是精神鸦片，等他们不看我，我就会很无聊，只能坐在上面看着地面。此时的地面像是一个巨大的黑暗的洞，它张开嘴，等着人掉下去。它却忽视了一点，我可以在上面垂下一根绳子，让人可以轻松上来——我身后的第二名就会变成第三名。他有点可怜，可是被人们忽视的她难道就不可怜吗？我一定要帮助她，我也这么做了。

已经失去双腿的部位又开始疼起来，我叫刚才嘲讽我的医生过来。他之前就说了要是还疼可以找他开止疼药，并非我喜欢被嘲讽，叫他过来也不代表我原谅他了，即使我说我并不介意嘲讽。

他急匆匆地大步走过来，双手来回摆动，像是两把大砍刀要砍断身边流动的空气和病人们病恹恹的叫喊声——这里还有一位老人，他是腿断了。

他站到我床侧的时候我才看清他名牌上的名字。这个名字让我感到熟悉。你是那个第三名，我说。我对他的印象只有第三名，尽管以往他都是第二名，但那次考试之后他就变成第三名了，再之后，我就没有见过他了。我不知道是我把他排斥出我的世界，还是他把我排斥出他的世界。在随后的日子里，我都想不起他，直到……

"我是第二名。"他回复我。

"第三名，"我坚持着，"最后一次见到你，你就是第三名。"

"可之前的考试我一直都是第二名。"

"可我只记得你是第三名。"

"你大概不知道在转学后我一直都是第一名。"

"啊……你转学了。"看来是他把我排斥出他的世界了，这也合理，毕竟他不会不想要一个第一名，我想。

"对，我转学了，"他垂下眼睑飞快地扫了我一眼，平静地说，"我猜你也不会知道。"

"我确实是不知道。"

他对我的诚恳有些无从下手，也无从张嘴。他紧紧闭上嘴巴，又努了努嘴，摇摇头。"现在感觉好点了？"他问。

"好点了，"我说，"你为什么要转学？"

"因为我需要转学。"

"是因为我吗？"

"你想得太多了，"他低声而快速地说，"我只是搬家了。"

"哦，那就好。"

他朝我点点头，很快又离开了这个病房。

其实不是这样的。“我想也不是这样的。”

因为她抢走了我的第一名，还顺带拿走我的第二名，我太生气了。“你果真是生气的。”

我当然很生气，难道我不应该生气吗？那个女孩几乎什么都没做就把我的第二名拿走了。“她还从来没有拿过第二名。”

我也从来没有拿过第一名。“如果你跟她说，她一定会让给你。”

我不要她的施舍。

“你怎么自说自话呀？”隔壁床的老人问我。

“我在做梦呢。”我怕他听不清，稍微大点声说。

“大白天做梦呢！”

“是啊，大白天做梦呢！咱们在床上还有别的事做吗？”

“没了，没了。不打扰你了！继续做梦吧。”

“等等，老伯。你的腿怎么断的？”我正愁无聊，希望可以有人陪我说说话。在这个房间里只有我们两个，我家里没其他人，也没有什么社交圈，没人来探望。

“在屋里跳舞，一个脚滑。”

“那您可得注意身体。”

“你也得注意身体，年纪轻轻就这样了，以后可怎么办？”

“您怎么没人探望？”

“人老了就这样。”

“我也和你一样。”

“歪理。歪理！”

老人不说话了。

我也闭上了嘴。打过止痛药后的世界和先前的有所不同。之前我的眼里充满不规则形状的黑，也有像是液体却停留在空中亚克力板上的红，棕色、黄色、绿色，各种颜色都搅和在一起，在一块透明的亚克力板上。不知道是谁把板子放在我眼前，我能看到的只有充满颜色的调色板。病房内的摆设变成一条条直线，接着被弯曲，再倾倒，最终扭曲在一起，结成线团。我并不经常自言自语，大部分对话都只存在于我的脑子里，或许是因为身体少了半截，加上疼痛，所以对话有半截也要暴露在外。我暂时不想理会脑子里的半截对话飘到外面这件事，我伸出手，朝枕头边扒拉着，摸到了那本书的塑料封皮。封皮摸起来带点肤感，用指甲划动却又是塑料感，就像是精致的人偶，远看是人近看却是人偶。我眼中的病房终于回归正常，有人帮我把纠结在一起的线团拆开了，又把细线放回盒子里，一切都归位，重回宁静。如果疼痛可感知，也许会是一只调皮捣蛋的猫，不过现在我已经看不到了。我满脑子想的都是那本书后面的内容。我不觉得这本书是本会带来不幸的书，相反我对这本书保持狂热的态度。它现在像是降临在祭坛的神，为见到祂，我能做任何事。

第四页：你不生气了，决定看向第四页。页面中间是一个大写的“四”，在“四”下面还有一行字——“不完美已经降临。”

这七个字让我看到了宿命的线条。他人常言命运是不存在的，有没有可能是因为他们看不见。命运当然是存在的，而且命运就在我体内，它像是控制火车变道的操纵杆，拉下杆子的是我，它传递了我的意志。我的意志被传递到现实生活中，现实再给予我反馈。我让轨道连接右，后面也许是前进的路，我让轨道连接左，后面也许是高山，火车在轨道上乱窜，走到死路再回头看，旁边就是能够继续前进的轨道，但我左拐了——不完美已经降临。我开始想，有没有可能有一种不可抗力趁我不注意的时候拉下拉杆，偷偷改变了我的轨道，可是事情已经发生了，这种事总是发生在过去，等发生了才能被注意到。我总觉得我很完美，这本书到底是谁送来吸引我的，有东西窃走了我的完美。我掌控着全部的我，但我看这本书的时候，我不再掌握我的一切了——我的眼睛全部被书本吸引了，我的耳朵开始靠近我的眼睛——聆听书页被我摩挲的声音。我很难去记恨撞我的那辆车，如果我抬起头看上一眼也许会有不同，可现在不完美已经住在我身体里了。

不完美已经存在，就算把不完美挤出身体仍会留下不完美的痕迹。就像我经历过的事情一样甩不开，有时我甚至幻想自己是一棵大树，大树有年轮，我有事件经过后在骨头上留下的秘纹。我快速把书翻到第五页。

第五页有很长一段连续的文字：

不完美已经降临。它敲响我家的门，我不想给它开门。于是它撬开门，大摇大摆地走进来住进我家像是寄生虫。它来之后我时常睡不着，一到梦里就会想起我的过去——对残疾人投去好奇的目光。紧接着我就变成了轮椅上坐着的人，我像一个没有套垃圾袋的塑料桶，没有“垃圾桶”三个字的身份标识，但也承受了不少人丢过来的垃圾，有的人甚至没觉得自己手里的是垃圾，他们觉得是有着金丝线的手提包。可是把“金丝线”丢给垃圾桶又有什么用呢？当华丽的废弃物被丢进黄金制作的金属桶里，桶已经是垃圾桶了，和三块五毛钱的劣质塑料垃圾桶的作用是一样的。难道镶着金箔的厕纸和木浆做的厕纸作用会有区别吗？不管砸向我的目光是长是短、是恶意还是替我感到悲伤的假好意，对我都没有区别，它们都是对我身体的探究，对我命运的揣测。我并不透明，可在他们眼里，我就是被展示出来的透明玩偶，他们把想法加到我的身体里，于是我有了肠子、心脏、胰脏；他们想的过去成为我的过去，我真实的过去反倒没有人好奇了。若仅仅如此，我待在家里休息也好。可我没见过三次以上的邻居天天来到我的家里，替我清洁家，替我去买菜。我想她没有任何坏心，她只是想在悬崖边拉我一把。我已经站在悬崖上了，甚至是站在她的身后，而她毫无察觉，那么她拉的人到底是谁呢……我并不是不知感恩的人，于是我留下钱，搬到了没人认识我的地方。我在一块完整的大陆上切割出一小块土地，上升悬浮，活在空中岛屿里，地面的人反正不会抬头看，他们只是好奇怎么空出来一块地方，拿着放大镜对准一片虚空，企图找到藏匿其中的蝇头小字。虚空到底是虚空，空无一物是其不变的特质。

第六页：

我在悬浮的岛屿上过了一段无所事事的清闲日子，从床上坐起来看着太阳升起，等太阳落山的时候我又躺在床上；春日冒出新绿我就打开窗户，冬日白雪漫天我便对准火炉唱歌给火听。在这期间我怀疑自己是否是人类中的异类。

“异类”这两个字占了第六页的一半面积。第五页的字也是大小不一，角度各有不同，如果字有自己的个性，大概就像这几页里所展示的。

第七页：

偶然一日，我出门去买花束。花店老板背对着我在打理花，他听到我要矢车菊，顺手从花筒旁抓了一束，胳膊向上一抡，递给我，我要伸长手臂才能把花拿到。应该是他手举的时间超过了他预计会用到的时间，他这才回头瞥了我一眼。扫码付款，他扭头说。我觉得这才是我想要的态度，他看到我的时候完全没有惊讶。你难道不惊讶吗？我问。有什么好惊讶的，他停下手中的活反问我。我没有腿，我说。这有什么奇怪的吗？他语气越发不好了。别人看我的眼神都会带点惊讶，我说。那是你见过的人太少了，他说，要不是你刚刚没有立马拿花束，我都不会看你一眼。支付宝到账三十五元。他听到我轮椅变化位置时和地面摩擦出的嘎吱声。你不要想太多，大家都很忙的，不会注意你，再说——看看又怎么样呢，谁知道你到底是谁，他语速飞快地说。去花店的日子离我断腿已经快半年，当初断腿后面对人群的恐惧现在已经减弱了。我曾经以为我会成为人群中最亮眼的流星，其实我只是沙海中缺了半颗的沙粒。

第八页：那么建议是……之后第九页空白。第十、十一、十二页，一直到最后都是空白。难道是装订错误吗？总不能是故意这么写的吧？我想知道后面的内容，她到底知道了些什么。其实第七页的内容已经有些普通，带着一股鸡汤的味道。第八页却又回归到前面的样子。建议是什么？建议在哪儿？

我从医院出来后第一件事就是操纵轮椅回到我每周都去的书店。店员看到我之后愣了一下，然后她问我有什么事吗？我能想象到她脑海里一定有关于我事故的猜测，我所经历的事故在她脑海里又用不同的方式演绎了一次，可这些无关紧要。我只想知道后面写了什么。

“这本书，第八页之后都是空白的了。”我对店员说。这个店员认识我，我也认识她，毕竟我是常客。

“我看看。”她要从我手里抽出我的书。

我把书放到轮椅上，摊开，亲手翻给她看。我不想把这本书给任何其他的人。

“哦，这样啊，是印刷错误吧。我给您换一本？”

“我能不能看看印刷无误的书里是什么内容？”

我把我买来的书放到轮椅下面的篮子里，翻开书店里的《那些失去双腿后才知道的事》，一整页一整页的鸡汤，我看了八九页就失去了兴趣，前面几页在我看来或许只是为了吸引眼球而故意设计的，鸡汤的内容都藏在后面，前面的有趣只是为了遮挡后面的无趣。

“这本书你不换掉吗？”店员问我。

“不换了，”我对她说，“我要把后面空白的内容自己补全，毕竟我也没有双腿了。”

她欲言又止，看看我的腿，再看看我的书，最后什么也没说，只是看着我离开。

云小遥

即便是漆黑的宇宙也有发光的星群，云小遥却在黑暗里看不到一丝光亮。她不确定自己是醒了还是没醒，周围空气氤氲，黑暗有的浓厚，有的浅淡，唯一相同的是寂静，静到可以听见自己的心跳。云小遥随便找个地方坐下，她选择了一块没有那么黑的地方。平日在家里总是黑漆漆的……云小遥想，已经不在家里了，那就是在梦里吧。家里的光就像家里的钱，总是找不到在什么地方。她没想过要拿钱去做什么，只是校服在学校被人划破了，如果穿着破烂的校服去学校，整个班级就会被扣仪表分。她的校服左侧破了一个十来厘米的口子，虽然找了只曲别针勾住，但似乎也没什么用，只是偶尔可以一窥平坦的胸。她的同学中有些人的胸已经变大了，她可不愿意。可长胸这件事，不归她管，就像她爸妈做什么也不归她管。

“干吗！没钱了……”

“那就去找。别说你不愿意，不找钱上哪儿买粉去？”

“你，啧，之前卖粉的不是也让你去卖吗？你不是也答应了，偷偷拿点出来怎么了？”

“卖的钱不得上交啊！被发现了你负责吗？你这婆娘胆子怎么这么大？”

“有你胆子大？别以为我不知道你把小遥卖了！”

“那么大声干什么？孩子还在屋里睡觉！”

“她肯定听不见，一睡着就跟死猪似的。倒是你，这会儿又知道心疼了？”

“我怎么就不能心疼了？心疼她也心疼我自己，不行吗？”

“我可真是瞎了狗眼。”

“我看你一脸狗样，真亏你知道自己是狗。”

“那你是什么？还想打我，你打试试？我把小遥带到你看不见的地方去。卖，卖给鬼去吧！”

“你把她带走了你以为你能跑掉？等着千万只虫子在你骨头上爬吧！让它们啃干净你的血肉！”

“你要是不给我粉，我就把小遥带走。答应卖小遥的是你不是我，你今晚就等着被抓去挨上千刀万剐。”

“我打死你！”

“老娘真是瞎了眼！你把我变成如今这样倒是一点也不愧疚。”

“愧疚都是给人的，咱俩恶鬼就别折腾了。我给你一点粉，你让小遥今天按时回家。”

“算你识相，可算是给我了。早给我你也不用挨巴掌。怕什么，她听话着呢，会回来的。”

“你头破了。”

“小事，小事……嗯。”

云小遥翻了个身，她睁开眼睛，暗夜里传来的声音十分陌生，音调扭曲，带着口音和严重的回声，音色甚至还带着金属光泽。

天色微亮。“小遥，下了课早点回来。”她妈打开房门，“今天你生日，妈妈给你买蛋糕，还给你买你最喜欢的粉色芭比书包。今天乖乖上学，然后赶紧回来，知道吗？”

云小遥点点头，她只想要个新的校服，不过粉色芭比书包也不错。其实她并不喜欢粉色，也没看过芭比，可周围的同学都有这样的东西，尤其是巫萨拉。巫萨拉是班上最受欢迎的女生，她的桌边总是围着很多人，和云小遥截然相反。

学校的课程有些无聊，但光是坐在教室里并没有什么问题，听不听课对云小遥来说并不重要。她现在有了其他想法。她看着窗户外头自由漂浮着的层层白云，像是挤在蛋糕上的厚厚奶油，看起来厚重，其实轻飘飘的。吹来一阵风，吹开了教室里的窗帘。再一看，好像云朵也没有那么自由，风往哪里吹，云就朝着哪里去，这是自由的吗？

云小遥看向同桌。今天班里换同桌了，她旁边现在是巫萨拉。巫萨拉每天都梳着漂亮整齐的麻花辫，黄色的、带有蝴蝶结的皮筋绑着乌黑发亮的头发，前额还有老师给她贴的小红花。她的脸也是白白净净的，软软糯糯的，笑起来还有两个对称的深酒窝，很漂亮，是一个每天都有糖果吃的漂亮女孩。

下课铃响，萨拉递给小遥一颗包裹着反光玻璃纸的糖果，糖纸很硬，握在手里有些生疼，但不会弄破皮肤，颜色也很绚丽。

“谢谢。”云小遥只在昨天中午吃了饭，现在饿得头晕。她剥开糖果，粉色透明的硬糖，甜滋滋的草莓味，不像她吃过的草莓，酸酸的，不过糖果哪有酸的呢。

巫萨拉一直盯着云小遥，倒也没看出什么。只是，云小遥这人看起来瘦瘦小小的，黄不溜秋的，像是刚从黄泥巴地里钻出来的泥鳅，而且呆呆傻傻的，叫她半天也没反应。巫萨拉是个善良的女孩，她知道要对那些活得不好的人释放自己最大的善意，其实这应该叫怜悯，但是有怜悯的心那不就是善良的人嘛。巫萨拉看着云小遥，她喜欢自己送的糖果，自己的善意被接受了。云小遥接受了巫萨拉的糖果，那她们就是好朋友，好朋友要分享。可云小遥有什么呢，云小遥什么也没有，她手中还剩下半截的铅笔是老师给的，小半块橡皮是地上捡的，书也是老师送的，衣服是邻居给的，就像她整个人，也是从妈妈肚子里出来的。巫萨拉再次打量着云小遥，好吧，至少云小遥给了自己最想要的，接受自己的同情心。不过在云小遥看来却不是这么回事，她觉得这是同桌的情谊。

云小遥前几天在书店看到过一本书，说的就是同桌之间的故事。书店太美好了，小遥可以坐在书店里写作业，看书，像是整个人都躲在金色泡泡里，还能随手抚摸泛着金色光芒的泡泡，讲述同桌之间事情的泡泡泛的光是最闪亮的，所以她就一直拿在手里看。讲的是什么呢，让小遥好好想一想。

班上的同学们都已经吵闹起来了，除去云小遥，她还在想着关于同桌的事，尽管没有什么头绪，但云小遥还是坚持不懈地在思考着。巫萨拉就在一边看着云小遥，糖果在云小遥的嘴里，估计已经被咽下去了。那云小遥，你怎么不说还想吃呢？只要云小遥你一开口，我巫萨拉就会给你糖果，更多的糖果。可惜云小遥就是不开口，巫萨拉的善意无处安放。她只好将善意憋在自己的心里，因为给予东西的人不应该主动开口，你看谁会在路上对一个乞丐说“来，我给你十块钱”。不管是真的乞丐，还是假的乞丐，都会说“行行好吧，给点钱吧”。云小遥怎么不说呢，快说“给点糖”呀。

云小遥咂咂嘴，她一边想着同桌的美好情谊，一边回想着糖果的美味。她好想吃糖果，但是如果找巫萨拉要会显得自己太贪婪。妈妈说了不能贪婪，贪婪的人不得善终。她又咂咂嘴，竟然还能品出一点早就在她肚子里的糖果的味道，好吃，实在是太好吃了，真想每天都有糖果吃。

云小遥怎么又在咂嘴，巫萨拉不能理解，云小遥明明看起来就很想吃糖果，可是为什么不找自己要，难道是自己看着太过严肃，长得太过丑陋？她摸着自己的脸，又拿着镜子看看自己的皮肤，没啥问题啊，难道自己看着像是小气的人吗？她又从书包里掏出一颗糖果，甩到云小遥的桌子上，这次蓝蓝的糖果在阳光的照射下也分了一点光给白色的书本，其中一个“好”字，就像泡在水里。

这个“好”字随着糖果一起被云小遥咽下肚子，云小遥看巫萨拉就像在看一个“好”字。她没想到巫萨拉居然知道她还想要吃糖果，巫萨拉怎么会知道呢，难道她表现在脸上了？难道她渴望的气息过于浓烈以至于巫萨拉闻到了吗？巫萨拉会怎么想，会觉得她，嗯，不识好歹吗？这个词语应该是这么说的吧，不识好歹，不是好东西。贪婪的人都不是好东西，可她云小遥不是贪婪的人，她该怎么做才能还给巫萨拉更好的东西呢，是一起做作业，还是玩耍，钱她肯定是没有的，东西她肯定也是没有的，她能做什么呢？云小遥一时半会还想不出来，等等，她突然想到她可以借啊，虽然她现在还不了，但还怕以后也不还吗？她要写一张借条，关于借巫萨拉糖果这件事。

云小遥喝了一大杯子水，现在已经不太饿了。她在第四节上课的时候写好了关于糖果的借条，她一直想找机会给巫萨拉，但下午巫萨拉并不在教室。巫萨拉先离开了，她的座位上并没有她的书包，也没有她的任何物品，巫萨拉像是风一样想来就来，想走就走。她当然没有告诉云小遥她的踪迹，她本来或许是想的，但她已经走了。她去做什么呢？听别的同学说是去医院了，听说她生病了，云小遥不会亲自去问其他人。因为问了他们也不会告诉云小遥的。不知道什么时候教室又变得热闹起来，云小遥低着头走回座位，却不知道根本就没人关注她。她趴在桌子上倒头就睡，因为她完全清醒不过来。她并非不想上课，但她就是起不来，似乎有人偷偷在教室里撒了只针对云小遥的安眠药。

“老师！云小遥叫不起来！”

教室安静了一瞬，接着声音更大了。

“谁呀？”

“哪个？”

“那个被老师揪耳朵的！”

“瘦瘦小小，黑黑矮矮……”

“黑黄相间。”

“泥鳅！”

他们不知道想到了什么，突然一起笑了起来。整个教室都炸了锅，分贝组成的热浪越蹦越高，老师拿着盖子怎么摁也摁不下去。

云小遥被送到了医院，家里谁也没来。

“啊，床上的不是云小遥吗？”巫萨拉对妈妈说。

“是你同学吗？”

“是我同桌。”

“这不是巫萨拉的妈妈吗？”班主任替云小遥垫了费用。

“宝宝，你先去看看你同桌好吗？妈妈和老师聊几句。”

巫萨拉陪云小遥在病房里坐了一会，她看到云小遥醒了。“你爸你妈呢？怎么不来看你？”她觉得很奇怪。

“嗯……他们比较忙。”云小遥迟疑地说，她不知道自己家的情况是不是应该往外面说，其实说了好像也没用处。她以前曾经说过，被带到警局和警察说过，被带到不认识的社工面前和不认识的人说过，但是没有用。如果和巫萨拉说，巫萨拉会不会觉得她很怪呢，但如果隐瞒似乎又不够诚实。

“你的爸爸妈妈呢？”云小遥问。

“爸爸出差去了，妈妈送我来的，我看到你在这儿，就来陪陪你。你怎么会在这里呢？”

“不知道。你经常来吗？”

“是啊，我经常来。”巫萨拉张开嘴还想说什么，但妈妈在叫她，巫萨拉站起来说，“我要走了。”

云小遥点点头，看着地板。她决定隐藏这个秘密，家里大人吸毒这件事多不好听。云小遥从来没有告诉过警察、社工，妈妈说过，如果说出去的话，她就要一个人待着了，永远都是一个人。巫萨拉的脚正在缓慢地远离这个洁白的房间。而她云小遥正在沼泽里慢慢陷落。

云小遥最终自己回家了。或许是因为爸爸妈妈在准备她的生日所以才没有来吧，她的生日蛋糕会是什么模样？她推开门，屋子里没有一丁点光亮。她叹口气，转身把家门关上，将外面的所有阻挡。接着她伸出手去碰灯的开关，才发现有人在她身后。

巫萨拉坐上车。她想起云小遥孤零零地在病床上眼睛都睁不开的样子，小遥的爸爸妈妈在哪里？是不是她没有爸爸妈妈了，那她不就像歌词里的小草一样，只能伫立在空旷的土地上慢慢变黄。巫萨拉撇撇嘴，想着这人，哦不，或者说她的朋友，嗯，她们可以聊上那就是朋友。班上其他人都没有让她有想要帮助的感觉。巫萨拉想的就是这么简单的一件事，想到云小遥看起来很苦的样子，下次不能给小遥带黑巧克力了，那带什么糖呢？带哪一种糖好呢？虽然她和云小遥还不是很熟，可她就是想帮云小遥。

“你是谁？”云小遥被压在门上问。

“萨拉啊，我怎么没听你说过云小遥？”巫萨拉的妈妈问。

“云小遥。”云小遥身后的人说，他很确定就是这个女孩。

"你告诉妈妈，你觉得那个小遥怎么样呀？"

"你爸妈居然敢骗我。"云小遥听到身后的人这么说，害怕极了，可她怎么也打不开家中的灯。

"哦，原来如此。能交到好朋友真是高兴呀。"巫萨拉的妈妈握着方向盘说，她看向后视镜。

云小遥回头，想要看清那个人是谁。她从来不认识这个人，可他却认识她爸妈。

"我想给小遥带点糖果！"巫萨拉说，她已经想好了，要给小遥带什么糖果。白白的棉花糖、蓝蓝的水果硬糖，还有……最好是好多颜色的，能够凑齐清晨、正午、夕阳的天色的糖果。她又想到云小遥，这名字真是好听，自己以前居然没有发觉到有这样的好名字。

"妈，云小遥这个名字是不是特别可爱？"

"是呀……"巫萨拉的妈妈说，"宝贝，你知道她爸妈是做什么的吗？"

"不知道呀，我从来没听说过，也没见过她的爸爸妈妈。"真是好奇怪啊，巫萨拉想。她将头靠在车窗上，外面竟然下起了零星小雨。"滴！滴！"车子们都堵着，完全没有要移动的迹象，只好聚在一起歌唱。车灯也在道路上给鸣笛声伴舞。好吵闹的一场演出，让她眼睛都睁不开了。

"在哪里？她在哪里？""在这里，在这里。"巫萨拉耳朵里也有儿歌进入了。

"胡说！才没有。"

"在哪里？她在哪里？"

“在这里，真的在这里。”

“小鸟呀，快出来让我见一见吧。”

“折断翅膀，砍掉小脚，放在你的手心里。”

巫萨拉的妈妈赶紧关掉广播里播放的童谣，她看着巫萨拉，发现巫萨拉正闭着眼睛，头一点一点的，应该已经睡着了。她松了口气，这样的东西怎么能让小孩子听呢？

“嘿，你可别怪我。要怪就怪你爸妈好了。”这个人说，他从云小遥背后掐着她的脖子，这时电话铃声响了。

“老大，抓到那俩人了。那男的偷粉给他婆娘了。”电话那头的人说。

“你别杀我！”云小遥喊，她的喉咙被挤压，气流只能出入一点点。

“等我走了你再把眼罩摘下来。”

“你到底是谁？”

“当然是你爸爸妈妈的朋友。小朋友要好好听话啊。你爸妈把你卖了你知道吗？不过没关系，我帮你解决掉他们好了，小朋友。”他的声音突然狰狞了起来，“欺骗我的人都要受惩罚！”

他离开之前将云小遥蒙着眼睛放在沙发上，并打开了墙上的小电视机，播放的是他带来的不知道从哪里买到的DVD——两个小孩正在找一只小麻雀。他们前几天喂养的麻雀在一天早上飞走了。小朋友们很生气，但他们还是一边唱歌一边找小鸟，一定要找到小鸟才罢休。他们在树边找到了小鸟，找到的时候他们已经不生气了，但为了避免以后生气，也是为了小鸟的安全——外面的世界多危险啊，他们折断小麻雀的翅膀，掰断小麻雀的脚，把小麻雀放在手心里，每天捧着看。

云小遥不敢动弹，等到房门被关上她才摘掉眼罩，瞪大眼睛，看完整部片子。

巫萨拉的妈妈开着车，终于到了家，送巫萨拉去睡觉之后，她就一直拿着手机在看。她不知道该不该给自己的丈夫打电话。他早该在一周前给她打一个报平安的电话。她只好在家里来回踱步，同时默念着："文哥，文哥，文哥，你可别有事……"

"妈妈，我睡不着。"巫萨拉推开房门说。

"妈妈，我睡不着。"云小遥用手揪着沙发布说。

"来，宝贝，妈妈哄你睡。"巫萨拉的妈妈抱起巫萨拉说。巫萨拉也靠着妈妈的手臂，真是坚实又温暖的营地。

回应云小遥的是满屋寂静和黑暗。

云小遥下了沙发，双腿间的皮肤上还有些血痂，摸着硬硬的，闻起来腥腥的。不知道谁说的有的人的血液竟然是水蜜桃味，那只能是水蜜桃的身体里的血液才会是水蜜桃味的，云小遥不是水蜜桃。她来到厕所，站在小凳子上，用手指撑开嘴角，对着镜子笑了笑，皮肤是棕黄的，牙齿是玉米黄的……她松开撑起笑容的手指，嘴角就耷拉下来了。镜子里的她嘴角也耷拉下来了，她们凝视着对方。镜子外面的云小遥抬起手指，指着镜子里她的额头，说："你饿了吗？"

"你饿了吗？"镜子里的人也说。

"你累了吗？"

"你累了吗？"镜子里的人也说。

“去洗澡吧。”

云小遥的脚又踩在地面上，拖鞋里。家里洗澡的地方就一点点大，只够她转个身，于是云小遥拿起挂在墙上的花洒，让花洒转个身，水流从下冲到上，从外冲到里，一点一点慢慢地清洗她的身体。

月光从浴室墙壁的顶端朝里照射，照到深绿色的浴室里，看起来就是白色的。但月光选的入口位置不够好，光完全没有照到云小遥的身上。

云小遥看着光，又看看水，呜呜咽咽地蹲在地上哭了起来。她大概只是单纯地觉得眼泪和水混在一起就没人看得到她在哭。地板和墙壁缝隙间的青苔早就看出来了，她是它们的园丁，经常辛劳地浇灌它们，给予它们生活的养分，当然阳光是最好的，但云小遥是第二好的。它们只想长得好看点报答园丁，却没想到园丁被它们滑溜溜的触感吓了一大跳。

“啊！”

“别……呜，走开，走开！”

云小遥在浴室和自己跳起单人舞，给自己伴奏。她不觉得自己孤独，只怕自己不配孤独。

“云小遥呢？”老师看了一圈教室，没有人应声。

底下坐着的同学都看着老师，希望老师能给他们答案。

巫萨拉也想知道云小遥怎么没来。但不是所有的疑问都能找到答案，云小遥这一整天都没有出现。

云小遥在屋子里找到了一支蜡烛，还有一只打火机。她先打开打火机，让火苗提供一点点光亮，随后她将放在桌面上的蜡烛点燃了。一束火苗的生命传递到了另一个物品上，现在它们都有火苗了。可云小遥还是觉得很难过，她看见点燃的蜡烛剩得不多了，也就是说，蜡烛的寿命其实很短，短的让人心疼，蜡烛自己肯定也清楚。可它还是选择燃烧，为什么？难道它知道自己的使命就是照亮黑暗的地方，这就是蜡烛自己想要的生活吗？哪怕只有那么一点，也要向世人传递光。

“开门，警察！”门外的人说。

“等……等等！”云小遥手忙脚乱地把蜡烛放到一边。

“开门！”

“来了来了！”云小遥声音也大起来，又尖又细。

门外的警官听清楚了，这是个小孩。

“你们等一下好不好？”云小遥瞥眼看到只剩下一点点的蜡烛，“火要没了。”或许是知道她不是孤独的一个人，云小遥开始哭了起来。

大门打开，进来几个穿着警服的男子，他们手里拿着什么东西，云小遥看不太清，因为没有光了，蜡烛已经熄灭，火苗也跟着死去。

“你家里人呢？”

“不知道。”云小遥说。

刑警们在楼道一闪一闪快要熄灭的灯光下给云小遥看了警官证。

“嗯，那你们看见我爸爸妈妈了吗？”云小遥歪着头问，“他说他会帮我解决掉我的爸爸妈妈。”

“他是谁？”

云小遥也不知道答案。她的脑子已经不知道怎么思考才是正确的，她爸爸妈妈也没有叫过她“小朋友”，也没有给她放过 DVD，哦，那个人走之前还给了她一个毛绒兔子。云小遥哭完之后发现这个世界有点不一样了。

“他给我一个毛绒兔子。”云小遥指了指沙发上的玩偶。

毛绒兔子被带走了，云小遥再也没见过。她现在有了更多的毛绒玩具，睡在有灯的房间里。除了没有爸爸妈妈，其他都很好。

云小遥就像是没听到身后让她慢一点的声音，一股脑地往前走，她刚刚感觉到有风来了，推着她朝前。前方是学校礼堂，开学典礼马上开始，六百多名高一新生都要站在这里听一场冗长且不必要的讲话。

这几年巫萨拉没见过云小遥，听说云小遥被送到福利院去了，原本萨拉还想去看看。那天她跟妈妈说完后，妈妈的脸色立马变得难看起来，眼眶也红了。巫萨拉知道她必须离云小遥远远的，就像如果人想看到空中的云停滞，那么风必须远离云朵。她并不知道在她的世界之外发生了什么事，但若是妈妈如此抗拒，那她也不应该再坚持。毕竟她给了云小遥她妈妈买的糖果，可是现在妈妈不愿意给了，她也不能再给了，她连云小遥住在哪里都不知道，她们只是同桌过，在医院相遇过一个下午。

“你手里拿的是什么呀？”后面的女生问云小遥，她看向云小遥手中生了铁锈的盒子。

“一些糖果而已。”

“啊，”她眼巴巴地看着云小遥，“我能吃一个吗？我家里人都不愿意给我糖吃。”

“为什么呢？”

“因为我长蛀牙了。”

“那你也不应该吃我的，因为我的糖也是糖，你还是会长蛀牙。”云小遥搂紧盒子说。

“可是我好想吃。”

“可是我不想给你吃。”云小遥毫不客气地说，她完全没有要与人分享自己东西的想法。

“唔，那好吧。”女孩还是眼巴巴地看着，虽然她知道自己吃不到了，但是用眼睛看应该还是可以的吧。

“咦……”云小遥感觉自己好像看到了巫萨拉。

“怎么了，怎么了？”女孩问。

“巫萨拉……？”

“啊，这个我知道。”

“什么？”云小遥问女孩。

“就是巫萨拉嘛，听说她爸爸被人杀了。”女孩一边说着一边点头，确认自己说的没有错误，“杀人犯真是太可恶了。”

云小遥也点点头说：“杀人犯真是太可恶了。”她已经知道那人是谁了，不过那人已经被枪毙了，对她来说也算是一种慰藉，毕竟他在她身上留下的东西就是他的催命符。毛绒兔子不足以抵消一切。

云小遥和女孩进来晚了，只能坐在走道中间摆着的凳子上。

接着，云小遥好像看到了什么人，她的身侧竟然有风。她稍微瞥去看，发现那人正盯着她看——是巫萨拉。

巫萨拉也看到了云小遥，她知道云小遥看到了她，可为什么小遥不跟自己打招呼呢？是她的样子变了太多，还是小遥早就把自己忘记了？

云小遥用手捏住放着糖的盒子，不知道自己应不应该送出去。她见到萨拉时才想到如果巫萨拉已经不再吃糖了呢？如果巫萨拉已经知道她家里曾经是干什么的，还会原谅她吗？是不是巫萨拉已经忘记她了呢，毕竟她们很久没见了。云小遥确信自己知道并且记得巫萨拉，她一直都记得清清楚楚。她收到的糖从来不吃，全放在糖盒子里，现在已经攒了满满一盒。

巫萨拉不知道为什么云小遥不叫她。她也不知道自己该不该开口了，如果开口之后云小遥完全把她忘记了怎么办，周围那么多同学全都会看着她。

云小遥不知道为什么巫萨拉不叫她，她也不知道自己该不该开口了，如果巫萨拉知道过去发生的事情，应该会很生气吧？萨拉会不会在这里和她打起来，在这么多人面前。然后不知道她的事情的人也会知道她的事情，因为她还是他们的孩子，即使他们已经死去。死去的他们就能平息所有人对她的歧视吗？还是她会像他们一样，躺在没人打理的墓地中？她的身下躺着许多人，她的身上还会再继续加人，盖住她的身体。

巫萨拉选择忘记云小遥，因为云小遥已经忘记她了。她拿出偷偷带进学校的手机，将写有“云小遥”三个字的便签条删掉，一同被删去的还有名字后面跟着的六颗糖果。

病变

在伊琴连续上了半个月的班之后，终于获得一天假期。她早在一周前就规划好了这来之不易的一天。昨晚一下班，她就去了酒吧。

晨光才刚拨开窗帘，手机铃声便抢先一步叫醒伊琴。

“喂？”伊琴不知道是谁打的电话，她的眼皮还暂时不想醒。

“是伊琴女士吗？”

“你是谁啊？”

“请问您是不是有一个亲戚叫简寄？”

伊琴想了下，好像三年前确实有这么个亲戚来找过自家老爸，但自从爸妈都进了地下之后还没来过亲戚看望她。

“是啊，应该是我表姑，怎么了？”

“我们整理了简寄女士的遗物，希望您能来警局领一下。”对面是一个年轻的男声，语调中还有压不住的对工作的“爱”。

“那你找她儿啊……”伊琴打了个哈欠说，左手揉揉脑袋，想不明白。

“她没有儿……”电话那头大概也是挠挠脑袋，没想明白。

“她就没有别的亲戚了？”

“没有。”

“不去。”

“伊女士，这是最新规定，请不要为难我们。当然未来三天内来拿都可以。”

“那有没有保护缺乏睡眠的人一觉睡到中午的规定？或者有没有保护我能休假三天的规定？”

“这个没有。”

伊琴把手指放在关闭通话的键上，准备把电话挂了。

“当然，如果您实在不方便，麻烦告诉我您的地址，我巡逻的时候如果顺路可以帮忙送到小区路口。”

“滨江小区。”

“不顺路。”

“哦，那挂了。”

“等等！我们存放室真的放不下了。”

“你送到我小区楼下，我请你吃饭。”伊琴让步。

“那，好吧。但是吃饭不行！违规。”电话那头的小警官说完这句话后只能听到嘟嘟的声音了。

伊琴在想那个自己都不认得的亲戚到底长什么样，家里没什么冲洗过的照片，因为冲洗的照片都被她放到仓库去了，也没有什么电子照片，因为电子照片全都存在云盘上，她也不知道在哪里找，对于在一个 10 T 的硬盘中找张可能只有 300 KB 的模糊照片来说，这不是笔划算的交易。但她真的很好奇，也充满厌恶，她本该睡到中午十二点，然后出门吃番茄底火锅，顺便一个人逛街，晚上再和朋友在外面吃饭聊天。现在不行了，要等那个不知道什么时候会到的警官带东西来，然后要将不知道几箱子杂物放在本来就没有多少空间的小屋里。她住在二十五平的公寓里，只有一个进门的过道和上床的楼梯可以落脚。更何况，她只见过那个表姑一次，也没怎么听父母谈起过。

现在是九点，还要在家里再待上几个小时，她在房间里无所事事。伊琴十分讨厌计划被现实的节奏打乱，这会让她早就保存好的程序出现错误，而未知的改变会让她暂时无法思考下一步的动作，伊琴经常怀疑自己其实是个机器。她像机器一样总是按部就班，如果被“黑客”攻击程序，自身的运行程式就会出现错误，让本来应该快速思考的大脑只会显示“错误”，无数个“错误”在脑海中滚来滚去，霸占所有神经的空间，导致出现不可预料的糟糕结局。伊琴经历过一次，她本来打算去买咖啡，每天都应该能够买到的普通咖啡店的普通咖啡，但是那天咖啡店关门了，她没有买到咖啡，当天的工作全部都做得很糟糕，甚至让她怀疑自己不适合这份工作，幸好第二天她买到咖啡了。

伊琴想到这里，觉得应该给自己找点事情做，比如看看书、听听音乐或者看看电视，哦，不，她没有电视，也没有摆在外面的书，她所有的书都在过道边上的纸箱子里。几只黄色的箱子，侧面用黑色的马克笔写着大大的“书”“衣服”，也有用蓝色马克笔写着大大的“书”“衣服”的，个别箱子上有用黑色笔写的“书”，还有蓝色笔写的“衣服”，但伊琴不知道到底该看黑色的还是蓝色的字迹——距离搬过来刚好过去十二个月了。她应该收拾自己的家吗？应该，但她完全没动静。伊琴宁愿自己公寓里的书架空空落落，也不想在不知道什么时候会出现的下次搬家前把书们从应该待的位置塞到狭窄的纸箱里。更何况，她都忘记纸箱里面有些什么书了，她甚至留着自己毕业七八年还从没用过的课本。现在伊琴的生活只剩下上班，下班，回家工作，拿工资，还款，两周一天的假期过于稀少，她甚至找不到家对于她生活的有效作用，好像只是一个昂贵但是便捷的仓库罢了。

伊琴的手机铃声响得比她预想的还要晚，但她告诉自己要感谢铃声的拯救，没有让更多“错误”出现。

那个上午给她打电话的小警官说自己已经到楼下了，伊琴先做几次深呼吸，她怕在外面生气，否则她在其他人眼里就会变成一座行走的活火山。伊琴虽然脾气不好，但也不想对警官生气，虽然她确实因为被他叫醒了而很不高兴，仔细想想他在做他该做的，只是生活在同一地方的人出现了本该跨越地区的时间差。

“这儿呢，这儿呢！”

等伊琴终于被慢悠悠的电梯送下楼，一走出大门就看到朝她挥手又蹦又跳穿着警服的青年。

伊琴不想让别人多等，小跑着过去准备拿走摩托车后座垒起来的两个大纸箱。她眼里只剩下纸箱，没有路，更没有路上的石子。

“呀，还没到过年呢，不用行此大礼。”那警官一边说一边赶紧扶她起来。

“那也是对着苍天大老爷，不是你。”伊琴站起来拍拍并没有沾到灰尘的黑衣服说。

“唉，我是一个好人，所以，送佛送到西，我帮你抬上去吧。”他解开纸箱上的绳子，将两个大箱子往怀里一放，除了看不到路没什么问题。

“你帮我看着点路，我可不想参拜苍天大老爷。”

“放心吧。”伊琴看看太阳，太阳正好打在他俩脸上，眼睛只能睁开一点点，还不如一人一个箱子呢，她想。

“我帮你拿一个吧。”伊琴虽然力气不怎么大，也没有满身肌肉，但让别人帮忙总归是不好意思。

“那上面这个给你。”

伊琴接过箱子，问：“你叫什么呀？”

“哦，也是，还没看见我的名牌吧。”他说到后面笑了起来，显然是想到伊琴刚刚摔倒的样子。

“再说一次，我没有要给你行此大礼。我还怕你无福消受。”伊琴的注意力很快被带偏了，不过这也无关紧要，因为她只是想送个锦旗，上面写着：虽然你是早起第一人，叫醒凌晨入睡的人还是太残忍。

“好，就放这儿吧。”

“对了，我给你拿瓶水吧？”

“不用了，那算受贿。”

“那我给你倒杯水吧。”

“这个行。”

他没有进门，在外面接过纸杯全部喝光。

“谢了。”

“该我谢谢你，江警官。”伊琴在倒水的时候看到了他的名牌“江河”。

伊琴把纸箱拖到屋里，现在好了，如果她想进到屋内就必然要横跨一大步。

是拆开，还是不拆就放着，抑或扔掉？伊琴没想好。她觉得扔掉不太好，如果这个纸箱子里面有给她的遗产……，毕竟她是表姑唯一的亲人，还替她收着不知道装了什么东西的箱子，不给点好处也说不过去。如果这里面真的有遗产，伊琴决定每年去上两炷香，再烧点在地下的人有可能用到的纸钱。她到厨房里找到一把平时剪肉的剪子，去除箱子上的胶带。伊琴拆胶带的时候很亢奋，她已经想好，如果里面有一百万她就立马辞职，并且在确认辞职之后私聊老板大骂一通，因为她的老板天天让她加班而只给茶水甜品作为补偿，虽然很好吃，可她更爱钱。对伊琴来说，除了钱她可以什么都没有，如果给她一百万，她立马会成为最快乐的人。

她轻轻地打开箱子，不想吓走她的“一百万”。

第一个箱子没有，伊琴觉得自己不能放弃，她迅速打开第二个箱子。

最顶端的是个透明文件袋，里面真的有张银行卡。

伊琴怀疑自己是不是出现了幻觉，或者是在梦里，她转起地板上的陀螺，陀螺没有一直转下去。

她真的得到了一张银行卡，只是不知道里面有多少钱。

在文件袋的背面贴着一张便签：“如果你拿到了，就说明你现在有了两百万！我的遗嘱就是，这里面的钱保存一年，如果有人接收了我的遗产，就送给那个人！你真是个幸运的人！密码要在我的日记本里找哦，线索是我去过的律师所。”

箱子里有几个盒子，有大有小，还有一些带有不同封面的本子，封面上都写了年份。伊琴打算从最近的年份开始找起。

她找到一本封面标签是今年的本子，翻到最后一页有字迹的地方。

“你不会以为能不看我的日记就找到吧！你现在最好从最早的年份开始找哦，比如说 1988。”

伊琴从四十几本里找到了封面用马克笔写着“1988”的日记本，上面用透明胶封住不让字迹逃走。

第一页，上面字迹歪歪扭扭，看上去是刚学会写字的小孩写的。

“爸爸让我写日记。——1988-01-01”

“表哥吃了我该吃的肉！”

“抓了只小蚂蚱。”

“油条！”

“吃西瓜，嘿嘿。”

每一页代表一天，每一天只有一句话。伊琴很快看完整本，在最后一页有着和便签相同的字迹“请看 1989”。

伊琴的手机又响了，这次是医院的预约通知。她上个月觉得肚子很难受，去社康看了几次也没看出来什么，今天下午医院正好多出来一个专家号，她预约上了。

伊琴这次约的是医院，虽然社康可以看些普通的病症，也确实替医院分摊了不少病人，但连续一个月的胃肠炎让她十分不安。她只能尝试寻找更好的确诊手段，毕竟心理因素也很难导致她每隔几天就会出现的上吐下泻。她虽说心大，但是对于健康看得很重，即使钱对她而言是最重要的，可没有享用钱的机会，之前的努力也算是白费。伊琴为了能够确诊，特意等着专家号。

她正坐在椅子上，肚子就被打了一拳，她看向四周，发现周围没有人。打她肚子的只会是自己的神经，和不知道是什么却已经出现在她身体里和她共同生活了一段时间的东西。她想让那东西离开，在她的脑海中她已经重复了许多次同样的话“离开，快离开”，疼痛依然没有消失，而是停留在她的身体里，腐蚀她的大脑，削弱她对于周围感觉的敏锐度。直到叫号器叫了她的名字好几遍她才注意到，像是在战场上怕被敌人发现，她一路弓着腰小跑进诊室。医生就坐在诊室里，一身白衣，比下凡的天使也差不了多少。伊琴刚松口气又被疼痛咬了一口。

“最近是不是瘦了呀，还瘦得比较明显？”

“是，但我运动了。”

“运动了多少呀？”

“每天一百卡。”

“那不够。”

“我还戒了奶茶。”

医生摇摇头，问：“你上个月多少斤？”

“大概，比现在多个十多斤。”

“是不是还经常肚子痛，然后便秘呀？有没有带血呀？”

伊琴连续点着头。

“今年几岁呀？”

“二十八。”

“很年轻呀，彩超、胃肠镜之前做过没有呀？”

“一年前，啥事没有。”

“那就再复查一次吧，好让你安心，对不对？”

伊琴拿到报告。

“是不是不太好？”

“这个嘛，你也不要太担心，毕竟你还很年轻。”

年轻就像是保命符，由于年轻，皮肤没有多少皱纹，不管是器官还是肌体，基本都没有被时间侵蚀。人可以吃很多保健品，就如润滑油对于机器，但是不管怎么保养，用久了总会磨损，而年轻就没这种烦恼，或者说看起来没有这种烦恼。伊琴总是对自己的年纪很满意，年轻就意味着生命刚开始，生活刚起步，如果说在年轻时会被什么可怕的东西打倒，那种不幸的概率太小了。而伊琴觉得自己快要碰上“不幸”，不幸离她只有一点点距离，中间只隔了层很容易撕破的塑料薄膜，因为这层膜太过脆弱，连带着她的心也在担心这层膜什么时候就要坏掉。虽然医生的话和表情能带来很多慰藉，但心是自己的，也只有自己可以掌控。对伊琴来说她才刚刚幸运，如果幸运能够延续，她希望幸运能降临到自己身上，然后给她机会去享受两百万。

我许愿，我的疾病，如果有，就请大厅里的每个人都替我分担一点吧！伊琴这么想。但她没有想过如果其他人都这样许愿并且许愿成功，那她的疾病是否来源于此，这不再是她个人的过错，而是周围的所有人，同样她的身上也有着导致其他人生病的过错。

她左等右等，视线都碎裂成一片片落在地上，落在地上的碎片又碎成更小的片片，弹射回自己的视线中，弹来弹去，她的视线里全都是老旧电视机屏幕上会出现的噪点。伊琴现在像是正在等候法官给予审判结果的犯人，她不知道自己有什么罪，是熬夜罪还是加班罪，是喝酒罪还是泡吧罪。如果是因为熬夜加班公司会有补偿吗，如果真的生病会有什么人给她钱吗？虽然有保险但不知道能不能足以支撑治疗费用。

“伊琴，到专科一诊室就诊。”

医生已经在这里等着她了，等着看她的检查结果。

“你这个呀，你有亲属陪你来吗？”

“没有，就剩我一个。”

“那你有没有朋友能来呀？”

“我，问问吧。”伊琴感觉自己知道结果了，如果是好事医生可以大方地告诉她，就算是看着她开心到心脏停跳，在医院也能治回来。但显然结果不妙，医院没有药可以治疗非病理性的哭泣，她也不想让医生看到她哭。

“遥遥，你能来医院找我吗？”

遥遥过来了，把收拾刚搬的家这件事放到一边。她是带着风来的，一路冲进诊室。随后没多久慢吞吞地走了出来，她看向伊琴，虽然什么也没说，但红眼圈已经在说话了。

“没事，我看啊就是你天天吃油腻重盐的东西吃的，每天一袋腌黄瓜，是铁人的肚子也要疼啊。”

“真的吗？”

遥遥很勉强地笑笑说：“你觉得呢？”

“那怎么办？”

“走吧，跟我进去问问医生怎么说。”

医生推荐伊琴先做化疗然后再做手术切除，如果手术成功就能活下去。

“那，大概要多少钱啊？”

“现在不是担心钱的问题，你要有信心，你这么年轻，大概率能活下去的。现在呢，要保持好心情，不要吃重口味的东西，明天再来一趟医院，我们专家组再一起帮你看看。你也筹备些钱，现在医保能报大半，我也不好说具体多少，先备个几万吧。医院是肯定不会坑你的，知道吧。”

“知道的。”

“那你就等着明天再来。”医生说。遥遥拉着伊琴离开了医院。

“你明天一个人来行吗？”

“啊，你明天要上班。”

“你不用担心我，如果你不想一个人，我陪你来就行了。”

看到外面道路上还没什么人，伊琴没绷住，泪珠直接从下眼睑的小点点里跑出来。她哭的时候是不爱说话的，因为说不清楚，她只好抱着遥遥，拥抱是她此时此刻唯一能借用到的有效慰藉。

遥遥也抱住伊琴，空闲的另一只手在裤兜里摸纸巾，除了一起哭她不知道还能做些什么。

“明天我会陪你一起去的。不，今晚我就和你一起。”

按照大部分人对于孤独的定义，伊琴毫无疑问是孤独的，她只有几个能够聊天的朋友，一个愿意陪着她的朋友，除了自己的组合家庭之外，家中没有其他成员。遥遥总是劝伊琴找个男朋友，伊琴却不愿意。伊琴不知道找对象的意义在哪里，是让自己的小家变得更加拥挤，还是让自己的生活增添更多吵架和被出轨的风险，所以她更愿意自己一个人住，生病的时候除外。多亏遥遥的安慰，现在她对自己的遭遇没有那么难过了，当你幸运过头总会来点不幸调剂生活，伊琴决定躺好接受现实，因为她的身体已经病了，不管做哪个梦也是无法改变的事实。

“遥遥，我跟你说，我不是有个表姑叫简寄吗？她的遗物送到我这里了，我中午拆开箱子的时候，发现了一张据说有两百万的银行卡，但是我没有密码。我必须在她送我的遗物中找到密码，线索是她去过的律师所。”

“如果是去过律师所的话，那么应该是她成年之后的事情。她没成年之前的日记我们是不是可以略过，然后直接找成年之后的日记本？”

“我本来也是这么想的。起初我从最近的年份看起，但是她写下让我从第一本开始看的文字，并且在第一本日记里还有她后来的字迹，所以我感觉她可能是把去过的律师所的文字故意藏在某一本日记里。”

“那好吧，我和你一起找，这样，你从后面看，我从前面看，怎么样？”

伊琴点点头说：“找到之后咱俩平分。”

“你先欠着我也行，等你以后赚大钱了再给我，现在应该先准备手术的费用。”

“说的也是，我刚刚看了我卡里能用的钱，还有三万的存款。”

“那就好，差的估计不多了。”

她俩开始在日记本里找寻有关银行卡密码的线索。

伊琴翻开简寄日记的最后一本，从第一页开始看起。

简寄的这本日记只写了几十页。前面几页纸上还是正常的清秀笔迹，里面记录了每天吃的东西、做的事，旁边还贴着几张贴纸。

“对了，你表姑是怎么死的？”

“这我还真不知道。”伊琴想起那天来的警官，他没说，她也没问。

“啊，我就是好奇。”

“我也不知道，可能是意外吧。我看的这本也只记录了日常生活，并没有什么感悟之类的。”

“你表姑小时候好惨唉。”

“老师不让我上学，说我笨。”

“奶奶把我吃的鸡蛋抢走给表哥了，虽然表哥后来偷偷还给我了。”

伊琴说："可能重男轻女吧。还好我爸人不错，没有这样。"

"小翠扯我辫子，还把我的粥打翻了。我被气哭了，老师为什么不帮我？"

"我偷偷看到小翠的爸爸给老师送礼，不知道送的什么，但是老师很高兴。如果我爸爸也给老师送东西，老师会不会就不那么生我的气了。"

遥遥猛地把日记本合上，大声说："气死我了！"

"但是我们遇到的老师都很好。所以不是所有老师都这样。"伊琴想起自己小时候的数学老师，脾气好还漂亮，教得也很好。

"是哦，我好喜欢那个数学老师。不过我去年看班级群，说那个老师已经意外去世了。"

"真的？"

"谁让你退班级群的，那个老师之前被车撞了，肇事司机还跑了。我本来想去参加葬礼的，不过离我们这儿好远，因为那个老师后来去乌鲁木齐教书了。"

"啊，好想去看看她。"伊琴说。

"我想起前几年看过一个报道，一个女人得了癌症之后就把所有的钱都拿去旅游，旅游了三年，回来后癌症好了。要不要试试？"

"我还是想接受治疗，遥遥啊，毕竟那是小概率事件，发生在别人身上不代表会发生在我们自己身上，对吧？"

"说的也是。"遥遥点点头，说，"我能给日记的部分内容拍照吗？感觉这样了解一个人好有趣。”

伊琴倒是无所谓，说：“那你以后可得每年和我一起祭拜她了。”

“放心吧，每年都陪你。”

伊琴看到日记本第十几页，字迹有些歪歪扭扭了，还有水落在上面的印迹。

“是肺癌，确诊了，马上要死的那种。我竟然一直都没有发现，毕竟只是咳嗽，经常吸烟，咳血也正常。两年没去做体检而已……其实阿小之前让我去补公司的年度体检，但我还有很多工作没有做完，手中的项目一个接一个。本来想着攒下五百万以后就辞职去风景好的地方买个房子，每天躺着晒太阳，饿了吃、渴了喝，养只猫再养条狗，猫要美短，狗要边牧。一个人去岸边吹风，去爬遍中国的山，去海岛潜水，最好还能和海豚一起玩，去米其林餐厅吃饭，闲了做点小生意，看很多书，做很多没做过的事。其实我已经攒了两百多万了，我每天三餐在食堂吃，住在公司，很少买衣服，每天满脑子都是钱。可有钱有用吗？有钱也治不好我的癌症。没法治的那种，永远治不好。等我到了地府，一边和阎王爷说话一边咳他一脸口水，来世会变成蟑螂吧。”

“昨天写了好多。今天告诉老板我快死了。”

“老板帮我找了好的医生。”

“没用。”

“本来想养猫猫和狗狗，但一想到我马上要死了，养宠物干什么呢，让它们饿了啃我吗？倒也不必。”

“列了一个清单。”

滑雪

看冰雕

坐一次过山车

去西藏

去新疆

去海南

吃好的

喝好的

每天一杯奶茶

攀岩

跳伞

蹦极

其他（没想好）

“其实我能想到的我想做的事并不多，可能我只想花钱。”

“买了个墓地，好贵，十万。”

“亲手做了一个骨灰盒，以后要是不喜欢了也没办法。我尽力了，还贴了金箔，希望自己喜欢。”

“找个律师。”伊琴的目光在这页停留了很久也没有找到有关去过的律师事务所的记录。

“哇，我这里找到一行她后加的内容。”遥遥说。

“去过的律师所……咦，后面就没有了。”

“我觉得她应该是把字分开写的，”伊琴说，“今天先找到这儿吧。”

屋里的时钟已经走到十一，离未知的明天又近一步。

伊琴接受了医生们给出的方案，先做化疗随后进行手术切除，毕竟出现了癌转移，如果手术成功还是可以继续活下去的。化疗选用对伊琴最有效的药，一次要五万多，化疗四次一个疗程。伊琴把存下来准备买房子的钱也拿出来了，二十多万，现在只能寄希望于简寄留下来的两百万。

“琴琴，我们运动吧。”遥遥看着手机说。

“为什么？”

“我看化疗有很多副作用，如果抵抗力差，化疗后人很容易出问题。”

“可是我不想运动啊，遥遥。我现在只想喝奶茶，然后躺着。知道生病之后你会觉得你生病的地方比你不知道自己生病的时候更疼。”

“我记得医生给了颠茄，你要是痛了就吃点。”

“遥遥，我们赶紧回去找钱吧。”

伊琴和遥遥继续坐在客厅的地上查看简寄的日记。

伊琴还在看简寄的最后一本日记，昨天还剩下最后一页。

“一群又一群的人就像是一个个咬合紧密的齿轮，每个人都是庞大机器上的一个部件。我们总是想着前进，从来不会停下脚步，齿轮越转越快，然而齿轮和齿轮并不是完美契合的，需要经常修复保养。我能预想到组成机器的一些齿轮因为磨损而脱落，哪怕转动时有几个齿轮停下，如果不修理，就会出现越来越多的错误，和越来越多停止转动的齿轮。我们对自己的能力过于自信，相信人无所不能，永远在进步，永远不会老去，我们只能看到周围不断努力的齿轮，别人都在努力，你也只能不断努力前进。可不幸总会找上某个人，当你落了后尘，就再也赶不上了……”

这本日记后面就没有再写了，伊琴的情绪也跟着这段文字而变得低落，她很想跟遥遥说点什么，却觉得无论怎么说都像是在自我打击和矫情。她应该对未来的每一天都充满希望，而不是让癌症入侵身体，还击破情绪的壁垒。当病情占据身体时，出问题更多的是心理。伊琴拿起散落一旁的笔，在这页日记的后面写下：“不要被击败，即使下降也要不断上升。”她想了想，没有写下日期，简寄在这本日记里也没有写日期，伊琴不打算破坏这份难得的神秘感。如果她没有治愈，或许这本日记留给遥遥是很好的选择。

疼痛来得那么迅速，原本干旱沙漠中不该存在的火山又开始喷发，一滴滴炙热的岩浆打在伊琴的血液里、细胞深处和每一寸神经中。直到遥遥把药递过来让她服下，她才感到好些，但还是隐隐作痛，毕竟岩浆还在侵蚀沙地，空中还有漂浮的粉尘。

“唉，你的表姑好惨啊，小学老师是势利眼，初中老师还是这样！”

“但是我们能做什么呢？”

“反正我觉得很悲伤。”

“如果我死了，你也会很悲伤吗？”

“那是肯定的，但我觉得你不该这么说。”

“我就是想问问。你觉得你会悲伤多久？”

“我觉得一个月内很频繁，一年之内经常想，再往后估计就每年去给你坟头送点你吃不到的水果的时候会有些悲伤吧。”

“我觉得也是，但你不考虑给我烧点房子和车吗？”

“可以是可以，我再给你烧一张 A3 纸，上面写着‘一千万平方米’，这样你就有块很大的地了。”

“你怎么不给我五百平方米的床。”

“也不是不行。”遥遥认真地思考着。

“苹果摘得太多，我渴望大收获，为此累得够呛！”

“咦，你在说谁？”遥遥问。

“我在说我自己，用弗罗斯特的句子说我自己。”

“哦。我觉得我们明天就能找到卡的密码了。”

“我也觉得。所以明天又是充满希望的一天，对吧？”

“对！我们去酒吧庆祝一下吧！”

“那就去吧，不过这次我可不喝了。”伊琴虽然很想喝，但她现在完全不敢碰，生怕本就脆弱的玻璃摆件又裂开一道缝。

遥遥专门选了清吧，准备给伊琴点个小饼干，然后让伊琴看着她喝酒。

她们刚坐下，隔壁就开始摔酒瓶，听那声音一声更比一声高，除了吵架应该没有别的可能了。

酒杯的碎片不巧弹到遥遥的脸上。

伊琴站起身准备去理论，却被醉酒的人误认为她要和他打一架。那人凑上前，酒味熏得伊琴直皱眉头。这时伊琴注意到隔壁桌有人躺在地上不知死活。

“快报警啊！”本该安静的酒吧里不知道是谁的喊声从声浪中突出。

伊琴推开醉酒的人，去找店员要创可贴，一转头却看到之前见过的江河。

“你为什么不给他你的号码？我觉得他很好看呀。”遥遥看到警官离开的身影问。

“你觉得正常人听到我这种病会怎么想呢？当然是远离，我不想见到这样的结局，因此我肯定不会告诉他实话的，但这也是对他的不尊重，我不想剥夺他了解真相的权利。”

“而且我确实快死了。”

“不是说了不要说这种话吗？”

“那也没差啊，就算治好了也不是没复发可能，也许还要花更多的钱、精力和时间。没有结果的事就不要去做了。我确实是生病了，很难治好，但我也不需要被人可怜。”伊琴在床上翻个身回答说，她知道遥遥很难理解她的心情，更何况就算给了号码，江河得知她有癌症，自然会离开的。伊琴想到这儿，把原来喜欢了很久的男生的联系方式删掉了。她需要退后，再退后，直到退出这个世界，一个人的死亡是从被遗忘开始的，她希望身体死亡后灵魂也能很快消失。除了遥遥，她不想再让其他亲密的朋友知道了。

“好吧……反正我没有可怜你。”

“嗯，我知道，你是来和我一起生活的。”

“要给钱的，一百万。”

“给你，都给你，那两百万我都不知道能用多少。”

“我们一起来继续找两百万吧。”

伊琴和遥遥又坐到客厅的地板上，看到晚上，所有的日记本都翻完了，也没有找到简寄到底去了哪个律师所。她们只是看了一个死去的人的日记，只是让这个人能够在世界上多停留一会儿。窗外的雨零零散散飘到屋内的木地板上，也没人去清理，只是让雨水浸湿地板，在坚硬的表面拱起一块包。之前的乌云是在夜晚偷偷进来的，没人发现，直到雨声倏地变大，遮盖住她们的声音。没有人知道她们说了什么，只能透过雨水从向外开的窗户看到她们拥抱在一起。

“我们再看一遍，还有时间。”伊琴说。

这次伊琴从前面看，遥遥从后面看。她们开始补全对简寄的印象。

她们抓紧时间争取在化疗前重新看完一遍，在十八岁日记的最后一页找到了“我去过的律师所……”的记录，后面是被拖拽很长的笔迹，从最开始破了的纸到后面轻轻扫过的颜色，以及纸面上棕褐色的早已干涸的血迹，都在诉说她们想知道的答案已经消失了，简寄的死亡虽然给予她们希望却也阻止了她们朝希望前进。伊琴很想哭，却哭不出来，她悲伤的能力早在首次遭遇不幸的时候就已经消失了，她要怎么做才能得到所谓的密码，又或许这张银行卡就是一种假的希望。就像是她在小时候听过关于死亡的谎言，直到成年后才发现所谓死亡的意义，她过去一直幻想的关于再见到离开的人的梦，在得知真相时就破碎了。真相破碎后，希望也破碎了，只有说谎的人才是真正赢家，相信希望和真相的人就该出局。伊琴觉得或许这就是所谓的安排，来自未来和生命的嘲笑却是让她连哭都不会了。

“这样吧，我们还是先做化疗试试。反正医生说了成功率很大的，你还年轻。”遥遥先反应过来。

伊琴摇摇头，说：“我不想治。简寄有那么多钱不还是治不好就死了。”

“她的癌症和你的癌症不一样，再说了，每个人的身体也不一样。你忘了她在日记里写的她基本上工作两天睡五六个小时，你至少每天也睡六七个小时呢。我们试试吧。”

“我不想试，我把钱都给你不行吗？”

“那你死了怎么办？”

“本来就是要死的，不过是早点晚点的区别，到了下面要是他们看到多收我十年或许下辈子还给我加回来呢？”

“那都是假的！”

“你没经历过怎么知道是假的。”

“真要有下面的世界还让你遭这种罪？”

“或许我上辈子做了很不好的事情。”

“那你找个算命的看看吧。”

“那就看看吧。”伊琴不知还能怎么办，她需要别人来告诉她她的病能好。

遥遥托朋友找到个算命师傅。

算命师傅要了生辰八字，几小时后说伊琴没到六十岁不可以算寿辰，但吉人自有天相，不会有事。

伊琴也希望自己不会有事，最好这只是她漫长生命中的一小段插曲。

“你说当初她的遗物是怎么被警察找到的呢？”遥遥问。

“应该是她死了之后被人发现了吧。”

“会不会是律师所给的呢？”

“那我去问问？但我觉得可能性不大。”

“我刚才搜过了，我们这儿一共有三十家律师事务所。你去做化疗，我去找律师所。”

“但是在此之前，我们是不是应该看看这张卡是不是真的？”伊琴有些担忧，如果之前的一切都是谎言呢？

伊琴和遥遥先去银行卡所属银行的 ATM 机，把卡插进去，确实能读取。伊琴松了口气，那么至少卡是真的。

遥遥按照之前说好的去律师所，带着简寄的便签。

伊琴一个人去医院准备接受化疗。

伊琴到了医院，之前的医生问：“怎么只有你一个？”

“只有我需要做化疗。”

“唉，那不是怕你化疗之后反应大吗？”

“没事，我可以。”伊琴已经做好输液的准备了，她从小就没怕过打针。

医生的建议是体腔化疗，直接在腹腔内给药，一来就要两周。伊琴的腹部被打了四个孔，每个孔里都有一根十几厘米的软管，四千毫升的化疗药物被加热后用于冲刷腹腔内部。她能感觉到自己的肚子像是充满水的气球，每一寸皮肤都被拉扯到极限，插了管子的伤口处更是疼得厉害，而且这些管子还在不停地触碰她体内的脏器。伊琴疼得直犯迷糊，她以为自己快要晕了，但她的神经意外的坚强，她只好选择闭上眼睛，如果可以沉浸在没有现实的世界她也是愿意的。是她小看了所谓的化疗，她以为除了吃药最多就是输液，但是体腔化疗更适合她，更容易出效果，也更容易省下钱。她选择了省下钱给后续的治疗，就要先接受痛苦的侵袭。伊琴想到小时候看过的书，人在特别痛的时候身体会进入保护状态，直接晕厥，但是她没有。液体滚动的声音直接传到她的脑袋里，她感觉整个人都被淹没在大海中，波涛推着她前进，但她的肚子里有一根锚，虽然锚被放下了但依旧连着她的身体不让她离开，她倒是宁愿被鲨鱼吃掉。伊琴一直在想一个问题，但怎么想也想不明白，为什么她二十几岁就会有癌症？是来自遗传，还是她自己的原因，还是有的人进步到一定阶段就会被大自然遗弃？世间的人这么多，但为什么偏偏是她，而不是其他人，比如说遥遥？伊琴停下这个卑鄙阴暗的想法，她不知道自己为什么会变成这样，她该是善良的，但不幸扭曲了她的思想。她甚至怀疑不幸是否真的就能这么轻易将她打倒，那她之前所受的教育是否是悲哀的浪费时间的选择。她虽能赚钱，她虽有知识，但似乎已经快要丧失人性了，如此看来在灾难中有的人更多地选择伤害其他人并不是空谈。当巨大的不幸降临，压垮她的全世界时，她只想拉着其他人一起沉沦。不过幸好，如果想法不付诸实践那就只是想法，伊琴希望这样的想法能够永远消失在她的脑海中，既然是疼痛带来的那就该由疼痛带走。疼痛走得比她想的还要晚，化疗做完之后发烧很快到了。上次发烧是什么时候，伊琴已经记不起来了，时间冲刷走载满记忆的白沙，尤其是不重要的事情，她沙滩上的白沙是一点也不剩了。管子还在她的身体里，这次疗程还没有结束，她不想让本就很难愈合的伤口，在愈合之后再次打开，这对她也太残忍了。她已经得到生命轮盘中概率极小的一部分，最好这是最后的不幸，不然已经开始溃败的她要怎样才能打赢胜仗。身体是存活的基础，精神是存活的支柱，如果她不能够在恶魔面前坚强，该怎么才能战胜世界带来的巨大恶意。伊琴确信自己已经被自然筛选掉了，现在要么依靠人类发展带来的胜果续命，要么趁早离场，所幸她还剩些钱，但现在她更需要遥遥的支持，帮助她快点治愈。

“遥遥，你在哪儿？”她说完就吐了，直接吐在医院病房的地上，旁边床上并没有人，却有过去病倒的人的灵魂，他们都在看着，希望伊琴快点好起来然后离开这里，再也不见。伊琴能够感觉到有股力量在催促她离开，但还没到时候，除非没有钱了，否则她不会走，如果没有治好就放弃，那她刚才经历的疼痛还有什么意义，她反而要继续待在这里，待到没有东西能够打倒她为止。

遥遥已经去了二十家律师事务所，终于在第二十一家找到了线索。卡的密码很简单，912000——用谐音表示为“就一个两千”。遥遥可以看到伊琴被宣告投降战败的样子，毫无疑问生病需要金钱来修复身体，但如果伊琴没有钱，她全身就会被穷浸染。遥遥刚想哭，手机铃声打断了她，传来的是家人在另一个城市病倒的消息，现在大家都一般穷了。

伊琴在病床上知道遥遥来不了了，具体什么时间能回来她也不知道，她知道的是只能她一个人在医院住上半个月了。

“对了伊琴，我找到那个律师所了。”

伊琴感觉自己被希望笼罩全身。

“但只有两千块。”

简寄是个骗子。

遥遥也是。

“你为什么要骗我？你就是不想和我待在这里，你陪我觉得厌烦了，因为我没有钱给你！你为什么要撒谎！”

“我怎么就撒谎了？”

“你说你家里人生病，都是胡扯，都是狗屁！你就是觉得我烦人！你就是觉得我快死了，就是个废物！”

“你，你简直是不可理喻！我陪你那么久，你怎么可以说我是骗子。”

“你就是骗子，嫌我没钱，嫌我生病了要照顾，嫌我烦。”

“你凭什么这么说？我之前陪你的时候不是真实的吗？”

“呸，你和简寄一样恶心！”伊琴挂断电话，浑身血液都流得更快了，终于全都骂出来了。

病房里一片安静。她被骗了，虽然从拿到箱子到准备住院中间只有半个月，但这半个月里她都是充满希望并且坚信自己会好起来的，现在她才明白身上的阳光其实是虚假的灯光，只要有人用手轻轻一推灯，灯光就会从她身上偏移到不知道哪个人身上去了。她为什么要骗我？到底一个死去的人欺骗一个活着的人有什么好处，简寄想要什么？她死前最后的愿望难道只是欺骗人吗？伊琴只知道自己现在的存款不足以支撑她的治疗费用。她刚在心间打好通天大楼的地基，地基却被外力摧毁，此时倒是真切地体验到世事无常这个词的真谛了。

“医生，我现在不想治了，剩下的钱能不能退啊？”伊琴才刚交了五万块，而这些钱换来的是看不到尽头的疼痛和每日消沉的心情，倒不如在外面吃吃喝喝来得开心。

“这个不行哦，一个疗程就是一个疗程，我们只能把这次的给你做完，因为药都拿好了。”

伊琴亲手把毒药往自己体内灌注，想赌一把癌症涨势就此消退，却没想到最先打退堂鼓的是自己。如果有金钱的支撑她大可豪赌一场，但她现在连豪赌的筹码都没有。

伊琴突然想起来自己还买过保险，她连忙查看起存在手机里的重大疾病险保单，如果能够给她一点钱，她还能治。

她打电话给之前的保险推销员刘。

“伊姐啊，您怎么样呢？”

“我想问问之前升级的保险包括癌症吗？”

“包括啊，您要出险的话直接找公司给您派专员来报销就可以了。”

伊琴打电话给保险公司。

“伊小姐，您的保险等待期还没有过呢，这时候我们赔不了钱的。”

“我明明一年前就买了啊！”

“可是您三个月前退掉了，咱们这个保险套餐等待期是四个月。”

“可是我没有退啊！”

“您之前不是让刘来退险了吗？我们还给您送了礼品呢。”

“他告诉我可以升级保险。”

“他重新给您办了一份呢。”

“你们怎么找人坑我呢？”伊琴不理解。

“您说的刘先生不是我们公司的，他是专门负责推销的公司的专员。不好意思啊伊小姐，这个我们不能出险。而且您现在已经确诊为癌症，这个保险已经不能用了。”

伊琴挂断电话，连哭都忘记了。刘为了拿佣金而欺骗她，遥遥也不想再来照顾她了，为此还扯出自己要去照看家人的谎言。她没想错，疾病确实是让她快要失去一切了，她的周围全是谎言，一个又一个谎言，说不定就连能治好都是假的，根本治不好，她花钱只是为了延续生命罢了，等这次治疗结束，等她把交的钱全部用完就离开医院，她不能让体内的管子束缚她，也不能再待在谎言里了。伊琴还决定给自己找点事做，虽然疼痛占据了她很多精力，但她还可以用手机打打字，她开始学着简寄写日记，虽然不知道有什么用或者有什么意义，如果能有人看看就好了。

伊琴突然明白了为什么简寄要撒谎。简寄想让其他人能看到她最后的生命轨迹，或许她死前是孤独的，但日记已经成为承担她灵魂的另一载体，即使她的肉身死去了，骨头都化成灰，她的精神却依旧存在，她可以依靠其他人通过阅读她的日记来明白、来记住世界上还曾经有过她这么一个人。伊琴能够理解简寄的心情了，真的是好孤独，生大病之后身边一个人都没有，只有医生、护士经常来看看你。伊琴不知道简寄一个人在病房里待了多久，但伊琴知道不会很久，因为她也是离开了医院的，她也不愿意被治疗。简寄在日记里写下有那么多存款或许是为了让自己的形象看着好一点，反正她已经死去了，就算是撒谎也没有人可以谴责她，哪怕是谴责了，她也听不见。伊琴终于理解简寄为什么给自己留下那两箱子遗产了。

少年的独白

我家住进来一个恶魔，它们都觉得我疯了。我倒没有这么想，要知道有些人天生就与他人不同，尤其是我。在梦中见到奇异场景时，其他人都不知道还在梦中做些什么。我非常确信我脑海中的那些梦境是我从未见过的文字描述场景或照片，我的梦境不是一块怪异的拼图，而是来自未知的天赋神谕。人的大脑无法想象未见过的东西，我每天梦里却全都是没见过的东西。重明鸟是从世间存在的鸟类中拼凑出来的，我在梦中见到的生物不属于世间存在的任何一类。没有存在规则，不断转动的躯壳，甚至躯壳的存在也许都是我的臆想，是恶魔为了见到我而披上的外衣，祂的存在好像就是不存在。这是无法用语言描述而只有亲眼见证才能明白是什么东西的恶魔。只能再次用简短的语句描述出来，越少的描述就越可以接近祂。梦境中不只有祂的存在，还有其他的。我有记忆起最初的场景是在语言之外，之后的场景随着我年岁渐长而逐渐向真实靠拢。其实我早有预感祂的到来，只是这天到了之后我才察觉祂存在的真实。家里的它们不这么想，它们是纯纯立足于现实的生物，早已被实际和真切鞭打成非人的模样，而它们对此毫无知觉。在人的形状与表皮之下是丧失五官的灰雾。在我小时候它们还是有人的模样的，五官在阳光下依旧明显，现在在阳光下只留下一两缕弥散的气体。即使我可怜它们也没有办法，气体一旦归于天际就再难追寻，就像它们的脸融化成蜡液滴在土地上被大地吞噬，现在我连看到它们都是妄念了。

它还是替我拉开窗帘，即使我不在学校三个月，现在还是按照上学的时间起床。它的毛发轻飘飘地落在地上，天空与大地同时吸取它作为物体的真实。当全被吸收走时或许就只剩下虚无的存在，我没有把握能够看清这类在真实中的表现形式。组成我房间的是一大扇被阳光挤满并且几乎要爆裂的窗户，飘窗上的羊毛毯反射着阳光，靠飘窗的墙壁立着一个深棕色的书桌，一直延伸到墙壁拐角处，L 形书桌之后的墙壁上钉满书架，摆满我不爱看的书，书里描绘的是自然与现实，我看过两三页之后就合上了，内心的声音告诉我如果看下去，我现在在梦境中的特权就会消失。 正对着书架的是床，床上松散的羽绒被也是奇幻梦境的必需品，窗户对面是两个大衣柜。一个普通的房间没什么特别的，物品很难被天地汲取，没有生命的物件就显得呆板，当然电脑除外。

电脑里的东西目前来看已经跨入永恒一步，我喜欢电脑里的一切，尤其喜欢在电脑中可以被我操纵的人物。身为数据的它们是特别的，身体里塞满 0 与 1。

“您已击杀敌方英雄。”

“二杀。”

……

“五杀。”

心脏跳动加快，耳朵里鼓膜膨胀起来似乎只能听见自己的心跳，但有一瞬间仿佛听见了观赛者的欢呼声，即使是错觉，有那么一次也足以令人开心。我又一次和我的队友一起打败了对方，但五杀足以证明我更加强大是事实。我打开林俊杰的《杀手》，最喜欢其中的歌词“绝对的完美一双手，不流汗也不发抖”。我在电脑游戏的每次草丛中蹲伏都像个杀手。梦中的黑影此时包裹着我和电脑，越该紧张的时候我就越冷静，在电脑里我就是天生的杀手。

“小桐，出来帮我晾一下衣服。”

杀手也得晾衣服。

正好这局游戏结束了。我听到祂对我说你应该坐下来继续打游戏。

可是它在叫我。

它真的重要吗？想想你是杀手，杀手真的需要自己晾衣服吗？

我还是去了，听见祂在我身后大声地叹气。我并非被它的气息所控制，只是它并不知道组成自己的气体已经消散了一半。帮它不是难事。

“你的眼睛怎么又是红的？昨晚又打游戏了？刚才在屋里是不是也在打游戏？”

“没有。”杀手脸不红心不跳地说。

它放下手里的衣架朝我的房间走去，打开门，手放在合上的电脑外壳上。

又是这样，总是这样，我把游戏退出了，解锁电脑也无济于事。我在家里做什么很重要吗？它已经给了我选择的权利，当我开始选时却只能走规定的那条路，这不是选择。我要从岔路逃出去，它不会理解的。我看着它的表情融化在地上，语气和平时没什么差别，只是它今天什么也没说。我还以为它会骂上两句。它没有，反而走了。

我竟然感到遗憾，祂也是。祂从书架的缝隙里流出来，看着是气体却碰掉我书架上第二排所有的书，还有一个盒子，装着它们从小到大写给我的信件。我抱紧装着信件的盒子。

它刚走出去就被我房间里的声音吸引进来了。我终于再次看清她的脸，突然的哭泣令我措手不及。不过，她的脸开始融化。她又成为它。

“你怎么能在家里随便搞破坏呢？我已经在压制自己的脾气了，你在做些什么？！”

“不是我，是祂啊！”我不喜欢别人把不是我做的事情强压在我身上。

“那里什么都没有。”

“有的，黑乎乎的那个，祂还在不断变换，你看不见吗？那么大一个！”

“没有。”它冷淡地说，单方面结束掉对话。

我很久没有这么急迫地说过话了，上次这么急还是要从学校休学的时候。急着和它们说在学校的遭遇，它们在校长的办公室里几乎融化成一摊液体。

我看着祂，像一只猫懒散地趴在书架上。祂做了破坏却丝毫不知。我将书一本本捡起来塞回原来的位置。祂也不急，就躺在书架上让我看着祂是如何被书籍切割、挤压和消散的。阳光还在外面，室内一点黑暗都看不见了。

另一个它在下午回来了。整个上午我都在房间中搜寻祂的痕迹，那种黑色可以吸取所有光线，最纯净的黑也就是像祂一般让人看不见任何反射出来的光。祂是怎么从我梦中出来的暂不深究，可祂做的事却被安插在我头上。

你要完了，祂从天花板上垂下来。

“怎么会呢？”

它们不要你继续留在家里，我都听见了，你也该听见。

“不，我没听见。”我伸手挥开飘散在我耳边的黑色。

好吧，等你想听见的时候你就会听见的。

我故意不去看祂。窗外的狗叫在很远的楼下，当我注意力不在祂身上时我听见房间外传来的声音，它们在外面说话，但它们的每个发音都被墙厚厚地包裹住才送到我面前。没有工具可以撕开这些包裹，我看着墙把它们说的字一个个堆在房间里。它们在说什么？祂为什么和我说“你要完了”？在梦里的时候祂倒是很沉默，只会默默地和我彼此对视，当我坐在走了很久才在雨林中找到书店中的大楼梯时，祂就在书店垂下来的幕布上。书店里的人都在对着祂祈祷，祂大概掌管着知识。书店里的书大都被做成祂的样子，说不清楚是祂将知识传授给了所有人还是祂把所有知识都收起来只留下自己作为知识的承载体，就算我模仿朝拜的样子开始朝拜也得不到任何一点知识，内心只有一片空地。或许能做到内心空无一物的纯净也是种本事，这就是作为知识本身的祂想向信徒传递的讯息。我的内心被东西塞满了，我走出书店，祂没有动静，只是像一个摆设。

“我听见了，但没听清。”我对墙壁说。

你马上就能知道，墙壁中祂窜出来，还有些散落的黑色气态毛发很快消失在离祂身体几厘米的位置。

“你为什么这么激动？你的语气。”

其实我没有语气，是你自己在激动。

“我不激动。”

没关系，激动是正常的，或者也可以说是恐惧、兴奋、好奇，探究欲终于要得到满足的感觉，都几乎相同，这是一种伟大的情感你要珍惜。不要变成钢板或者木头。祂说完就消散了。

“妈妈想和你商量一下上学的事。”门外它在敲门。

“好的。”我打开门。

“你在家里也休息一段时间了，我和你爸爸讨论过你上学的事情。我们打算送你去个私立学校，很轻松，班上人也不多。你可以和同龄人一起玩。总是待在家里对你身体也不好，你看你脖子后面‘富贵包’都出来了。”它想伸手碰我，我躲开了。

“下周一，有校车来接你。”另一个它说，“你放学之后就可以回来了，不用住校，对你来说应该不算大的挑战。不用担心落下功课，学校的老师会帮你的。”

它们说完就走了，没问过我答应不答应。拒绝这种事怎么也轮不到我头上。

之后的几天我的房间里突然安静下来，它们也不常来找我，反倒是换着花样做我爱吃的菜，连我最爱的外卖都点了个遍。再次去学校对我们所有人来说都是一项值得庆祝的事情，我也并不讨厌去学校，可待在学校里那种不能自由呼吸的感觉令人窒息。这种感觉是独属于我的，它们都感知不到。我在梦里又遇见祂了，按理来说祂是恐怖的，从小看到大的熟悉感碾压了恐惧。祂在梦中的形态比现实中的更多样化。我在梦中登岛，长满棕榈树的岛屿上铺满白沙，只是白沙中有一些红色。血珠在沙滩上滚动，一路向前，我想也没想直接追着血珠前进。血珠停在一片巨大的阴影面前。我朝上看，祂成了一大块扭动着的章鱼，祂的一面长着左右不对称的猪鼻子，一面长着一张嘴，另一面是两只人的手臂，在祂身体的下侧长着八只触手。我记得祂不是血的颜色。地上的沙子湿湿的，我低下头看向祂身后，一片人骨的遗骸，只是这些人骨都是做得不好的模型，反倒像是商场中摆出来展示衣服的模特，白色碎片向内凹陷，本该有骨头的地方是空洞的黑暗。祂本来是黑的，现在上面覆满鲜红，在离开家的前一天晚上，我对祂产生了恐惧。我转身向送我来登岛的船只跑去。

别走，别走！

我回过头。祂原先在背面的那面转过来，祂身体重心位置的人脸和我一样，张大嘴。

别走！祂没说话，但我听见这样的要求。我看着祂越靠越近，祂身上的人脸也逐渐可以看清，和我的脸一样。

我不是那么恐惧了，但我还是要离开。祂身上的鲜红是我不喜欢的颜色，象征着敌方、鲜血和死亡，让我想起上个月献的血。

从我转身决定离开的那一刻，再睁开眼，先前的场景消失，只剩下室内的黑暗和耳边无法表述的噪声，那是绝对的安静中才能听见的声音，一个提醒还在这里的信号。我很不喜欢这种寂静，但是睡觉时我的手机是被收走的。我在床上翻身的声音很短促，只能让耳朵放松一下，不用接收来自四面八方带着迷幻泡泡般细碎的噪声。那样的噪声会使人迷失，自己或许是聋的。窗外的天还是浅淡的墨蓝色，白色的颜料已经被挤在天空上，等颜料蔓延到我的窗外大概还要一两个小时，离上学还有两三个小时。私立学校还有校车，如果起床之后发现校车是公交车，回来之后我要怎么说呢?

"再怎么做我爱吃的菜也不会原谅你们的。"祂说的，或者我说的。反正它们只会觉得是我说的。我要走了，前往一个未知的地方。

很多个它们把我带上车。

这辆车是个面包车。我坐在后座朝后看去，它们正在融化的脸正对着我。

"你知道血色那家伙好久没上线做什么去了吗?"游戏里的私聊响起。

"不知道。"

"他家里人把他送去戒网瘾了。哈哈哈哈，他们真搞笑，不会以为网瘾是真的，戒网瘾也是真的吧。就是血色这家伙很久不上线我们排位都不好打，真的是。"

血色再没上过线，久到我已经忘记他的存在了。或许戒网瘾是存在的，和他产生连接的是一起打游戏的我们，只要时间足够使连接的线断掉，戒网瘾或许就成功了。这只是我的猜想，毕竟他身上缠了多少线我不知道。只是网络这么广大，连接着的人或许比星星还要多。一个人可以成为多少个人谁都说不清。

“这是去学校的车吗？”

“对，我是你的班长。毕竟是接新同学，要让你感受到大家的热情才行啊。”班长看起来和我差不多大，剃了光头，身上穿着印了“孔子”二字的衣服。他面带微笑，眼睛是一条缝。祂从眼睛里爬出来，弥漫到整个车里，它们都被黑气覆盖。

“你妈妈跟你说了我们去哪里吗？”班长继续问。

“学校。”

“对，你妈妈说的没错，我们去学校。我们学校注重学生的外貌、习惯，也注重培养学生的内在价值。等你到了学校先去把头发剃光。头发不是必需的。你只带了一个书包？正确的选择！校服等你到后会发新的给你。衣服只有三套，每天下课必须洗。”

“那什么时候放学？”

“等你什么时候学会什么时候就放学，”班长突然冷硬地说，“或者等年假吧，除夕还是要回家的。不过你可别像其他人回家之后就不来了。还没有学完就半途而废的人最烂。”

“所以，这里是戒网瘾的学校吗？”

“当然不是，我们这里是重新唤醒你学习热情的宝藏学校。你知道为什么你学不好吗？因为外界的干扰太多。只要你来到我们学校，干扰你的因素将全部消失。只要你按照老师们说的做，完成作业，早睡早起。在学校的日子是很快乐的，没人会欺负你。拉帮结派在学校是不允许的。只有你独属于自己时才能真正地学进去。和朋友聊天或许听起来很美好，但学习的机会不多，想想吧，你爸妈花这么多钱送你进来读一个学期。”

“我妈说我不用住校。”

“我们肯定不住学校里面，不能让睡眠的气息沾染校园任何一处。我们在学校外面有个院子。和大自然交流也是我们要学习的。还有，下次说话之前记得在前面加上‘班长，我想向您提问’。对于你的长辈肯定要表示尊敬，对比你地位高的人也是，因为他们为此付出了更多。对勤劳者报以敬意是最基本的。回答时请用‘知道了，班长’。我对你也很客气，只不过你地位没我高，你在学校还没付出什么。”

“知道了，班长。”

它的表情似乎是赞赏。它抬起头，像是只斗胜的海蛞蝓。车里的气味并不好闻，它们还放下两侧车窗的帘子，内里一片昏暗。

祂就喜欢在这片昏暗中出现，祂已经在这里来回转了几个圈圈。

怎么样，它们骗了你。现在嘛，它们在家里吹着空调吃着冰激凌，你却在车里摇摇晃晃，嗯，好臭的气味。

我也觉得臭，是汗味和尘土，还有之前的人生气的味道。他们坐在这里知道自己去那里之后一定很生气。生气又能做什么呢？学校里面的一切都很拥挤，并非物质摆放紧凑，而是层高被压低，个人时间被压缩。“你们是被送到这里学习的，一切个人喜好与热爱都必须与学习、与维持学校整洁相关。”学习不再是纸面上的字，而是立起来的士兵。穿着附带金属突刺铠甲的战队里士兵们持矛试图与所有人紧密融合在一起，就算不能融入也要紧紧地贴上。学习不愿成为任何人的负担，而将学习视为重担的个人背负不动原本没有重量的东西，这是个人的错吗？反正在这里是的。

“我受不了了！”他这么说，转头跳了楼。摔断一条腿，再没回来。第二天学校里就加装了金属栏杆。

让你早点跳，跳了的话就可以回去了。说不定还能唤醒它们。祂又凑过来说。

我不想跳。跳下去的是软弱的人，跳下去就要向它们低头。

那你学出来不还是证明它们做对了？只有消失才能让它们刻骨铭心。

不……

你想想被电击的痛苦，它们永远都品尝不到。反正你也要证明它们错了，让它们更痛苦吧，这对你来说才是真正的解脱。

每个刚到这里的人，不管是听话的还是不听话的都要被电上一次。有时还会看谁的光头上结痂最多，最多的人要禁闭。跪在供奉着先哲的祠堂中，黑暗里立着的雕像将人围住，身后的大门紧紧关闭，耳朵里要被塞上隔音海绵，周围一片安静时才能明白自己内心的想法。上次摔碎一个水杯后我就在这里和祂聊了整晚。祂出现得越来越久，还出现在我手心里。黑色的眼睛在掌心中随着平缓心跳的速度眨眼。可惜没人看得见祂。

偶尔能听见有人抱怨这个房间太黑暗，可和睡觉的地方似乎也没有不同。睡觉的地方是一个个不能被拉动的停尸储物柜的模样，墙壁被凿开，有可供一人睡觉的，足够长还可以让人翻身，六十厘米宽的洞，等到白天会有人拉动身下的被单，方便从洞里爬出来。晚上的墙壁十分安静，绝对不会被任何人的呼噜声吵到。学校为打造这样的宿舍花了大价钱。

它们从来没有睡过这样的地方，所以报应来到我身上。

你难道不觉得它们很可恶吗？如果它们不送你来这里，现在你还在家，或者去正常的学校。

祂也知道这里不正常。

谁都知道这里不正常，它们不知道。这个地方没有手机，没有电脑，只有老师们才能获得和外界沟通的机会。游戏里的朋友该怎么办，我第一次这么久没上线。学校老师每天上课前都会问我们一句，想过你们的未来吗？想过，但现在没了。未来被它们挂在嘴边攥在手里，就是不愿意给我们。过去我的未来大概是打游戏，现在很难说是不是。我的同学一提到游戏就开始脑袋疼。我将打游戏的愿望埋藏在回家之下，至于我自己都很难看得清楚。还是祂一直在旁边提醒我不要沦陷于三字经中的“子不学，非所宜”，重点是前一句，“子不教，父之过”，这是因，我现在是果。

“你去哪儿？”

“出去，学习。”是出去打游戏。

“去吧。”

它和它们就从我的世界中再次消失了。想让一个人消失多容易，只要离开这个人的世界，它就消失了，你看不见它，它就不再属于你的世界。

我们从不闲聊，只在老师提问时说话。每个人都在自己的小世界里生活着，偶尔有眼神交流也会快速撇开视线。男生和女生的视线碰撞在一起时更是了不得，早恋和游戏一样是禁忌。存天理而去人欲，只剩下天理的世界照常运作，失去人欲的人也一样活着。只有祂在这里更大了。当祂出现时整个室内都会昏暗，我看不见老师在黑板上写的字，也看不见同学的桌椅。祂最近还总爱弄掉我写笔记时的笔，其实笔记没什么内容，但记笔记却是个重要且必须存在的动作。

笔掉到地上。

我躺在床上。

“不学习。”

“不尊重老师。”

“不尊重同学。”

“不遵守课堂纪律。”

“不听话。”

“不道德。”

“没礼貌。”

“坏孩子。”

“谢谢老师。”

疼痛难以言表，我醒来时在祠堂里。安静时候才会出现的藏匿于空气中的噪声变成彩色泡泡，不断生成，彼此挤压，最后消失。

“你为什么要这么做？”

唉，不是我做的。祂总是无奈地说不是自己，却又说不出额外的理由。

“不是你还能是谁？我看见你挡住老师的黑板，还用气体覆盖住我的手，你提着我的手悬在空中又把我的手指一根根掰开，不是你是谁？！”

“哐！不许讲话！”门外看门的人狠狠踹着门大吼。

嘘，祂在我脑海里说，就是你呀。就是你呀，你怎么不明白。看来我不说出口你就无法理解，只是你一旦明白我是你，我们就再也不能完整了。你永远不会接受我，我也不能融入你，只能作为知道彼此的个体。你毁了我的生活。

这团生物说到“毁了”时突然变大，我的视野里只剩下纯净的黑。随后祂消失了。

祂就是我……所以有过杀掉它们念头的人也是我。祂说我们再也不能完整是对的，我不会接受这样的思想存在。即使……我的脑袋又开始疼了。

我看见祂在家里来回旋转翻腾，碰掉厨房中的锅碗瓢盆，在半夜用电锯锯断桌子的腿，在凌晨打开电视放到最大声。当它们从卧室里急匆匆出来时看到我站在客厅里的样子实在是激励了我。头疼也不是不能忍受，到新年还有一段时间，这段时间里生活都有了目标，我确定下未来了。

爱在山海间

我曾在便签纸上写：考上研究生就结婚。结果考了三次。

此刻，我在大鹏婚纱摄影基地准备换衣服去拍照。我的未婚夫正在隔壁等我。我换上最漂亮的白色婚纱。我还是很难相信自己能从当初走到现在。当初我不过是生活中的一粒种子，而今我却在土地里扎下根，冒出了新芽。

工作人员替我提着裙摆，以免白婚纱沾上沙石，我们要去海边拍照，那里曾经有一条鲸鱼。

“晓莉呀，你要早点嫁人啊，嫁到好人家去。”从小母亲就这么摸着我的头发说，每一次都要提醒我早点嫁人。嫁人，嫁给别人，可别人又是谁呢？这一点她从没告诉过我。我只知道要嫁人，这是女孩子的宿命。长大了，我的朋友却告诉我嫁人没有那么重要，除非我真的觉得非嫁那个人不可。但朋友说的“那个人”也没有清晰的面目，我只能暂且按照我现有的生活方式过下去。

“你说你，成绩也没那么好，也没有上什么好大学，你再继续读有什么意义呢？听我的，我都给你找到愿意娶你的人了，肯定靠谱。”

“我都不认识，哪里靠谱了？”我完全不知道她说的是谁，只觉得荒谬。从小，她就对我说女孩要嫁人，读书没多大用这样的话。

“我打听过，就是你邻居阿姨的朋友的朋友的小孩。那个男孩啊，个子高，长得帅，还是公务员。配你绰绰有余。”

“我都没见过，再说你也是听说。”

“那你见一见啊！”她急得跺脚，“女孩子的好时光就那么两三年，你现在不嫁以后就嫁不出去了！”

“我嫁不出去那就不嫁了呗。”

“怎么能不嫁呢！女人怎么能不嫁呢？”

“哎呀，妈，现在都什么年代了，还说一定要嫁人的话。我靠自己也可以生活啊。”我从茶几上的果盘里拿出一个橘子剥开吃。我看上去很平静，但其实心里已经很烦躁了，这样的对话在我成年之后就被重复了几百次。

“女人怎么能靠自己呢？”

“女人怎么就不能靠自己呢？”我并非不愿意结婚，但是要嫁给一个不认识的男人这件事情在现在看来未免有些过于奇幻。如果一定要结婚的话，我只会选择自己喜欢的。

“去见一见吧。”

“不去，我还要复习呢。”现在正是我准备考研的时候，每次回家都要被唠叨两句实在难受，“反正我上大学也是自己赚的钱。”从我高考分不高开始，家里就没有让我继续上学的念头，也就是在那时我发现家里人一直在资助老家亲戚的一个小男孩。

“你赚的那点钱哪够你以后花啊！”

我现在赚的钱确实不多，也就是平时在快餐店打工、假期做家教挣的。我每个月还会捐一些钱出去。

“哎呀，不跟你说了。我要收拾东西回学校了。”我们从来没有谁说服过谁，而总要有人退一步才行。

我身后是一声声可以被拉长的叹息。叹息很轻，我装作听不见也完全没有问题。

我回屋收拾东西，这里还放了我从小到大写的小便签。所有便签都放在床底下的铁盒子里。每当我觉得难受，或者有思绪的时候就会往铁盒子里面放自己的心思。我频繁地写，却很少会看。

铁盒子里一沓沓五颜六色的便签放得很乱。我伸手摸到铁盒子最底下。最底下的便签是我最开始写的。

“我要去潜水。”

“大海！”

“珊瑚！”

“珊瑚里面住着‘尼莫’！”

“我也想和‘派大星’做朋友。”

“我能住在海底吗？”

“我这么喜欢海，为什么不是人鱼？”

我没忍住笑出声。这里的隔音实在是不太好。

“你笑什么？！”妈妈在外面听到了我的笑声，还以为我在嘲笑她。

“没什么。”我想了很多种回应的答案，但没有一种答案是我觉得合适的，只好实话实说。我不知道她有没有打开过我的铁盒，既然她不说我也没想过要提出来。

“晓莉，我们出去吧。”朋友佳惠发来消息，“你不想去看看‘小玫瑰’吗？”

海子写过“面朝大海，春暖花开”。我和我的朋友能够认识也全靠大海。在一个天空全是粉色的时候，我在海滩的左边，她在海滩的右边。我们是偶然抬头或者是在侧身的片刻看到了彼此。当你和一个人视线相交的时候，你就知道你们会成为好朋友。

“嗨，朋友！”她笑起来阳光又自信。

我缓慢地带着忐忑和期待举起手，轻轻地挥动着说：“嗨，朋友。”

“我靠着这招儿找到了很多合适的朋友哦。”她朝我小跑过来说，“会回应我的都是好人。”

我和佳惠都住在大鹏。不管是什么日子，只要有空我们都会出来一起看海。海最靠近陆地的地方颜色最浅。这是海带着温柔在向人打招呼。海水越远离大陆，颜色就越深，因为少有人类能够到达海的心腹。海的心其实是冰冷的，但又带着一丝丝温柔，如果你喜欢海，就会发现海也喜欢你。我和佳惠都很享受浪潮拍打在身体上的感觉。那种时候仿佛你和海在交流，即使语言不通，但你们的意识相融。如果是开心的话，就会觉得浪潮是在激烈地回应你；如果是伤心，就会发现浪潮在很温柔地安慰你。我们确信我们和海是有羁绊的，至少在我们最熟悉的海岸边是这样的。以前我们常来的这片海没有名字，后来人们叫它“玫瑰海岸”。我和佳惠常叫它“小玫瑰”，这是我们对这片海的专属称呼。

“我在你家楼下了。”佳惠又给我发来消息。

“我很难想象我还能和另一个人有这样的缘分。”佳惠突然感叹道，“你看我们初中是一个学校，高中是一个学校，大学还在一个城市，而且我们爱好也一样。”

“好奇妙哦。”我小声说。

“啧，”她揽着我的肩，“所以我觉得你是小玫瑰给我的生日礼物。”

“我们相遇那天正好是你的生日。”我明白佳惠的意思。

“是的。”佳惠说，“对了，我想给你介绍一个人。”

“什么人？”佳惠还没有向我介绍过什么人，“是你对象吗？”我好奇了。

“不不，”佳惠摇摇头说，“我妈前段时间不是遇到了一个叔叔吗？”

“是啊。”我点点头，佳惠之前说过，佳惠的爸爸去世几年了。

“她前两个月结婚了。”

“这么快？”在我的印象里，佳惠上次跟我说起她妈妈好像也才过了不久。

“还好吧。我的叔叔呢，他带来一个儿子。”佳惠说，“你也知道我们家以前的情况，反正我对这个新叔叔是很满意的，我也很高兴我妈能遇到合适的人。”

“所以你要给我介绍你的哥哥或者弟弟吗？”

“不错，我要给你介绍我的新哥哥。”佳惠挠挠头说，“感觉怪怪的，还是叫名字吧。他叫明宇，做珊瑚保育工作，其实是他先在这边工作，然后把叔叔带来的。人嘛，那叫一个好，顶呱呱。谁让咱们是好朋友呢，我要先把他介绍给你。”佳惠从小就是很受欢迎的女孩，她热情活泼还漂亮，性格也很好。

“哇，你可真是……”我一时不知道该说些什么好。

“不过呢，也就是先给你介绍介绍，到底怎么样就看你们自己了。”佳惠说着，把手指向半蹲在海边的人。

“明宇哥！”她大喊。

傍晚的海边满是有着迷幻光线的散射灯。佳惠说的那位明宇慢慢地站直身子看向我们，不过在光线下我看不清他的脸。

他沉默地朝我们挥动手臂。

佳惠拉着我小跑过去。

“你就是佳惠说的晓莉吧。”他看向我。

我和明宇差不多高，他看起来是很温柔的人，声音和长相都和我一样的普普通通，我在他身上闻到了大海的味道。

“你好，我是明宇。”他想起什么突然笑着说，“是佳惠的哥哥。”

佳惠笑着听明宇的自我介绍。

虽然我不太清楚为什么要笑，但我也跟着一起笑起来。和佳惠相比，我总是有些被动，好在佳惠和明宇总是能搭上话。

我坐在沙滩上，细软的白沙带着太阳的余温覆盖着我的脚趾。

“所以说啊，晓莉真的很厉害了。”佳惠突然说到我。

“啊？”我本来在享受和沙子交流的机会，佳惠却说起我。

“她家里重男轻女哦。”

“还挺平常的吧，我们认识的好多人家都这样。”我说。

海举起浪拍了一下沙群。

“她上大学的钱都是自己赚的哦。”

“还是要上学的嘛。”我说，很难想象如果我不上学的话现在是不是已经在厂子里打工了，并不是说在厂里工作不好，但那不是我想要的生活。我想要的是，能住在海边，最好工作时也能看见海。

我没有看明宇，也不是不敢看，就是不知道怎么看。

男性的定义在此时不仅仅是另一种性别的人了，而是代表着母亲的希望，而这种希望对我来说是时不时就会压在身上的山，尽管我想甩开山但是会被名为亲情的绳子绑住。对于男性同事、男性同学我都没有类似的感受，但被佳惠介绍的时候，这种压迫感会十分强烈。我朝他们勉强地笑了笑。我不希望佳惠觉得自己做了坏事，佳惠都是为了我好。可能佳惠也不想看到我孤独终老吧。

是时候离开了，我这么想。

“你们果然在这儿啊！”佳惠的妈妈提着塑料袋过来了。

佳惠的妈妈现在看上去气色很好。

“你叔叔带了好吃的给你，走吧。”佳惠的妈妈这么说，她看向我，“晓莉啊，要一起来吗？”

“不用了，谢谢阿姨。”我暗自松了口气。佳惠离开的背影是蹦蹦跳跳的，她高昂尖锐的嗓音在安静的傍晚特别响亮。明宇也跟着一起离开了。

我感觉自己重新回来了。可佳惠走了，我接下来在这片地方还能做些什么？好像不知道从什么时候开始，我回家就是听妈妈催婚的唠叨，再和佳惠见个面。这像是仪式，所有参与进来的人都在重复上演往日的剧目，但地点略微改变，且时间一直向前，连接不同时间、相同剧目的好像就是手机。

我在回家的路上打开手机。当我不知道该做些什么但我总是需要做点什么的时候，手机就是最好的选择，它沉默但懂我。因为我的手机总会提醒我什么时间该做什么，什么时间不该做什么，手机的智能提醒是我设置的，过去的我将未来的我固定在一个圆圈里，过去的我操纵着未来的我，而过去的我没有随着时间消失，她还停留在手机里。每次打开屏幕我似乎又在和她交流了。现在她又提醒我距离考研还有三百天。

我考研的动力是有的。从上大学开始，我就是自己赚钱花。我总会在期末成绩出来的时候陷入思考，没法获得奖学金是因为我把时间都花在打工赚钱上了吗？每当我想放弃打工准备拿奖学金的时候总会发现奖学金要求的，我根本就做不到。可我或许曾经是可以做到的，但是打工阻止了我。打工不仅阻止我拿到奖学金，还阻止我保送研究生。如果我有钱是不是就不一样了？如果我有钱，我就可以投入地学习，就能拿到奖学金保送研究生，离开家前往另一个城市，不用听日复一日的催促结婚、学习无用的话语。我不想回家，可我是从这个家里出来的，天然地带着小磁铁，被家这个大磁铁吸引，不管我去哪里总能被吸回去。人不能离开地球是因为地心引力，我不能离开家是因为家就在这里；如果没有地心引力，那么人也不会存在于地球；没有家，那我也不会存在了。但我还是想要逃离。路应是我自己走的，幸好我坚持了自己的想法。

我看向明宇，他今天穿的礼服很漂亮。

尽管我并不很想跟明宇联系，但佳惠还是将明宇的联系方式给我了。我添加了他为好友却没有和他聊天。我只是偶尔会看看他的朋友圈。他基本上每天都会更新朋友圈，今天是潜水，明天是滑板，后天是去唱歌，他总和朋友在一起。

我羡慕这样的生活，手机是一条分割线，将我的生活和明宇的生活分隔开。或许明宇在海岸边轻易地看穿了我的想法，他也没有主动找过我说话。我们是沉默的互不相干又带着朋友头衔的陌生人。

考研的时间又近了一些。明宇的朋友圈里多了很多颜色鲜艳的珊瑚照片，配字“与海在一起”。我在“考研上岸”便签的后面又加上了一张便签，如果我考研成功了，我就要跟明宇约会，如果他还是单身的话。

佳惠最近似乎也很忙，她偶尔发来消息问我考研准备得怎么样了。我总是用老套的答案——“差不多了”。从差很多到差不多，这期间我抽空去兼职的时候都在学习。好在咖啡店的老板人很好，他允许我在没什么客人的时候去后厨坐着学习。

我觉得自己是如此幸运，直到我考研失败。我以为我复习得很好了，但没想到我还是差点。初试过了，复试差了一分。这一分否决了我这一年所有的努力。周末我将佳惠约出来，她没带明宇。

佳惠坐在椅子上耐心地听我哭哭啼啼地说完，她沉默着，像是在搜刮自己能说的话，然后她只是紧紧地抱住我。

“明年会考好的。”佳惠说。

可我不知道我还能有几个“明年”，难道我真的和家里说的一样，女孩子读书没有用，读不好书吗？我不想将考研失败的事情告诉家里，不想被带去相亲，被别人挑挑拣拣。

“明年会吗？”我问。

“会的。”佳惠说，“而且你还可以顺便找份事儿做，边复习边挣钱。”

佳惠拍拍我的双臂又说:“反正离下一次考试还有一段时间，不如和我去散散心吧。”

“就去海边。”佳惠说，“明宇哥就在那里。他现在做的珊瑚保育工作越来越有起色了，不仅网友关注，政府部门也重视。以前那片海因为过度捕捞而变得很糟糕，现在都被保护起来了。你不是很喜欢珊瑚吗？我记得那边的珊瑚是……”

“石珊瑚。”我说。

我和佳惠到海边的时候，明宇刚从海里上来，他穿着潜水服，满脸笑容。

“我们之前种的珊瑚苗都活了。”他兴奋地跑过来对我们说。

“现在水质这么好了？”我问。

“现在水质很好了。往大了说就是我们与自然和谐相处的第一步已经走出去了。现在往海里扔垃圾的也少了。其实只要大部分人管住自己的手，海水质量就能提高。”他用手撸起头发，不让水滴落下来。

“真想赶紧看到珊瑚连成一片的景象。”我感叹道。

“如果你加入我们就可以经常看到珊瑚了，还可以参与珊瑚成长。”明宇说。

“晓莉还要考研呢。”佳惠拉住我的手。

“不冲突，”我赶紧说，“我从小就向往大海。”

“这么多年在陆地上还真是辛苦你了。”佳惠侧过头看着我调侃道。

“好啊，不过要先考潜水证。”明宇提醒我。

考潜水证，我一下子冷静下来。考潜水证，需要买潜水服，还要参加培训，需要的都是钱和时间，可我缺的就是钱和时间。

佳惠自然是知道我的情况，她说：“你先好好考研，等你‘上岸’了我就送给你一套潜水服。”

我看见明宇被佳惠瞪了一眼，他耸耸肩，赶忙闭嘴。我在小时候就觉得我和海的距离很遥远，本以为长大后就能近点，却没想到我和海之间的距离其实是我自己造成的。不光是没钱没时间，更多的是我自己退缩了。

“海会等你的。”明宇突然说，“珊瑚需要时间，你也需要时间，你可以等有空再来。”

我也不知道自己什么时候会有空。

“和佳惠在一起？回家吃饭吧。”我收到一条消息。

佳惠也看到了这条消息，她说："我妈问我今天和谁出去玩，我就说了是你。我妈嘴碎得不行。"

"没事。"我把手机收起来假装没看见信息。回去很有可能又是吵架。

"你不赶快回去吗？你妈遇见我就会聊起你。"佳惠看着我躲闪着的眼睛问。

"嗯……不是和你在一起嘛。"逆来顺受像是刻在基因里的品格。我还是赶快回家吧，就算吵个架也总比漠视好。

"回来了？哎呀，你看你又瘦了！"一进门妈妈就说。

我每周都会量一次体重，有没有瘦我自己清楚。这个寒暄就像是两个人见面问"你吃了吗"。

"你大姨，在阳江那个，还记得吧？她女儿今年结婚了！一结婚就怀上娃了。"

"哦。"我点点头。

"她老公可好了，天天下班回来给她做饭。"

"嗯。"

"你啊，这么有福气，找到的男人肯定也是个有钱的，对你极好的。"

"怎样算对我好？"

"给你钱啊，这还不够好吗？"

"就算孩子见不到父亲也好吗？"

"你这是什么意思？你还怪起你爸了？"

"基本都没见过有什么可怪的。"

“你爸每天都在工作！他把你养这么大，你都忘了吗？要不是他给钱，你早就饿死了！”

“可是，很多同学都是爸爸来出席家长会，他参加了几次呢？”

……

不知道从什么时候开始，我们每次这样交谈之后都会在客厅留下低气压。

“妈妈，爸爸怎么还不回来呀？”迷迷糊糊之间我看到彩色的阳光。

“爸爸要出去工作呀。工作才有饭吃。”

“那妈妈不用出去工作吗？”

“妈妈和爸爸说好了，妈妈要留在家里照顾你。”

“我才不用照顾呢，我可以自己照顾自己。”小时候不管我怎么说，妈妈都会待在家里。有段时间我还怀疑她是“地缚灵”，只有地缚灵才会被困在一个小地方。一困就这样过去了几十年。

被梦吵醒后我只好拿起放在床头的手机。我的朋友们都在做些什么，这是我好奇的。朋友圈里佳惠又和朋友们出去唱歌了，她的大学生活比我要有趣。明宇拍了一段自己玩滑板的视频，我想给他点赞，但不想找他聊天，因为我没有达成我的考研目标。

“这么晚了怎么还没有睡？”明宇突然给我发来消息，“还在看书吗？”

“没有……”我侧过身抱紧被子。

“哦，我听佳惠说的，你准备再考一次。真厉害啊！”

我刚想打字，他又发来了一条消息，“我是说，如果是我可能就不会考了。你能坚持真的很厉害。”

“谢谢……你也很厉害。”

“哦？”

“滑板啊，潜水啊。”都是我敢想不敢做的。

“等你有空也可以试试啊。我可以教你。”

“明天可以吗？滑板。”我把消息发出去后才发觉自己太心急了。过了一分钟他还没有回复我，果然是我太唐突了。我把消息撤回了。

“哎，你怎么撤回了？刚刚有人找我，幸好我之前还看了一眼消息。”

“明天没问题的。你随时可以来找我。”

我感觉我刚刚是在坐过山车，一上一下，虽然我感受不到风，但内心的风是存在的，说是十级大风也不为过。我很期待，又觉得背叛了过去的自己。尽管考研没有成功，但我现在依旧在心里盘算起了明天。明天要穿什么衣服，明天几点起床，几点准备好，早上会不会太早，晚上是不是又太晚，中午还很晒。

天在我还没有想好的时候就已经亮了。今天见明宇，今天见明宇。我忍不住在床上打起滚，直到十点钟他还没有发消息。是担心我在睡觉吗，还是反悔了？我想来想去还是决定穿上显腿长的短裤和普通的T恤衫。

“那个……”我发去消息。

“现在？”

“现在。”我看向镜子，自己脸都红了。

“我看到你了。”明宇给我发消息，他约我在大鹏所城的南城门见面。大鹏所城是明清时期中国海防的要塞，也是深圳“鹏城”这一别称的来源。从小时候起，我就看着大鹏所城里面的路被一点点修葺，其中的商铺也多了起来。我想，中午请他吃个海鲜，当作上课费也可以。

“你怎么穿短裤？”明宇扑哧一声笑出来。

“不行吗？”我挠挠头。

“你要不怕摔的话。”他把背包放在地上。他背了一个很长的背包，里面放着两块滑板。

我看了一眼腿，又看了眼滑板。

“来都来了。逛逛？”我小声询问道。

他从装了两个滑板的包里又拿出一只叠好的帆布包，把看起来小一点的滑板装到包里递给我，说：“你先拿着吧。”

“哎？”我拿过包背在背后，问，“我该给你多少钱？”

“送你了。”

“那怎么行？”

“如果一定要给的话，你只需要下次穿长裤来。”

“那我请你吃午饭？”快接受，快接受，快接受，我在心里想着。

“哪有女生请男生吃饭的道理。”

“现在不就有了。你送了我滑板，虽然它对你来说可能是放在家里不用的东西，但给我省了一笔钱。”而且下次不就有了给你请回的机会吗？

他耸耸肩说："那好吧，反正也没人知道。要是有人知道我被女生请客，不得笑掉牙。"

"为什么？"

"习惯吧。不过我倒觉得没什么，毕竟下次还可以请你吃回来。"

我看向他，发现他正在看着我。原来我们想到一块去了，想到这儿我又有些激动。

"那你以前住在哪儿？"我想找点话题。

"以前在西安。后来听说这边在做珊瑚保育，我就过来了。之后我爸来我这儿玩的时候正好碰到佳惠的妈妈。俩人看对眼儿了，我爸呢，就喜欢那种温温柔柔的类型。"

我点点头说："阿姨确实很温柔。"

"就是那种天天喜欢待在家，哪儿也不去的。"

"那你呢？"我问。

"我是无所谓的，如果喜欢的话，难道不应该尊重她的选择吗？"

我点点头，表示认同。

"现在很多女性应该还是会希望出去工作吧。"他说，"因为在家里没钱，没有地位。"

"反正我是绝对不会待在家里的。"我说，想想我母亲和佳惠的母亲，"如果不能自己赚钱，就相当于把自己往后的命运都交给另一个人掌管。"

"如果是你，你愿意吗？"我问明宇。

"当然不。"

“我也是这么想的。”我说，“没什么人会愿意的。”

“那你以后想做什么工作呢？你学的是什么专业？”明宇问我。

“我学的是环境工程技术。”

“没想到啊。”

“嗯？学这专业的女生确实不多。”

“是的，我感觉女生学文的会比较多。”

“主要还是我对水污染治理很感兴趣。深圳河你知道吧？在 2015 年以前水质很差，后来通过治理，水质才变好。但我更想参与的是海洋的水污染治理。特别是看到福岛核泄漏，日本把那么多核废水排进海洋的报道后，我想最终遭报应的还是人类。”

“你想得很多啊。”

“啊，是我说得太多了。”我赶紧闭上嘴，一旦我有了听众就容易说多。

“不，没有的事儿。我觉得你想得很好。”

明宇也告诉我他在工作时候的趣事。他说一会我说一会，走着走着我们又不自觉地沿着海滨路来到了较场尾海滩。可能因为是工作日，海边的人并不多，反倒是一群海燕毫不在意人类纷纷跑来捉鱼饱腹。在海燕的叫声里我们都安静下来。如果有免费的交响乐，那一定是在海边可以享受到的。浪花击打礁石，鸟拍打翅膀，鱼被捉出水面后又落下的声音。我和明宇此时都融入了大自然。

“大中午的看它们吃得这么香，你不饿吗？”明宇问我。

“我饿了。”

结账的时候我抢在明宇前面付了账，因为这样才有下次找他的机会。

我决定要出击了。

复读生

任恬回到学校。她带了去年用的历史课本。课本前面的空白处用铅笔画满了许多左眼或者右眼，眼珠子里还有菱形、爱心或者雪花等图案。课本上没有几行笔记，书里的文字内容被灰、蓝、黄和红四色荧光笔画满：灰色是描述性的文字，蓝色是要背的名词，黄色是要记的时间，红色是重点内容。她托着半边脸等老师说出最后一句“下课”。

学校坐落在半山上，低矮的围墙外是一大片向下延伸的城市，早晨的阳光被高楼上的玻璃反射进任恬的眼睛里，很难数清究竟有多少栋高楼被钢筋撑起。山中浓密的丛林一碰到城市就被分流至街道两旁，车辆的鸣笛让即使在教室里的人也能听见些许隐藏在司机心里的不耐烦。人群里的不耐烦会传染，任恬坐在椅子上，两腿蛇一样在凳子腿上缠绕摩擦，长长的校服裤在 23 度的班级里算不上凉快，主要还是她穿惯短裤了。

任恬今天差点迟到。早上宿舍本该是由另一名室友扫地拖地的。那人却说她是复读生，很多内容都学过了，可以不用那么赶，所以请她帮自己做卫生，还说也就三分钟而已。室友走后，任恬把扫把和拖把放回阳台，该是别人的工作，她一点都不会帮忙做。

“下课。”

安静的教室瞬间吵闹起来。任恬发现有一小圈人正在边上看着她，“就是她。”

“怎么回事？”

“和三班那个复读生以前是一个班的。”

“以前在饭堂从没见过。”

“算啦，我们快去食堂排队吧。晚了就吃不上好吃的了。”

任恬等班上同学都走得差不多了才慢慢向外走。她擦掉以前在课本上用铅笔画的芭蕾舞小熊。

她推开一扇挂着芭蕾舞小熊布画的门。

“欢迎！”说话的女人穿着棕色格子围裙，手放在背后擦拭，给浅色的衣服留下两个手印。

任恬提着箱子进入小屋。这是一间隐藏在城市角落的公寓，旁边就是工厂。公寓只有十来层，外墙铺的粉色马赛克被黑灰色污渍覆盖。公寓阳台上有一列白色罗马短柱扶手，扶手外套着一圈生锈的金属铁丝网。有些阳台铁丝网里爬出绿色藤蔓或者粉色小花，有些阳台内摆着橘色陶土花盆，但盆里没栽任何东西。公寓一栋蓝一栋粉，唯一不变的是外表都有灰尘，公寓楼间的马路上流淌着一些带泡沫的污水。公寓区里机动车不多，大多是楼下排成一列列的电动自行车。任恬上楼时差点碰倒一辆电动自行车，好在箱子不沉，她能带着箱子在被电动车占据大半的马路中找到上楼的路。

“你好，”任恬问，“箱子可以放地上吗？”

“我帮你提进去吧，今天刚拖过地。”女人说话时像是把声带挤在口腔最低的位置，声音又小又低还带着点快要破碎的感觉。

“我自己来吧。”在那个女人面前，任恬感觉自己不再是身高只有一米五的矮子，而是一个充满力量的巨人。

任恬离家第二天，在女人那里吃到一顿带着烟火气的饭。第一天她坐火车，只吃掉一桶泡面。箱子容量有限，她只带了手机、平板电脑和一些衣服。收拾东西前，她没预料到自己有这么多衣服，最爱的衬衫、格裙，还有现在穿上身还太热的冬装。她和妈妈说过，不会在自己生活期间找家里要任何东西，所以她把能带的都带上了。唯一没想到的是，便宜的火车上吃饭那么贵。

女人叫赵可蕊，做客服的。

任恬说自己要在这边找工作，公寓对面就是工厂。赵可蕊告诉任恬，她老板前两天和她说可能还需要一个客服。

“我还是先自己找吧，找不到再请你帮忙。”

“好啊。”赵可蕊没有因为好意被拒绝后不开心，反而是笑着夸任恬看着很小却很有主见。

任恬努力压制脸上的灼烧感，但脸属于身体，意志属于灵魂，同样属于灵魂的未知感动给了身体一个必须行动的信号。她有主见，有主见等于成熟，成熟就意味着不再是孩子。脱掉校服第一周，她成为“大人”，比同学早了四年多。

“为什么你不能像其他同学一样努力？你身体还在晃动，你居然还在抖腿！”

任恬端着饭碗，停下抖动的腿。餐桌上的暖黄光线和教室里明亮的白炽灯不同。一个水蓝色瓷瓶立在餐桌中间，瓷瓶中插满宜家售卖的假花，浅粉色的玫瑰和一朵大大的蓝色绣球花。深蓝色软布餐垫上架着鹅黄色瓷碗和瓷盘，正方形黑色胶合板拼成的桌子也是便宜货，但比家里的实木桌好看。

赵可蕊让任恬吃完饭之后把碗洗干净，再叫她一起出去丢垃圾。

“垃圾不要过夜，”赵可蕊说，“这边蟑螂很多。”

任恬最怕蟑螂，尤其是南方的大蟑螂，会飞，一脚踩下去黏液四溅，可能还有许多虫卵黏在鞋底。

赵可蕊带任恬下楼，从门口取下一串钥匙递给任恬，“带好你的钥匙。”

夜晚的公寓楼彼此挨得更近了，一个巷口连接一个巷口的交叉处装有白炽灯。任恬和赵可蕊从公寓大铁门走出来，把垃圾丢到巷口最外面的垃圾桶里。任恬站在白炽灯下望向街对面的工厂。

工厂的身躯隐藏在绿化墙后。绿色藤蔓在深夜和墨水一个色，工厂头部还有微弱的橘黄色光线从窗户里透出。

“走吧。”

任恬的目光从工厂楼顶一跃而下，跳到阻断厂房继续向外延伸的绿化墙头，再落到铺了砖石的人行路面，在没有阻拦的斑马线上她的目光反而无法前进：一辆火车从马路上经过。她跳不上火车顶，也没有足够的力量助跑跳进工厂。“走吧。”身后有一股力量推了推她。

“我觉得这个梦不是好兆头。”任恬给对象发消息说。

“只是梦而已。”

“那倒是。我打算一会就过去，之前联系的中介说这个厂还在招人，让我去里头贴标签。”

“去吧，注意安全。我马上要去睡觉了，不能陪你。”

“没事没事，中介说进厂之后估计也没空看手机。”

任恬放下手机，望向空气。

任恬的对象说去睡觉就立马睡觉，不像任恬常见的人，总说挂电话了之后还要说上两句，“拜拜，哎好，拜拜，真挂了，再见，好好好，明天见”。任恬喜欢说再见后再与对方聊两句，作为终止对话的尾声。戛然而止的音乐只能偶尔听听，普遍需要一个舒缓的前奏提示要结束了。任恬不喜欢突兀，她和对象走到一起花了大半年。

任恬进了工厂但没有培训。她在蓝色小柜子前换好厂服，戴上帽子、手套，就被人流推着朝工作间走去。纯白的天花板上挂着长条日光灯，细长金属桌子中间嵌着绿色胶皮，桌上放了一沓压瘪的纸盒，一摞标签放在金属桌面上。带任恬来的人让她直接找个空位坐进去，有什么不会的就问旁边的阿哥阿姐，仔细听，别做错。

“你什么时候走的？”赵可蕊坐在餐桌上，她的电脑占据餐桌一半的位置，“你一天都没回我消息，幸好我知道你今天要去对面做工。不知道你吃什么，我之前包的饺子还在冰箱，你要不要吃点？”

“吃吧，我早上没吃饭，晚上也没赶上吃饭。坐了一天，中午的饭只能选一荤一素。”任恬仰头，双手在脑后撑着脖子一摇一晃地走进大门，“真不想去了。”

“你去那儿一天多少啊？”

“十个小时一百六。”

“你怎么不来做客服呢？一月三四千，也不差多少。”

“工厂多。我再试试吧，万一只是我刚开始不适应呢？”任恬说，“我上学时每天坐在桌子前那么久，这次肯定也可以。学习还不赚钱呢。”

“学完也可以赚。”

“学不下去，就是学不下去。”任恬撇撇嘴说。

“没关系，大家都尊重你的决定。”赵可蕊安慰着。

皱纹还没来得及在赵可蕊脸上生长，她穿着围裙负责做饭，洗碗则全权交给任恬。任恬端着碗吃饺子，一面观察坐对面的赵可蕊：赵可蕊的脸上宽下窄，下巴短，嘴巴和眼睛都大，鼻梁塌下去，鼻子小小一个，使她的外表看起来比同龄人又小几岁。她有点像过去的班主任，但比班主任脾气好。班主任老骂任恬。任恬过去在学校里，今天课上走神被老师瞪眼，明天课上看书又被老师一顿骂。在任恬的印象里，老师总是吝啬奖赏而不克扣惩罚。

任恬上课的时候喜欢把课外书夹在课本里，把课本靠在书桌正前方的一摞书上，竖起来的课本正好可以挡住老师的视线。

她喜欢好读易懂的《阴阳师》，也喜欢无法推理出结局的阿加莎，还有看不懂的《世界尽头与冷酷仙境》，以及封面很有趣的《窄门》。梦枕貘的书看完就忘，只记得她想和安倍晴明做朋友；阿加莎的就记得谁死了；《世界尽头与冷酷仙境》的作者是村上春树，书名很好听。《窄门》的封面和内容是她印象最深的：封面上，一个女人站在读者那一侧看向黑墨水涂满的男人与用黑线勾勒的男人的灵魂。男人灵魂出窍，却依然回望女人。任恬不喜欢里面的剧情，爱玩弄年轻男人的舅母和死也不说结婚的别扭男女主让她气了一天，被惩罚的记忆不能在她心里留存这么长的时间，除非她什么时候想起自己又去教室后面罚站，从第一排座位走到最后一排，中间会和许多人视线相交。大多数时候他们都面无表情，偶尔有同学窃笑，大多是因为他们在玩手机。任恬发现站在教室后面自己也会灵魂出窍。

对象也支持任恬的决定。对象在任恬高一时和任恬确定了关系。任恬甚至不知道他是男是女，因为他喜欢把自己罩进幽灵外衫，穿成大桶，不让别人看见里面的模样。从不语音，就用字符沟通。他并不抗拒露出自己的部分，只是身体的观赏价值对他而言还没有垃圾桶里的塑料水瓶重要。因为其他人总喜欢评价他，没人问过他想不想被评价。

大概他决定让周围的人只给他一个评价——怪人。

“来坐。”组员让任恬坐到自己旁边，“贴吧。”小组的桌子边只坐了他一个。

任恬扯住头上稀薄的无纺布帽边，把露出来的发丝塞回去。

金属台面反射着天花板上的白色灯光，刺眼的光线让任恬只能盯着桌面上的绿色胶条看。

工厂的光线和教室里的光线没有区别，直白、冷漠。灯光笼罩着任恬，她的皮肤不再与空气互动，屁股和椅子出现隔阂，穿着鞋套的双脚离开地面，她变成没有重量的气球，正在飘离地球运行的轨道，只是眼睛还在被标签吸引，视野里只有手里的标签，机械地贴标签，还要贴得正正好。

旁边带她的男人刚贴完一组标签。他一只手拿住手机，另一只手从脖子下边开始沿脊椎向下抚摸任恬的背。

“任恬，”昨天见过的一名女工走过来，拉着任恬的手说，“跟我和小艺坐一起去。你不知道昨天，我俩晚上还在宿舍夸你呢。”

任恬被女人拉起来，和她一起绕到男人斜对面坐下。反正这块还是她们组的地盘，监工的人不管这些，只要她们不误工。

她俩一坐下就开始贴标签，黏性很大的胶总会残留一点在手指上。任恬将手放在身上擦拭，但胶还在上面。男人还在看她，任恬一直低着头。

“好好做你的活儿，”坐在任恬旁边的女人说，她还招手叫来另外一个刚从门口进来的女人，“坐这儿。”

任恬对男人的触摸没感觉，他大概是想在她身上蹭灰，好让自己变干净。迟钝是她的特长，她最好像渡边淳一写的：只要女人迟钝就不会有不好的事情发生。她不认为书有错，就像老师和教材没有错误，所有错误都源于自己。如果她觉得男人有错，说不定是自己哪里出了问题。做题或者考试时，大部分的错题总是她在做，她的右手总能带来错误，左手却不能带来正确。任恬并不沮丧，母亲说过事物总在轮转，否极泰来，只是时间问题。时间该快的时候不快，该慢的时候也不慢，她做完手上的活儿离下班还有二十分钟，还能帮别人再做一点。早做完也不能提前下班，要去帮别人做。她从小艺那儿拿了一板标签。

“你贴错了，笨手笨脚的，”监工站在任恬身后说，“你们也没发现，都加班半小时。”

旁边组的人看了一眼任恬这组，转过身和自己组的人笑着聊起来。那人和摸任恬的男人经常一起吃饭。

“做吧，”小艺对任恬说，“我刚来的时候也总是犯错。”

“不好意思。”

“做吧。”不知道是谁说的，工作台面重新被寂静占领。

“你之后不会不做了吧？”帮任恬说话的女人叫姜蓉。她拍拍任恬的肩膀说：“看起来失魂落魄的好可怜。他就是这样，上午骚扰你，晚上还要叫人说你一顿。我也可烦他了。”

“没事，毕竟是我做错了。还做不做，不知道，我朋友说要带我去做客服。”任恬对赵可蕊也不了解，用“朋友”称呼她倒是比别的更合适，虽然她不知道自己和赵可蕊关系会怎么样，她们目前只在晚上碰面。

“但是，她在做的客服是……玩具的客服。”

“玩具还不好吗？”

“不是那种玩具。”

“……也没什么，都是玩具，都能带来快乐。”

“唉。”任恬叹口气。她和姜蓉没什么好聊的，但还是加了联系方式。姜蓉人很好，就是爱说不合适的话。她们一点也不熟。

赵可蕊今晚不在家。任恬晚上八点回去时，屋子里没光。她学着赵可蕊的样子打开炉灶，煮了赵可蕊包的饺子。

赵可蕊喜欢做饭，但仅止于喜欢，她毕竟选择做客服而不是厨师。

爱好成为工作就没意思了，把爱好变成工作只会越来越讨厌工作。任恬说自己曾经也很喜欢学习，但学习成了唯一的任务和活下去的目标，真没意思。她要证明离开学习也不会怎么样。

任恬看了眼时间，急匆匆地跑去浴室洗澡，但电热水器还没烧好热水。她今晚和对象约好一起打游戏，早就算好时间，回家后立刻洗澡，可以准点打游戏，一直玩到晚上十一点上床睡觉。赵可蕊在家时，热水器这时已经备好，不会没热水。

“可蕊姐姐，你去哪儿了？不在家也不和我说一声。一回来就面对黑乎乎的屋子，我最怕黑了。”

信息发过去，赵可蕊很久没回复。任恬反复看了好几遍自己发的消息，确定没有问题，安心放下手机，打开平板再打开游戏。和对象打游戏的时间一刻也不能耽误。对象在国外有时差还总是很忙。她不知道对象喜欢自己什么，但她知道自己喜欢对象。去国外留学的人，家里都有钱，而且还会说英语，所有科目里任恬学得最差的就是英语。虽然对象给她补习过，但也没什么用，英语和她的间隔就像亚洲和北美大陆的距离一样，凑不近。

对象问任恬离开学校之后的生活怎么样，会不会很空虚，有没有事情可做。

“不会，我每天都很忙，找不到空闲的时间。早就说好要去这间工厂，早上八点开始做到晚上八点。”

“现在的生活是你想要的吗？”

“是吧，起码我做到了离开学校。”

学校在任恬心中的形象都与噩梦有关。她在教室里被高悬在天花板上，椅子向下倾斜还没有安全带，她随时可能和课桌椅一起俯冲或只有她自己掉下去，摔倒在花白的地砖上。她手中的试卷也可能随时掉下去，那0分是必然的。任恬不喜欢0分，老师会当着她的面在全班同学面前摇头，宣告她未来必然灰暗的结局，她还不如随但丁去地狱，至少地狱里不会有人说“你完了”。

任恬在床上翻身，脚背碰到冰冷的墙面。曾经在宿舍的夜晚也是如此。当时她撞到墙，在夜晚痛呼，结果吵到旁边的室友，室友小腿开始抽筋，抽筋时的咒骂让她忍不住无声啜泣。一切都与她无关，不知道是什么东西让她与世界连接。手机里显示的时间是凌晨四点，外头的路面偶尔会有车碾压后发出的一声压抑的哀嚎声，每块沥青都被压实，你贴我、我贴你紧密相连。当一块沥青疼，别的沥青也不好受。她还不如一块沥青，于是翻身睡去。

“昨天晚上有朋友来找我，知道你回来晚我就先出去了。我在网上买了一盏小夜灯，过两天就会到。”赵可蕊终于回信息了。

“可蕊姐姐，你方便的时候可以帮我问下客服的事吗？”任恬早上给赵可蕊发消息。如果一切顺利，她会在下午高傲地去找组长结工钱。

“晚安。”任恬看到对象发来消息。

“昨晚我都没想到我打着打着就睡着了。”她回复对象。

“没事，我猜到你睡了。”

“害你输掉……”

“输赢无所谓，开心就行。”

如果是母亲的话，会质问为什么没赢；下次想赢应该怎样改进；如何避免这次的错误再次发生。任恬奢望自己是女儿而不是员工。在和对象聊天时，她总能感觉自己是被肯定的。因此，在网络里会更好。网络和现实的差距在哪儿，她还说不准，但她总会找到全身心融入网络的办法。

姜蓉昨天很在意任恬今天是否会来，今天早上一句话都没发好像默认她一定会来。任恬回到现实，走在前往工厂的小路上。昨天摸她的男人在姜蓉面前像只冻干后蜷缩的鹌鹑，肥厚的身躯，干瘪的意志。

“关你什么事！”姜蓉甩开他，朝工厂楼梯走去。

任恬看见男人低下头，眉毛拧在一起。

“来啦，想什么呢？和你打招呼都没看见？”姜蓉抓住任恬的手腕问。

“走吧，快迟到了！”

“行，真怕你不来。”

“为啥，想来这儿工作的人不少吧？”

“可你不住宿舍。你要走了，宿舍估计要来多一个人。万一是个不好相处的可就麻烦了。”

姜蓉拽着任恬的胳膊进门。小艺坐在桌子边上。任恬感觉裤兜里的手机正在震动。下班成为一个带有惊喜的礼盒。

手里的工作很枯燥，脑子不知道飘荡到何处，身体好像和机器没有区别，机械地做着录入的程序。任恬知道这次不能再做错了。

姜蓉和小艺去吃午饭的时候带上任恬。任恬替姜蓉占位子，她则去打两个人的饭。姜蓉似乎和打饭的人关系很好，大多数同事都只能自己端自己的饭，姜蓉一下端了两份。她和小艺都有饭盒，只有任恬用不锈钢盘子。

“我帮你问了，现在还要个人，只要我教你做就没问题。”赵可蕊发来消息，“你明天就来做客服吧。”

姜蓉端着盘子回来，把盘子拍在桌子上说：“你运气不错。”

“什么？”

姜蓉下巴向上一扬，盯着任恬的手机说：“新工作。”

“哦，”任恬锁上手机屏幕说，“是和我住一起的姐姐，她在做客服。”

小艺只看自己的手机屏幕，并不关注另外两人。

“你为什么来这儿工作？你能在外面租房子应该也不会特别缺钱吧，为什么做这个？”

“妈妈说住宿舍不安全。”任恬看见姜蓉飞起的眉毛，夹起一块麻婆豆腐说，“别的工作都要有学历的，我高中没毕业。”

“难怪看你那么小。你怎么不读完？”

“不想读。”

姜蓉用手指戳小艺的胳膊说：“有妈就是不一样。”

任恬揣摩不到姜蓉说的是什么意思。

“我没有别的意思。”姜蓉笑呵呵地补充说，却也没解释。

“有什么关系呢。”任恬说。

“还是得祝贺你，运气不错。”姜蓉眨巴着眼睛，这次说得看起来很真心。

任恬扒拉盘子里的饭，肉柳干巴，包菜也炒煳了。以前她总嫌弃学校食堂饭菜难吃量少，现在来看至少还可以。右手拿筷子，左手握住手机，她努力伸长拇指在屏幕上打出“好哦”。

赵可蕊确实对任恬很好。任恬看着手机里姜蓉联系方式的“删除”按钮，又看看坐在自己对面的姜蓉，把手机放下安心吃饭，姜蓉给她打的饭里至少有好几块肉。饭后，任恬蹑手蹑脚坐回桌子边干活儿，她从不午休。昨天上午摸她的男人正蜷缩在旁边木箱子上午休，像一头睡着的猪，丝毫不知情自己将被人类宰杀的命运。下午，任恬在姜蓉的陪伴下从工厂老板手里拿到工钱，和来时一样，一个人离开工厂。

赵可蕊的老板是个很好的女人。任恬一边刷着朋友圈，一边看电脑里面的客服聊天框。任恬结束短暂的工厂工作后才发现赵可蕊有对象。赵可蕊经常在客厅和对象打电话，聊天内容多是遭遇的奇葩顾客还有我想你、要亲亲之类的话。在任恬眼里赵可蕊很会照顾人，做任何菜似乎都难不倒她。任恬用拖地三次换了赵可蕊做一次舒芙蕾。赵可蕊掏出手机，打开视频就跟着做，做出来的比视频里的看着还好吃。

任恬伸手抓握赵可蕊的背影，好像要把赵可蕊抓在手里。

“怎么了？”赵可蕊转过身，看到任恬向她伸出手。

“没什么！”任恬在手机里暗示对象，赵可蕊和她对象总是在打电话。对象却好像完全看不到她的消息，自顾自地说起今天自己房前路口有几只小鸟在啄路上的死老鼠。

“你为什么总是这样？”

“你客服做得顺利吗？”

“不太顺利，因为平板太小，看对话框总是有点费劲儿。你还没回复我你为什么总是这样？”

“你地址是什么？我给你寄个东西。”

“什么东西？”

“你明天就能知道。”

任恬发现和对象吵架永远没有意义。对象只要不回复，她就没办法。

对象再次发消息，距离上一条信息已经过去十分钟。“来打游戏吧。”

一种和好的标志灯从手机里亮起，也有可能是讨好的标志。任恬合上了平板。

赵可蕊看见任恬收到新电脑很惊讶，说：“我没想到你还能自己买电脑。”

任恬看清赵可蕊的表情和姜蓉的很像，回复：“不是我买的。”

“那你妈妈对你还不错。”

“也不是我妈妈买的。”

“哦。”赵可蕊上下两片嘴唇轻微翕动又紧闭。

“是我对象买的。”说完，任恬把电脑放在桌子上，瞬间轻松。

“哦。”赵可蕊点点头，停下打趣的行为。

任恬隐约看见一扇很窄的门出现在客厅，她在这边，赵可蕊在另一边，谁都不想穿过这扇门，因为门太窄。对象和任恬说好下个月要来看她。她不在乎对象为什么会来见她，也不在乎对象到底是什么模样，哪怕对象很丑她也不会在意。

“有没有用过？”客服消息栏有客户发来消息。

“您好，我们的产品是不给七天无理由退换的，所以不用担心会买到别人用过的东西。”任恬敲字越发熟练，以前还要看键盘才能一个字一个字地敲，现在只看屏幕就足够了。

“那你用过吗？”

“亲亲，我们的产品质量绝对没问题的，而且大家的评论反馈也都很好呢。”

“你用过吗？你觉得舒服吗？你觉得男人舒服还是这个舒服？”

“亲亲，还没有下单是有什么顾虑吗？”

“不回答我的问题就投诉你。”

“亲亲，您对产品还有什么疑问吗？”

“不用管，这种就是来骚扰人的。”赵可蕊瞥见任恬的屏幕说。

任恬突然合上屏幕，支起大腿把椅子向后顶，要把赵可蕊挤出去。

“我就是要站起来倒水，不小心看到，不好意思。”

“不，不是你的错……”

“客服做多了就习惯啦。不要在意那些人。”

“你经常遇到这种事？”

“是啊，毕竟是卖这种东西。也不是说不好，不过……”

“我不喜欢这样。”

“没人会喜欢，除非真是问问题的。”

“如果他们也会被人问这种问题就好了。”

“唉，我只想介绍个工作，却忘记你会遭遇这种事。”

“反正在工厂也一样。这个工作工资还高些。”任恬的腰蹭到坐垫上弯折起来。

“那你就等待习惯吧。习惯就好。”

任恬不知道自己怎么才能习惯这种事。她努力习惯学习十几年还会失败。

“习惯就好”这句话看起来和伤口自己会愈合一样奇怪，伤口会愈合是因为有血小板，习惯就好的原因任恬还没摸索清楚，她只知道自己不会离开这个工作。在朋友圈另一头的同学们刚参加完学校的运动会。她刚入学时注意到的漂亮男孩正搂着另外一名男同学笑得很开心。旁边的女生们正将他们包围。如果把他放到花圃中，他会是没人能碰到的花，因为旁边聚集着一群蜜蜂。照片左上角的女生头上戴着 MIUMIU 的发卡，她手里还拎着他的书包，书包上依然别着任恬送给他的雪未来徽章。任恬不喜欢奢侈品，因为她买不起。任恬工作后的工资只够买一个 MIUMIU 发卡，那个女生却有好多个可以换着戴。任恬以前并不知道这个牌子，直到班上的女孩们围着那个女生问，真的是 MIUMIU 吗，借我摸摸吧。任恬不觉得 MIUMIU 好看，反而把 MIUMIU 的读音和荒谬相连。任恬趁没人的时候，从座位上站起身踮着脚尖看向那人的桌面，上面摆着两个皮质的发卡。发卡比一般的一字夹大，看起来十分厚重。那人和漂亮男孩经常走在一起，他们的成绩都很好，也有钱。他们脸上的笑容会伤害任恬的眼睛，但他们毫不在意，在任恬心里，他们自私又愚蠢。任恬低头看回桌面，练习题做十道错七道，练习册背面有答案，她不知道为什么答案是这样，只好把练习册合上。

任恬十几天没出门，在屋子里看太阳升起、月亮落下，时间在屋子里成为可控的存在，比要去习惯其他事物强。她屏蔽同学朋友圈前把男孩的照片下载，裁剪，最后设定为桌面。她一边用平板和对象打游戏，嘴里念叨着今天又遇到了什么顾客，一边看手机新壁纸。她红着脸，觉得对象也会和壁纸长得差不多。

“你真的会来找我吗？”

“会。对象在私聊框里回复。”

“你为什么要送给我电脑？”

“你有需要。”

“如果还有别的需要呢？”

任恬不知道自己还需要什么，只是“有需要”这三个字太有迷惑性，好像对象是有求必应屋，不管她需要什么都能给她。她手里的电脑在淘宝上要卖四千，随便买的电脑都比 MIUMIU

发卡贵。

或许。

“你真好。”模棱两可的回复也让任恬高兴了一阵子。

赵可蕊最近经常外出。她说她男朋友要过来见她了。

任恬帮赵可蕊看着客服消息。如果赵可蕊请假，那就要扣钱，扣的比工资还多。赵可蕊宁愿把工资给任恬。

“那就说好啦，”赵可蕊朝任恬说，“我出去咯。”

赵可蕊在客厅中间摆了一台画质普通的二手投影仪。任恬抱着两台电脑坐在单人沙发上，打开投影仪。对象给她推荐了一部电影《寄生虫》，说是拿过奥斯卡奖的电影。任恬觉得韩语不好听，一直没看。赵可蕊出去之后，屋子里的浅色木地板、乳白色墙壁加上水蓝色的沙发，让任恬觉得屋子里还应该有别人，她是不能给屋子带来温暖的外来者。

任恬坐在沙发上，脚跷在沙发前的软凳上。赵可蕊在沙发区铺了地毯，小小的沙发被软凳拉长，看起来有模有样。电影里的孩子靠着学习给自己赚钱，使用手段爬上了更高的位置。任恬看到一半就不得不停下来休息。电影里的声音和画面是令人难以接受的压抑。她忍不住将自己和电影里的他们进行对比，她好像好一点又好像差一点。似乎没有尽头的提问令工作者不能走神，任恬暂停了电影。自从那天骚扰过去，她再见到骚扰的内容也没有感觉，想象对面是只骚动着的恶臭虫子，将卑劣散播至世界的每一处。

晚上九点，任恬开始打扫房间的卫生，说好轮到她做的事儿她就要做，还有做饭洗碗拖地……赵可蕊出去的日子有点长，如果对象过来她要让赵可蕊体验更繁忙的生活。

任恬下去丢垃圾的时候意外地看见了姜蓉。她和姜蓉已经有很久没见面了。从她离开工厂，她们之间就有种不要互相发消息打扰对方的默契。

“你怎么在这儿？”任恬拎着两包黑色垃圾袋问。

姜蓉身后背着一个黑色的双肩包，她朝任恬举起手臂，左右摇摆。“钱拿到手了。”她嘴角翘起，又说，“之前和朋友做小生意赔了个干净，现在要重新开始。你新工作怎么样？刚才差点都没认出你，你戴了围裙，感觉不一样，居然有点妈味。”

“妈味？”

“一种对你来说还太早的味儿。”

“你以后做什么？”

“朋友开了家小咖啡馆，叫我去帮忙。路费和住宿费我赚得差不多了，现在可以过去了。”

任恬有点替姜蓉高兴，只是一点。

任恬把围裙挂回冰箱边，之后做饭都没穿过。

只是两天，任恬发现手里两个客服账号多了几个投诉，因为没能及时回复消息，老板对此有很大意见。

“你记得回复老板的消息。”任恬给赵可蕊留言。

“好的，这几天都没怎么看手机。辛苦你再坚持一下啦，到时候你对象来我也帮你做，你就可以安心出去玩了。”

一条没有保证的口头许诺并不能补偿她被老板扣掉的钱，也不能补偿她花出去的时间。赵可蕊回来之后对任恬提出来的希望她做饭并打扫浴室的安排并不满意。

“做饭很累的，你洗碗只用做饭时间的三分之一不到，剩下的时间拿去扫地拖地打扫浴室不是很合理吗？我在走之前才把客厅的地面打扫好。如果你对我们卫生工作的安排有意见应该当时就告诉我。”

“当时没有问题，但是你去找男朋友那几天麻烦就大了。”

“我知道，老板还因此扣了我们俩的工资。你没告诉老板吧？”

“没有。”

“那就行，缺的钱我给你补上。”

任恬说不出更多的话。平静的日子会消磨人对于时间的敏感度，在赵可蕊回来之后，屋子里的生活沉静又快速，就像小品里说的：眼一睁一闭一天就过去了。任恬好像什么都没有干，就记得看朋友圈里的同学陆续贴出高考的分数。任恬的工资比他们的分数高许多，她把工资截图也放在朋友圈，除去对象，没人点赞。

“你在哪儿？我到站了。”对象问。

“我在站点边向上的扶梯的白柱子后面。”

“我也在。”

“我没看到你。”

“你出来吧。”

“你先出！”

“原来你是社恐。”

“你也是啊……我穿了黑色背心，棕白相间的毛绒格子外套。”

“我穿着牛仔裤和灰色T恤，还有白色冲锋衣。”

“我走出柱子了。”

“我也走出来了。”

“但是我没看到你，你是不是下错站了？”

“没有，按照你给我的站点下的，除非你给图的时候给错了。”

“为什么你的账号积累的问题有那么多？！你还想不想做了？”老板问。

“你没帮我回复吗？”

“我回了，正在回，内容太多。我把我这边搞完就弄你的。”

任恬没见到对象。对象好像看见了任恬，但对象说自己找不到人所以先离开，还指责任恬躲到白柱子后面，太害羞。对象说自己也很害羞，无法想象之后吃饭的场面会有多安静。

任恬得知对象离开之后松了口气。昨晚她听见赵可蕊和男朋友聊天很羡慕，现在发现好像也没什么值得羡慕的。

老板要扣掉任恬的大部分钱，这个月的工资不够买一个MIUMIU发卡。任恬发现她工作三个月都买不起一套同学早就买过的发卡。

赵可蕊这次没给任恬补贴，虽然她帮忙回复了，没有全心全意的帮忙也算帮忙。任恬知道自己的想法和别人有很大差异，就像两条难以并行的线，总是在相交后远离。

任恬回到小屋，收拾好自己的全部物品。赵可蕊还在和男朋友打电话，没有听见任恬闹出的动静。

任恬拉着行李箱走向公交站台。

任恬看见灰蓝色天空拽住一长串楼房向远处虚无的嘴里丢弃，再从嘴里形成被陆地肠胃推挤的残骸，钢筋骨头、玻璃骨头、化纤骨头……堆起来，砌出来的城市明早又会在阳光下熠熠生辉。

盲盒

“刚加完班，这该死的周末怎么这么短！我感觉过完周六，周日一睁眼就没了，然后又是工作日！我恨工作日，工作日感觉就像在监狱一样！还不如监狱呢。”

“那你要不去监狱住着？”她早上起床就收到朋友露暖的吐槽语音。说是早上，其实是中午，卢悦睡到十二点才起。窗外的阳光努力刺进窗帘，证明现在还是白天。上周周六，卢悦直接睡到下午四点，因为前一天晚上和朋友们出去聚餐了，他们由于加班经常见不到面，偶尔聚齐见面一次，感觉像回到过去还拥有自由的日子。这周露暖加班，卢悦只好一个人回家吃饭，晚上刚开始打小游戏就发现时钟已经走到深夜十二点，周五的夜晚和灰姑娘变身时间一样短，她还没走到城堡门口却听见城堡大门关闭的声响。

“不去，我去了谁和你吃饭啊。”露暖很快发过来一条语音，自从她得了腱鞘炎之后，卢悦很少见她发文字。

卢悦认为露暖的一部分被工作夺走了，至少发文字消息的部分是。露暖在公司群里就不会发语音。虽然能听到朋友的声音是好事，但语音转文字偶尔还是会出纰漏，而且露暖是大舌头，转成文字后很难看懂，卢悦也不想听语音，语音播放很慢而且不能二倍速。她在看剧的时候就发现了，电视剧开二倍速她完全听得懂，而且不会出现一倍速看剧结果走神的状况。播放一条语音就是几秒钟，一分钟里又包含多少个几秒呢！如果看文字则方便很多，只是看一眼就能开始回复，快速高效简便适合工作。因为适合工作，所以发文字交流的能力被工作挑走了，剩下一张可以说话的嘴，露暖在上班空闲时还会给她发点文字消息，很可惜那没什么用处。作为朋友，卢悦不能要求太多，她不能给露暖发薪水，也不能出钱给露暖找理疗师，腱鞘炎更不能转移到她手腕上，她也有腱鞘炎。

“你看到小秦的朋友圈没？”卢悦转移话题道。

“没有……”露暖发了消息之后又接上一条，“你不会还惦记着他吧？你不是跟我说你把他删了吗？”

“我什么时候说我把他删了？”

“三个月前，你不会忘了吧？你那时候没删？还是你后来又加回来了？我这里还有你当时说这话的截图呢！你别不认，等我给你找出来。”

“我不记得我说过。”

“我就知道你会这么说，所以我早有准备。”露暖发来一张聊天记录截图。

“还真有这回事儿，但我真记不得了。”

“那你是没删他还是重新加回来的？”

“嗯，是小刘给我发的。”小刘昨天晚上给卢悦发消息说小秦的新女朋友好漂亮，只是卢悦当时在玩游戏。

小刘问过卢悦喜不喜欢小秦，如果卢悦不喜欢，她就要上了。卢悦学着偶像剧和电影里那样总是制造和小秦见面的机会，都没效果。小秦上公交车，卢悦跟着上公交车。在公交车上卢悦光盯着小秦却忘了看好自己的包，结果包里的东西全掉在公交车上，尤其是她攒钱买的粉饼全碎成了完全不能再使用的小小块。司机对着卢悦一通抱怨，说她把车子地面弄脏了。落在地上的鲜红唇釉好像完全涂在卢悦脸上，她还不如被煮熟的虾子，至少熟虾子没机会关注周围的状况。小秦坐在司机后面那一排，盯着卢悦狼狈地捡起地面上的物品，发出愉悦的笑声。

卢悦对小刘说，不，她不喜欢小秦。小刘长得好看，和小秦站在一起很搭，就像一幅阴阳图，和谐相称；她和小秦站在一起就是长颈鹿和花豹的组合。

“你看到他的新女朋友了吗？这小子到底哪来的好运气！要不是没有她的微信，我一定要告诉她，远离抠鬼！”小刘几乎是义愤填膺地发消息。

“你还跟他聊天吗？”

“没有，姐只会偶尔逛逛他的社交媒体看他过得有多惨。这个和女朋友的照片还是我线人发给我的。但凡他把找对象的好运分我一点……”

卢悦也很可惜自己没有小秦找对象的手段，她一直都想找个对象。但她想找的对象必须可以谈很久，不需要以结婚为目的，她只想找一个人一起慢慢变老。周末的清晨他们窝进浅绿色豆袋沙发里，她靠在他身上，两个人依偎在一起聊天或者看电视剧，然后他去厨房下两包方便面作为早饭，她呢，就继续坐在有他气息的沙发里，看着他在厨房忙碌的身影。她会穿着宽松的纯棉T恤，他会比她高一点，她会和他撒娇，他们之间会有情人的呢喃，他们会记录黄昏时刻墙面上贴在一起的剪影……小秦曾经是她的目标，在知道小秦和小刘的事之后，小秦从她的记忆中退出，只剩下她窘迫的脸以及车上所有人投向她的目光，连同她渺小的心随着车厢一起摇晃。还有小秦的微信，只是因为小秦没有删她。

“小刘还加着他呢？”露暖认识小刘的时间比卢悦短，但她们也玩得很好。

“没有，早删了。别人告诉她的。”

“真可怕啊！还有这么多知道小秦的人在关注他，他肯定汗流浃背了吧。”露暖发来的语音后面还跟着一串畅快的笑声。

卢悦不清楚从什么时候起朋友们喜欢用有道德瑕疵的人开涮，不过对于小秦来说，这都是罪有应得。

“我还担心是你孤寡疯魔终于开始饥不择食地随便抓一个塞进嘴里准备开吃呢。”

“不……”卢悦说，“我找到一个应用，打算在这里试试。”

“这和我上面说的状态有什么区别？应用里哪有正常人？”

“试试呗，我最近有一种预感，尤其是小刘给我算了一卦，她说我最近桃花特别旺。”

“她也就是学了个半吊子，再说，这玩意真有用吗？”

“试试呗，试试不吃亏。”卢悦点开应用，她发现当自己相信什么事情会发生的时候，事情就一定会发生。

在应用里通过别人的头像切入话题，从彼此的距离远近开始慢慢了解，首先剔除用二次元萌妹头像的男人，然后剔除用真人黄昏下背影的男人，再剔掉主页发布自己照片的男人，最后剔走距离她很远的男人，她对于筛选和她会有聊天话题的人很有心得。

“也是……毕竟你们办公室除了一个已婚男，剩下的七个都是女生，”露暖说，“早知道这样你还会选文科吗？”

“凭借这个来选择文理吗？”

“只是开玩笑啦。毕竟文理科男女生的比例不平衡是默认的吧。”

“我只知道我们上学时是这样的。”

“确实。你看我学理也没好到哪里去。”

对比在应用里找到一个合适的人和在现实里找到合适的人所花费的时间，应用里花费的时间更长，这是卢悦关掉第二十三个聊天框时发现的，省去前往某一特定空间进行社交的时间都会在社交应用里再度花出去。所有人都撇下前往现实里空间的权利，全部挤进小屏幕里彼此紧靠，有时候紧靠的人还会被别人挡住。每个紧靠的人在等待别人挑选时也在挑选别人，她在只有脑子能看见的地方瞥见一条向下的灰色通道，通道里有许多层，每层都挤满人，每一层的每个人都有属于自己的一层，他们都知道通道外并不拥挤，但没人去通道外的空间。他们把空间排除在自己生命之外，成为组成空间的一个颗粒但并不参与空间，直到他们找到生命中可以一起参与空间生活的人才走出通道。卢悦还在刷软件里的匹配卡：这个太丑，这个太老，这个太远……她好像流水线上的工人，坐在工位上一动不动，只靠眼睛和手指不停地刷，刷掉每一个在她眼里不合格的产品然后再把产品传给下一个工人。卢悦也想出去走走，连续三个周末没有出门的她只有一点遗憾：没人和我一同出门。她必须要在这个周末找到可以一起出门的人的执念让她头晕脑涨，她开始忽视对面的人发来的不和谐信号：又可以开盲盒了，好兴奋。卢悦并不厌倦和朋友度过的日子，但他们偶尔会给她一种自己仍然孤独的感觉。

这是一个照片看起来很舒服的男人，不是大众眼里的帅哥，只是在卢悦眼里他长得特别顺眼。刚开始聊天他们的话题跑到世界各地，最后回到中国的每一处风景，他们组合成一只在世界巡回的巨鸟，先从世界另一头起飞，掠过一众模糊景象，随后看到更清晰的图像，在图像中不断俯冲、放大，找到在他们附近的商场，停在上面。卢悦对彼此相近的喜好产生了抑制不住的共鸣，她和对方已然是两块磁性很强的磁铁，一见面他们就会紧紧吸住。她把自己放到和对方同样的位置上说：终于，我又开盲盒了。她和他在一起的时候必须是和弦，两个人在一起只有单音绝对是不和谐的存在。

卢悦换上她去年准备好的战袍，一件可以在不扰乱路人心神的同时，完全遮盖但又完美展示她身材曲线的连衣裙，胸部在腰腹鱼骨的衬托下变大，翘起的臀部完美适配人类手掌的覆盖面积。她嘴上涂满蓝调正红，画上平日里都看不见的眉毛，腮红打在脸上，让人一眼就能联想到心怀悸动的少女。卢悦很满意自己今晚的样貌，在性资本上她会赢过所有人。为了防止对面的人不精心打扮自己，她特意选择一家超出自己消费能力的餐厅，他们约定好了，都好好打扮去吃晚餐。卢悦看着全身镜里的“战神”，她可以轻易破开任何她想要的人的心理防线，不管是多厚的“城墙”都没有她的“武器”厉害。他们聊了快半个月，半个月按照固定语言模板发送的早安、晚安、午饭吃了吗、工作顺利吗，让卢悦对即将开始放慢脚步的恋爱获得信心。他们还没有一起逛过商场、吃过美食街，而是直接去昂贵的餐厅见第一面，虽然“开盲盒”这三个字让她很不舒服，不过和手指扎进小刺一样，肉眼看不见的小刺过一会就会停止折磨人类，只有偶尔压到手指被扎进去的地方会有些许疼痛。小刺不用拔，她从来没拔过扎进手里的刺，而是转头去专心做别的事，等她重新想起手里刺的时候，伤口连带着刺一起消失了。

“你的饭局如何了？”露暖在饭局当晚十点问，“快回我，你人在哪儿？”

“喂？喂？在吗？”

“你不会跟他去哪儿了吧？”

“没有，”卢悦给露暖拨通电话，“他就是……呸！”

“怎么了？”

“他问我要不要去酒店休息，他尊重女生不会对女生做什么，但是希望可以有机会进一步了解我。睡前谈话对了解彼此非常有帮助。”

“啊？他这个‘但是’用得就不对吧。但是不是表示转折吗？

所以就是还要对你做什么进一步了解咯？睡前谈话也就骗小孩子了。”

“他说成年人时间很少，需要有机会快速了解别人，有些话还是当面聊更好，之前虽然聊了半个月，但其实都不够深入。”

“哪个深，深什么深。”露暖压低声音在电话另一边愤愤不平。

“算了，唉，我知道不是那个意思。我觉得是因为我说喜欢谈场不急的恋爱，但他只想先试一个月。”

“什么叫先试一个月？”

“就是一个月内不管怎么样都不分手，一个月后很可能会分手的意思。”

“听起来好没诚意。”

“是吧！我觉得也不一定要谈多久，可用一个数字做界限，好像他很嫌弃我，而我赶着去谈似的。可以用理性解释他的行为，但他看起来很没诚心，虽然有一个月内怎么都不分手的限制，我还是觉得一个月太短了，我们肯定会有很多相处时的问题来不及磨合，然后他就会怎么样呢？会和我提分手。他还和我说以为我会赞同他说的试验一个月，因为我看起来不像那种人。”

“可以理解，不像哪种人？”

“我也在想是哪种人。”

“可能是那种，玩咖？我猜的。可能他觉得你今晚穿得太好看了让他把握不住，俗称没有安全感。”

“好吧，我承认我今晚穿得更好。他没有打领带，也没有扣袖扣，皮鞋上还有泥点子，幸好衣服烫过，不然我真的吃不下饭，再好吃都吃不下。但是我觉得，如果我们谈应该会有好结果。我刚才还看视频塔罗算了一下。好烦，不说他了。”

“至少你也达到了一个你今年打算实现的目标，本来这家餐厅就是你想吃的。”

“你们又不陪我吃。”

“不是不想陪你，是我们吃不起。只有你愿意用四分之一的工资去吃一顿好的。”

“人生的乐趣就在于吃好吃的。赚钱不就是为了能吃饭吗，吃顿好的也很应该。”卢悦舔舔嘴唇说，“那个鹅肝真的很好吃。”

“真受不了你。你到家了没？”

“没有，我刚坐上车。”

“你们吃到这么晚？”

“我们聊了很多，然后又去酒吧坐了一小会。我发现这家酒吧也不错。”

“他肯定是觉得你们都去酒吧了，小酒一喝，大脑待机，拿捏你不是轻松的事？”

“那他可低估我的酒量了。我是谁啊！我可是从酒罐子里泡大的小孩。”

“我想起来我们之前第一次大聚会的时候，你和那个广西男人喝了半瓶酒。把我们其他几个人吓得……我记得他还挺喜欢你的，你们怎么没在一起？”

“他喜欢我，我们就要在一起吗？我们到底是什么关系？”卢悦故意皱着眉头，好让嗓子发出听起来更雄厚的声音，带着故意做作的威严和一个麻雀硬要撑大肚皮证明食量的滑稽场景，至少听起来不会太严肃，但也不至于像开玩笑。

“好嘛，是我说错话了。大晚上脑子糊涂了。”露暖连忙说，“只是当时我还觉得你俩挺配的。”

“我觉得我们谈不长就不想谈。我一直都是这样。”

“所以这就回到鸡生蛋还是蛋生鸡的问题，看来你喜欢鸡生蛋。要先确定能长谈才谈。可是你们什么时候能成为‘鸡’呢？”

“你是怎么成为‘蛋先派’的？”

“冲动……造就失败也造就成功！好啦，不要太担心尝试会失败，真的喜欢就去做吧。”

“我再考虑考虑。”卢悦上次在面包店里也是这么说的。露暖问她买哪种面包吃，她说：“我再考虑考虑。”她想吃酸奶菠萝吐司，也想吃芋泥奶酪面包，还想吃血糯米司康……比一个面包十五块更让她犹豫的是吃不完，所有面包最后必须面临被丢掉的结局，她不喜欢这样。每当丢掉一件东西，她都会想起购买这件东西时的样子，东西刚到她手上时都是新的，都怀揣着为人类生活增添色彩的使命，但她想不起来用，等该用的时候这东西因为老旧而失去使用的可能。等她开始丢弃物品时，感觉自己的过去也跟着丢了一块。

“所以，你们怎么样了？”小刘坐在卢悦家的沙发上，脚搭着茶几问。

“他先是给了我几天时间思考。”

“你确定不是冷着你？”

“热着我只会影响我思考，我觉得他对我还是有点了解。

我们打算这周末去商场逛一下。”

“这次算不算一个月尝试期的开始？”

露暖对卢悦和他之间的事了解足够多，卢悦想再听听小刘的意见，所以把小刘叫过来。在卢悦看来，小刘能一下子把小秦踹开很值得敬佩。小秦现在还在她的朋友圈里发照片！偶尔小刘也会找卢悦问问小秦现在过得更差了没，卢悦有种小刘还记着小秦的错觉，但她知道小刘没有。小刘爱她自己，伤害她的人过得不好，她当然会开心。不过小刘很少问起，大部分时刻她都很开心，只有偶尔在悲伤间隙或空闲时才会重新连接自己的过去。

“我觉得不算，”卢悦端出一盘刚从塑料袋里挤出来的海蜇丝放在擦得光滑有反光的茶几上说，“我们还没确定好彼此的关系。”

“说不定他会觉得这就是一个月的开始哦？毕竟你们这周末要去约会。”小刘塞了一大筷子海蜇，腮帮子鼓得比努力藏坚果过冬的松鼠还大。

“这样吗？”卢悦歪着脑袋看向天花板一角，反驳道，“但我们这周基本没怎么说话，他说想见面和我聊一下上次说的一个月试验的事。”

“我明白了！他肯定发现上次说的话有问题。”

“我也是这么想的！”卢悦附和着和小刘击掌，“我和阿暖这么说，她还嘲笑是我的错觉。”

“她总是这样。”

“为我好就是了，”卢悦说，“我觉得他真的很优秀，工资、长相各方面，还会弹吉他，还有健身的痕迹，肌肉就隐藏在衣服底下，虽然他皮鞋擦得不干净，没有领带和袖扣……”

“衣服这件事，你以后可以帮他调整啊。”

“不。他应该自己学会整理衣服。不然我到底是女朋友还是女仆呢？”

“所以你已经把自己认定为女朋友了？”小刘吃完一抹嘴，脚抵在地上腰背开始向下滑动。

“不，前面还有个假如，我只是省略了，还以为你听得懂。”

小刘看着卢悦的脸，哧哧笑着说：“哎呀，我们两个是什么关系，还用说这些？”

“你等着吧，我这次去商场会说服他放弃一个月试验的。”卢悦站起来收拾桌上的碗筷。

卢悦不知道这周怎么过去的，其中五天“唰”的一下被丢掉，剩下的两天有一天去全新的商场，另外一天在床上睡觉。她和他在全新的商场里见面、拥抱，然后研究商场的地图。她数不清自己今年去了多少个商场，只知道她并不清楚大多数商场的内部构造。商场是一个没有实体指示的代词，当她需要商场起作用时商场就是可以步入的休闲区，不需要时商场可以不存在。卢悦以为加上一个人会有不同：船只在海浪的击打中维持目前的位置需要船锚，当黑云在天空中聚集成堆，海浪附和将到的风暴时需要船只更稳定才能继续待在想要的位置上，一只锚，两只锚，再加上粗粗细细连接码头围栏的绳子，船只才能稳定，而海浪比她以前见过的更凶。他们之间确实愉快，两个互相打开盲盒的人都对盲盒里的内容很满意。她和他在一起时，他的视线总是审视她，于是她给自己套上她并不喜欢的盲盒外壳。他的锚也不坚固，过去海浪平静，用他的锚还可以。卢悦不清楚他是怎么想的，她并没说服他。他一直坚定自己需要一个月的试验，他不喜欢未知，因此他需要一个可以提前预测的时间，以防他们分手时让自己过于伤心，而如果安然度过一个月，他们就可以继续长久地谈下去，他不再需要担心有关分手时伤心的问题，因为这一个月他们彼此都显露了愿意继续的意思，这可以让他有勇气面对未来的任何结果。

“我觉得他就像我小时候在校门口挑到的小鸡。”卢悦对露暖和小刘说，她们三个聚集在卢悦家开会研讨关于卢悦的未来问题，“当时一箱小鸡挤在白色泡沫箱里，没有臭味，只有暖烘烘的绒毛在我手心里蹭来蹭去。小鸡的绒毛比猫和狗的毛都要顺滑，而且非常薄。小鸡也小，还没有我那时候的手掌大，非常脆弱。它一见到我就会叫。所以我花五块钱买走它，放进笔袋里，带回家。它还在笔袋里拉了，那是我最喜欢的笔袋，现在还记得手洗那个笔袋时候闻到的臭味。那种臭味不能和拿到小鸡时的愉快相比。不知道是我太愉快导致的还是小鸡太脆弱，我把它带回家的当晚，把它放在鞋盒的灰纸里时，它开始颤抖。”卢悦说完，又看了一眼露暖和小刘。露暖还在用力支起眼皮听，小刘开始打起哈欠。

“然后呢？”露暖问。

卢悦走到屋子里放着的CD机前，按下开关。原先藏匿在温暖房间中存在于电源插头里的滋滋声被吉他声遮盖，搅散了暖黄灯光下昏昏欲睡的氛围。她接着走到小刘和露暖面前说：“来点碳酸饮料？”

“对骨头不好，”小刘摇摇头说，“热水吧。”

“我也要热水。”

卢悦的厨房里传来热水壶吞下冷水后不满的咕噜声，好在水温这个问题很好解决。她坐回两人面前说：“马上讲完。那个小鸡颤抖之后，我觉得它很冷，所以用手捧起它想让它温暖一点。它完全不给我面子，拉在我手上。我去洗手，把它放回纸盒子里，然后它就死了。”

“我们不学兽医，”小刘举起手说，“但我知道你肯定后悔买它。”

“你会想，如果早知道买回来它会死就不买了。”露暖站起身去看 CD 机，“这是不是你小时候那个 CD 机？你好像不常用，但还是坏了，一卡一卡的。”

正在播放的音乐播一段卡一段，声音忽大忽小。CD 机上还贴着几张小马宝莉的贴纸。

“是小时候的，每当我知道它还活着，我总是很高兴。不过它的磁头稍微有点坏了。”卢悦说。

“那怎么不拿去修？”小刘问，“音乐这么放你不难受吗？”

“万一给我修坏了可咋办？或者弄丢了？我只找到网上有店铺在修这个。我要把机子寄过去，路上可能会磕坏，丢失；修的时候他可能会给我换掉点什么东西，修好了寄回来还可能磕坏，丢失。我不想冒这个风险。”

“那你就只能听坏的 CD。那等它完全坏掉的时候你会丢掉它呢还是拿去修呢？反正你可以不用怕寄过去的时候磕坏，毕竟已经坏了。而且也不用怕修的时候换掉东西，因为它已经坏了，换也只能换新的，你甚至也不用怕寄回来的时候坏，因为它本来就坏了。怕丢失的话，你也可以买个很贵的运险，保价，他们就会使这个CD机”，小刘努嘴说，“奉若上宾。”

“虽然这样，弄丢也只能赔钱而已。你们还留了什么小时候用过的机器吗？我对过去的玩具没有那种感觉，因为玩具我现在已经不玩了，摆着看也很好，可缺少把我和过去连接的手段。我也不是很想回到过去，只是我和过去仍然用着同一种东西让我觉得非常舒服。”

“我知道了！”露暖用手狠狠捶向膝盖，“你就是害怕失去啊！”

卢悦拧起眉毛，准备给自己上好发条，说：“没有！”

“你现在不就在买小鸡吗？”小刘无视卢悦努起的嘴问道。

“你不如从头讲起，让我们帮你判断一下，”露暖坐在沙发上连忙拍两下手劝道，“如果值得，那尝试一下说不定也好嘛，不然你看你僵持在这里也没有什么意义。”

“唉，”卢悦松开两边僵持的眉毛说，“我们约了见面，他说终于又要开盲盒了……”

小刘伸出胳膊，挥手指向卢悦，诧异地问：“你听到开盲盒还去？”

“我当然咽不下这口气，我说，终于我也要开盲盒了。”

露暖和小刘一起摇头说：“这可不行，从这一点开始你就可以把他剔除出你的考虑范围了。”

“可是，我也有说开盲盒，”卢悦坐回沙发中间小声反驳，她左边是小刘，右边是露暖，她们彼此冰凉的皮肤紧贴，如果不是她们两个，卢悦很难发现后背正在出汗的自己胳膊很冰。

“你的机会已经被抢了，后面说出来的也只是给自己松气的补偿，不然憋在心里多难受。”小刘轻拍卢悦的膝盖说。

卢悦手里的倒刺又被摁回去了。前些日子无视倒刺而获得的无痛感顷刻消失，在手心的倒刺因为被摁得更深而狠狠发痛，她必须费力把倒刺挑出来。她真的很想要一个对象，但痛楚时刻她已经把这事抛在脑后。

“这种人绝对不适合你。”

“怎么能用开盲盒来形容你呢！”

“一开始就不尊重你，以后也不会尊重你吧，更别说，他之前还说要和你开个房但只说话。”

小刘睁大眼睛，脖子前伸，像被捏住脖子的尖叫鸡，问：“真的？”

“千真万确，”露暖拼命点头，“删掉，必须删掉。”

卢悦掏出手机，在露暖和小刘的注视下删掉他。本来不太容易的删除行为在朋友们的注视下异常顺利，找到联系人，点击删除，“你确定要删除吗”，她点下“确定”。前些日子在商场逛街、在饭店吃饭的场景瞬间被虚无的空白吞噬填充。卢悦删掉联系方式后一身轻松，可是能和她一起生活的对象到底在哪儿呢，她松松垮垮地靠在沙发上有气无力地说：“好想找一个对象……”

“哎，你看你手机新消息，又有一个人和你匹配上了！”

露暖摇晃卢悦的胳膊说。

“我看看，”小刘点进卢悦的手机屏幕，“爱好：爬山、做菜、听歌，是双鱼座，长得也还可以呢，年龄和你差不多，住址呢……离你两公里，啧！”她狠狠一拍卢悦的另一条胳膊，“上！”

珍珠

来星广场地面的宽阔，世人有目共睹。来星大厦是这座城市里最高的建筑，究竟有多少米高他也说不清楚。他站在来星大厦楼底下有一阵子，他来做什么的，他自己都忘记了。他只知道来星大厦张开双臂，敞开胸膛对着湛蓝的天空，对着大气之上的无数星辰，祈祷宇宙可以施舍一点星星挂件，轻轻放到地球上。

笔直竖立在地面上的这栋建筑在黑夜里尤其明亮。穹顶上的白月光洒落在玻璃上，玻璃再将月光分散开来，射到与楼对视的人的眼睛里。楼里已经没有人了。他盯着这栋楼，在没人的时候，这是他疏解压力的方式。这栋楼是如此特别，当他盯着它看的时候，他们只有彼此。这栋楼又是如此高大，他的世界里只能承载下这一栋楼。白日这里有许多人，来来往往的游客和在这里上班的人，都是这栋楼的拥有者，只有夜晚，在最深沉的夜晚，沉浸在时间之海中的令人沉醉的夜晚，他才是拥有这栋楼的人。虽然他只是在外面观看，可他内心已经被楼充满了。楼是他生活里新的全部，他总会在看到楼的时候想起过去的如果。

他眼前的空气开始扭曲，像是透明的水面泛起波纹。他就是水潭，他的眼睛就是水的灵魂。他和外面隔着一层保护罩，直到外面的小石子不小心坠入水中，才惊起一滩涟漪。他走向大楼。一点点太阳拥有的金色出现在属于深蓝的夜晚底下，漆黑又偶尔带有月光的大楼脚部竟然出现了太阳的分身。他朝金色走去，他忍不住想到曾经梦中飞旋的朱雀，和大楼一样也是美的代表。

金色在黑色中格外耀眼，让他忍不住忽视金色的来源。神秘的突如其来的金在大楼下迅速分散，从一个金的身体里冒出来许许多多个金，它们像是拥有神志的锁链锁住了大楼，也锁住了他想要离去的脚踝。金色逐渐变化为耀眼的红色，他盯着红色看，一会像是橙红色，一会又像是金色，偶尔还有点通透的像是幽灵一样的蓝，但这样的蓝很快就被红色吞噬。

红色缓慢地爬向大楼顶端，虽然现在只在二楼，但只要它还活着就有向上的欲望。他盯着红色看，黑色的瞳孔里全是耀眼的红。他视线中的红逐渐变成纯纯的白，白色的视野中还有黑色的火在跳跃。他隐约觉得有些地方不对，于是后退半步，可他无法行动。他只得奋力张开双臂，好似一只想要飞翔的鸟却只敢在悬崖边展翅而不敢挥动。他到底怎么了，这样的一个水潭怎么不像水一样灵动，他的内心无比活跃，可身体却在逐渐石化。

炽热的红充斥了建筑的内部，接着迅速跃起跳到二楼、三楼，继续向上。玻璃“啪”的一下碎裂了。他听到巨大的玻璃开始哀鸣，破碎成一块一块，降落在地面。玻璃的血肉也刮下了一点他的血肉，他的血肉和玻璃的血肉混在一起落到地上。玻璃的降落让他面前的波纹更加密集，他猛地回过神，站直身体，一个准备溺亡的人又从水里站起来了。

“是他吗？”

“会是他吗？”

“他受伤了。”

“先去医院吧。”

“边上还有其他人吗？”

“没有。”

“就他这个保安吧。”

“对。”

周围的窃窃私语越来越多。他虽然从水里出来，却依旧感觉自己的耳朵里全是水，声音传到他脑子里的时候已经扭曲了。他眼睛还被水蒙住，视线朦朦胧胧——带着柔光滤镜的暖黄车灯，带着柔光滤镜的洁白灯光。他吸了口气，鼻腔里满是消毒水和橡胶手套带着颗粒感的酸涩味道。他沉沉地睡了过去。

他在梦里又看到了炽热的红，原来是大火。带着神圣律动感的火苗吞噬了他最爱的大楼。他无数次幻想着自己清晨可以上到大楼的顶端去看薄雾中的微光。“薄雾中的微光”这个意象是他从小到大梦中出现过无数次的仙子，即使没有人形，他也依旧被它的美貌所吸引。它就像是一座灯塔，为充斥着黑暗的地方带来一点光亮。他猛吸一口气，被火焰围绕的大楼倒在他面前，将他一同埋葬在看不见光的肚子里。他的身前是大楼，身后是土地，他就是其内脏的一部分。可是这火是怎么出来的呢？是谁趁他不注意伤害了他最喜爱的物件呢？他猛地睁开眼睛，视线还是模模糊糊的。

“齐艾儒。”

“是我，”他说。他从床上坐起来，眼前能看到一个模糊的人影。他摸了摸自己身上，完好无损。

“来星大厦的保安。”

“对。”他确实是那里的保安。

“昨天你值班？”一阵窸窸窣窣声。

“对。”他还有些迷糊，问话的人是谁，“你们是谁？”

“警察。”

“哦，怎么了？”他疑惑地偏过头问。

“起火了，你为什么不报警，叫消防来？”

“起火了？”他昨晚醒着的时候好像确实看到火了，那到底是梦境还是真实，他有点分不清。

“你昨天值班的时候都在做什么？”

“我昨天吃完午饭睡了一觉，下午五六点就带着盒饭去上班了。”

“饭谁做的？”

“我老婆做的。”

“盒饭里面有什么？”

“里面……里面是白白的，还有点黄黄的。”

“是奶吗？”

“没错，是奶，”他点点头，想起自己最爱喝的，是乳黄还带点白且充满腥味的奶。

“就喝奶？”

“就喝奶，我就爱喝奶。”他说得十分自然。

“我只是想做点善事，”大楼的老板姗姗来迟，天已经亮了，“这谁能想到呢……”

齐艾儒抬起头，他的眼睛没那么模糊了。床边站着的人不少，大多是深蓝色的，还有一个是黑色的。大楼的老板总是一身黑西装来找他。

齐艾儒有个漂亮老婆叫洛琳琳。洛琳琳身上总像是抹了一层棕色珍珠粉，泛着柔和的光亮，好似刚从吸满月光精华的贝壳里被掏出来的珍珠，表面还带着点咸咸的海水味。珍珠的头部有着精致的五官，挺翘的鼻子，深邃的眼睛，丰厚的嘴唇，这些精巧的五官夺走了她的脑子。齐艾儒还记得他们一家去孤儿院领养洛琳琳的时候，在父母签字的空隙，她被其他小孩推了一把。

“你怎么回事？不是让你看好妹妹吗？”

齐艾儒被大人推了一把，顺势倒在地上，手掌擦破一层皮却没换来多少关注，因为大人的眼神全被洛琳琳吸引住了，这个漂亮且残缺的珍珠。

齐艾儒一直记得去孤儿院接洛琳琳走的那天——天气阴，四周吵，心情差。他本来心情是很好的，这次从孤儿院领回来一个漂亮姑娘，以后就会成为他的老婆，周围人都这么说。他老婆被人推倒摔到地上，他本来应该十分生气。可他因为洛琳琳而被指责了，即使是两句不痛不痒的话。他想起了些不好的回忆，阴沉沉地盯着洛琳琳，又看向因为推倒洛琳琳而正在挨骂的孩子们。这些孩子们并没有因为这样的行径而受到什么严重的处罚，他们只是孩子。他也只是孩子。齐艾儒在脑子里幻想着自己在孤儿院老师们、父母的注视下冲向前，暴揍一顿那些孩子。他想着想着没忍住笑出声。此时他和父母还不知道洛琳琳会被伤害得那么重。好在洛琳琳依旧是一颗漂亮的珍珠。齐艾儒长大了些便改变了主意，幸好洛琳琳没了脑子，不然他该怎么找到一个如此漂亮的姑娘？他尤其喜欢的是她的胸部，圆润光滑，充满只有他能闻到的香气，这样弧度的胸部就像他刚睁眼时朦朦胧胧之间瞥到的弧度。

齐艾儒改变主意还因为家中的大部分钱财都随着时间前进而被撞散，散落到找不到看不着的地方了。家里的父母从父母变成了老人，那份敬意齐艾儒也放弃了。

齐艾儒开始变得孤傲，变得敏感，身上柔软的表皮成为尖刺。他原本柔软的内心也被生活框成了畸形——像一个海胆，但外壳又不如海胆坚硬，每当他自己尝上一口，既不鲜美也不清甜，反而十分酸且苦涩。他感觉自己一下子变矮了，视线矮了，别人也看不到他了；每当他大吼后再抬头看，周围的人还是保持原先轻快的步伐。他在路上呆愣住，直到他的手被洛琳琳摸到。洛琳琳因为一直没长大，即使过去了十几二十年，在齐艾儒的眼中她依旧是小孩的模样。他回头看，泥泞的路上全是洛琳琳跟在他身后行走的证明，即使他已经变得和她一样矮小了。

洛琳琳帮了他很多次，都是齐艾儒没有要求过的；现在齐艾儒需要请求洛琳琳帮他了，她又什么时候说过不呢？在齐艾儒的印象里，洛琳琳从来没有说过“不”这个字，她说话都是“嗷，嗷嗷”。有的时候齐艾儒会听成“好，好好”，一开始只是偶尔一次，但后面“好，好好”在他的脑海中循环播放，有时候短一点，有时候长一点。齐艾儒认为自己从来没想过要让洛琳琳去干什么事，就算自己没钱也一直养着她，现在他真的需要帮助，洛琳琳应该不会拒绝。只要洛琳琳一直不说“不好”，齐艾儒就会借着她说“好”来给自己谋份好差事，至少要养活他和洛琳琳吧。再怎么说，洛琳琳也是吃他的饭长大的，他要求一点回报也说得过去。他感觉自己就是个天才。

黑西装观察洛琳琳很久了，他睡在家里的床上，旁边的女人热得像火炉，而他快要被这样的热度融化掉。黑西装很少会有在床上待不住的想法，他一直很爱他旁边的女人，不然他们也不会在一起几十年。可是，太热了，他旁边的女人就像是颗快要消逝的星，在将自己最后的热赠予世界。他就像是世界南北两极快要被融化的冰川，本能让他去找处凉快的地方。这件事齐艾儒并不知情。黑西装也没打算把这件事告诉齐艾儒。在他眼里齐艾儒就像是一只老鼠，以前或许很有本事，胡子上衣服上还有点金的味道，可齐艾儒现在就像是骷髅穿上了土财主的衣服，每当他看过去都会怀疑世界上真的会有看上去如此的人吗？可他已经看到了。而这样的人还有一个漂亮女人在家里，这是他最不懂的。在偶然瞥到一眼后，他偶尔会想到那个像是珍珠的女子。

当黑西装真正触摸到珍珠的时候，他还觉得自己像在梦境中。他被不知道是什么东西拖进贝壳里，柔软的蚌肉挤压着珍珠，也挤压着他。光线被贝壳阻挡在外，他身体上既潮湿又柔软，还带着点凉凉的腥咸。不是炙热的火炉啊，他想，到底是冷的好还是热的好？他想来想去，想到自己为什么不能都要，他自己本身没有温度，全靠周围的温度，太冷、太热都不好，最好是冷和热一起将他包裹住，这样就是正好的温度。他想自己没有什么理由不这么做，他会为服务他的空调准备好房子，准备好清洗工具，准备好需要的一切——他有这样的自信。他努力在蚌肉的纠缠下找回自己的身体，好在他还有些肌肉，他一直对自己身上的肌肉自豪——不像齐艾儒。他对齐艾儒能拥有这样的珍珠还是有些小小的嫉妒，不过这样的嫉妒很快就在蚌肉的包裹下消失了。

齐艾儒在屋外等着，他在自己家里却不敢进入屋内。他在屋外走来走去，眼前总是珍珠的眼珠——通透明亮，好像她什么都知道。齐艾儒又回到平日里他照顾她的日子，她的灵魂确实不在体内，即使是偶尔的打骂，她也毫不反击。齐艾儒觉得如果是自己这么对待商场里的娃娃都会遭到更严重的后果，可对珍珠不会。每当齐艾儒想到洛琳琳，总会在脑子里自动替换成珍珠，他也不知道为什么，或许是因为洛琳琳曾经是个聪明的女孩，她现在不是了，就只是个珍珠。他不管对珍珠做什么，珍珠也只会是珍珠，珍珠不会像一个人那样生气，也不会像一个人那样哭泣，她只会用自己明亮透彻像是玻璃珠一样的眼睛看着齐艾儒。珍珠和洋娃娃好像没有更大的区别了，除了珍珠有自己的心脏。齐艾儒偶尔会想到珍珠的灵魂就在珍珠的旁边，等着飞进去；又或许，珍珠只是不想让自己的灵魂进来。在她被小朋友推倒的时候，大概已经对这样的世界感到厌倦了，更何况，她的灵魂现在再进来也没有什么用处，一切都已经晚了。齐艾儒的家里失去了钱，珍珠则失去了一整个社会。虽然城市稳稳地坐立在地面上，可在思想中的城市是有几十个轮胎压在脚下的，这座城市会前进，并且毫不犹豫地把失去灵魂的人丢下，让他们湮灭在尘土中。

“珍珠啊……”齐艾儒喃喃自语，他坐在沙发上，正对着主卧的门，门里是珍珠的叫声。他闭上眼睛，眼前出现的是洛琳琳；他睁开眼睛，眼睛里还是洛琳琳的身影。磨砂玻璃门看似阻隔了外面和里面，但齐艾儒总觉得他们都在里面，他已经开始后悔了。

“没关系……没关系……”齐艾儒又这么告诉自己。

洛琳琳也听不见他的忏悔，但她总会原谅他，不管他做了什么错事，洛琳琳总会说“好”。

黑西装在家里的“火炉”终于从漆黑中醒来。在她醒来的时候，火势减小，温度降低——她怕烧到身边的人，在睡梦中她无法控制，但醒来以后可以。接着她看向周围，本来应该躺着的那个人不知道去哪了。她还是第一次遇到这样的事，怎么回事呢？她想到自己朋友向她诉苦，当年岁挟持容貌而去，留下的只有情感的空壳。她没想明白容貌去了，怎么情感也跟着去了呢？她本不该相信这些，她本该信任旁边的人在睡觉后出去只是有急事，但在脑中总会出现各种各样的女性向她诉说自己心中的苦闷，他走了、他走了、另一个他走了、这个他走了、那个他也走了。她气愤地甩甩头，想着这群话语里面可有一个“他”是“她”的。她觉得自己和来找她的那些女性不一样，她有自己的事业，她从来不担心钱的问题。她遇见过的别的女人们样貌、身材都不缺，唯独少了点自我。她却又摆不出一副我帮助你的姿态，可以帮一个，帮不了也想寻求帮助的其他几个。她能做的很少，只有相信自己的感情不会出错。她是个火炉啊……不管有什么魑魅魍魉进来都不怕。

珍珠倒在床褥上，原本光洁的褐色被裹上一层半透明的膜。齐艾儒进了房间，打开窗户，他大口大口地呼吸窗外的空气。皎洁的月亮，但凡踏进屋内一步也会觉得自己受到了轻视，月光就在窗外徘徊，不肯进来一步，越走越远离窗户是它必行的道路。好在，齐艾儒想，自己并不信仰月亮。月亮的光辉来自太阳，他更喜欢太阳而不是月亮，谁让他自己就像个月亮。磁铁同性相斥异性相吸，齐艾儒想自己和月亮或许也是如此，月亮如此孤傲，见不得第二个同类。他摸了摸珍珠，摸到一手黏腻，光滑的外壳被抹上一层红尘中独有的灰尘，她不在贝壳里了。齐艾儒想着她早该从贝壳里出来了，养殖贝类一是为了贝肉，二是为了珍珠。他就是养殖人，还是有良心的养殖人，不像其他人养出一点就拿去卖了，贝壳还没长开就开始挖肉，好在这种丧尽天良的人不是他。他是其中最良心的养殖人，养出的贝壳没有海水的腥咸，反倒有湖中莲花的香气。齐艾儒对着沉睡的珍珠咧开嘴笑着，黑西装终于给了他他想要的，他对珍珠说：“你呢，你想要什么？我们的事情都多亏了你。幸好有你在，不然我都不知道该怎么做了。”

黑西装又来了几次，起初隔了一个月，接着是半个月、一星期，到后来他恨不得每晚都在这里。他像是终于发现宝藏的挖掘者，宝藏太大带不走，他就只能守在旁边。

齐艾儒在得到想要的东西后就后悔答应黑西装继续的要求了，他觉得现在的工资已经足够，珍珠是他的。黑西装在珍珠的屋子里面装了摄像头，不管他进去做什么都会被黑西装看到。他以前就很喜欢在珍珠旁边睡觉，现在他更怀念了。珍珠睡觉的时候像一个正常的人类，她的灵魂在身体里短暂歇息，只要不睁眼，她还是过去那个聪明美丽的少女。齐艾儒虽然偶尔厌烦珍珠，但心底还是喜欢的。他总是会想如果洛琳琳没有被推倒，他现在应该已经和她结婚，生下一个漂亮的孩子，他们会有美好的生活。洛琳琳却傻了，每每被洛琳琳的行为提醒到这点的齐艾儒总是从手心开始发痒，接着全身的骨头都会痒，热量从体内开始向外散发，他的身体、情绪如同快要烧开的水一样。

火炉在家里越发不安，她还是找了个私家侦探去查看行踪。她一直不是很喜欢私家侦探这个职业，总觉得他们偷拍的行为像秃鹫。过了一周，侦探就面无表情地告诉她她的婚姻死亡了。她忍不住想或许侦探们早就闻到她身旁爱情死亡后留下的腐烂气味了。她让侦探们继续搜集消息。火炉已经知道黑西装和齐艾儒干的事了，齐艾儒屋子里的睡美人，就是让黑西装以为自己又能成为王子的宝贝。她很生气却又无可奈何，只好尽力搜集照片，希望在法庭上能夺得先机。更重要的是，她和女士们聊天的时候总会被看出心不在焉，她却什么都不想说。她不想告诉她们，再由她们的嘴告诉全世界。她希望自己家里的情况能隐藏在雾气里，可以看到大概，但不要像个玻璃房，这就是她喜爱水泥墙的缘故。她有些怨恨齐艾儒屋子里的那个女人。侦探拍到那个女人的时候，女人总是睡着的。这个女人确实漂亮，连她看到的时候都要惊叹，但漂亮不是这个女人可以夺走黑西装的理由。她还得知这个女人从不出门，从齐艾儒搬到小区里时，邻居就没见过他屋子里的那个人。有的邻居还会问，居然有这样一个人吗？齐艾儒屋子里的女人很神秘，让她忍不住在生气的空隙里好奇。为什么这个女人要这么做呢，难道她是森林中的女巫，引诱男人进屋，还是海中的女妖，整日歌唱？这个齐艾儒屋子里的女人难道不知道自己体内的门应该由自己关上，男人们的那根武器赐予了他们喜欢横冲直撞的特性，女人应掌管自己的门，紧紧地关上，不要对黑西装这样的人敞开。

齐艾儒正坐在沙发上，珍珠的贝壳又在嘎吱作响。他用手捂住耳朵，假装没听见门内的声音，但他感受到了门外的温度。那样燥热的温度，让他不禁怀疑外面是一片火海。可是他周围却没有火焰的噼里啪啦声，也没有惊动了的动物们的奔跑声。静谧中，趁着空气不注意而升腾起的火焰正在他家门口。齐艾儒听从召唤打开门，即使他不知道为什么要这么做，但他多么渴望能有什么东西来解救他。他已经后悔了，整日只能沉浸在美梦中，他被恶魔蒙住双眼活在虚假里，如果有火焰能让他看清自己，他会毫不犹豫地打开门。

火炉顺利地进到屋子里，她没看齐艾儒，径直奔向珍珠的贝壳。她在脑中幻想过无数次捉奸的场景，在这时她才感知到“奸”这个字有多不对，应该是一个单人旁一个“干”。真正参与床上事的只有黑西装。她眼中全是珍珠哭泣的景象，她看到这个珍珠已经失去自己的神志。床上的女人像是没有翅膀的鸟、没有四条腿的绵羊，美丽是给她带来痛苦的原因，世间拉扯她的身体不让她死去，好在有地方接纳她的灵魂，让她看不见其中的丑恶。珍珠的灵魂大概只参加了一次地球的短期旅行。她是个火炉，火炉曾经的安全门已经被烧穿了。咔嗒一声，锁落在地上，火舌迅速把屋子里舔了个遍。珍珠眼角的水迹干了，她眼睛漂亮而有神，但她没有灵魂。火炉透过火焰，瞥到珍珠丢失的灵魂。她扇了黑西装一巴掌，要把珍珠带走。火炉对珍珠生不起一点气，她只希望她的温度能够让珍珠表面的薄膜消失，这个肮脏充满污浊的贝壳已经不能要了，但是好在她是个火炉。

齐艾儒躺在病床上。他周围的声音又响起来，你哪里来的老婆？

手机里，有人给我奶喝。齐艾儒咂巴咂巴嘴，回忆起带着腥味的母乳的味道。

真恶心。

齐艾儒才不管，他咂巴咂巴嘴。他想到珍珠饱满的乳房，可惜从没喝过里面的奶，如果她没有傻就好了，他们会有一个孩子，他会有很多奶可以喝。

漂浮岛

“活着”这件事，对曾莱来说并不愉快。曾莱刚和家里吵了一架，内容关于未来、现实和过去。吵架涵盖的范围很大，原本是严肃的讨论，可到了曾莱嘴边只有一句脏话。曾莱决定出去散心。她不知道自己是怎么回事，本该封闭的内心不知道被什么东西、什么人打开了一扇门，把柴木一根根塞了进去，等曾莱想关上门的时候已经来不及了，这堆柴火不停地燃烧着。曾莱觉得心里闹腾，全怪这怎么样都灭不了的火。把心中燃烧着火焰这事告诉家里也没人相信，心中的火焰指代愤怒、不平、压抑，可一个小女孩为什么心中要有火焰呢？家里没有人指望曾莱能做什么大事，事实上平安活着就是好事。曾莱不觉得，她觉得自己心中的火焰是一种预兆，这种预兆有些讨厌却又让她充满干劲，心中的燥热无时无刻不在催促她，快前进，前进。每当她在床上辗转反侧，火焰就会说，想想明天。曾莱觉得自己就像个随时能爆炸的煤气罐，总是把家里弄得一团糟。

好消息是，在外面的时候她不是煤气罐。曾莱发现与朋友待在一起可以获得静气凝神的效果。曾莱不知道原因，但她想着或许是同龄人之间牢靠的锁扣。藏蓝色大海水面充满挑战，全靠锁扣压制住将要被波浪推走的小船。年龄越大船就越大，太大的船身会阻挡周边的小船，甚至不知道有小船跟在自己周围，这是前提。更令小船不适的是，豪华大船外表和内里装饰，能在海面轻松前进的桨，和小船一点关系也没有。有时大船还会不自觉地嘲讽小船行驶缓慢，小船更喜欢和小船在一起，曾莱是这么想的。

曾莱走到书店，在书店的地面上随便找了个位置坐下。她在这里等人，她和朋友约好在书店碰面。两个对大船拥有同样感觉的小船如是说，我们像是站在一面镜子两端的人——如此相似，又因镜子的存在而绝对不同。来者是拥有同样朴素配置的小船。曾藜来到书店，这里四面墙都嵌满书柜，不同颜色的书架斜着或竖着排列在地上，兼具隔断功效及观赏价值。在曾藜看来，书籍在她内心世界是一座座螺旋且悬浮着的阶梯，通向未知，踩上去的时候还很可能会掉下来，所以她在反光的大理石地板上看到曾莱的倒影后快速但沉默地跑去，坐到曾莱边上，打开手机。曾莱看见了曾藜手机屏幕壁纸上正在舞动的黑天鹅。

曾莱和曾藜坐在书店的地板上，周围都是沉默地注视她们的书籍，但她们毫不在意。书店是充满学识与奋斗的地方，里面放置了许多可以看书的座位，每张椅子都在大喊“来吧，来吧”，她们丝毫不被外界所影响，直冲冲地奔着自己的目的而去——手机里的游戏。曾莱认为在学校和家里学习的时间已经足够了，哪怕是产奶的奶牛也不能整天站在吸乳器上，但家里就是个永远不会停止工作的大型加工厂，工厂不以赚钱为目的，整日整夜都在雕琢一株朽木。曾莱想给工厂关灯，机器一直运作对机器也不好，却遭到工厂主的极力反对，一切都以生产绝世木雕为要旨，一切都必须为最终目的让路。在游戏中的时间充满不确定性，当深陷游戏世界后，一小时会变成半小时，时间的流速被游戏开关掌控，大脑因为在轮盘上运作太快反而变成一张看不见过往印记的白纸。大脑中所有的一切都是为了此刻的游戏而生，像泡在汽水中酥酥麻麻，放置汽水杯子的外壁看不清了，一个个小气泡阻止曾莱看见外面发生的事情，一片片血红的玫瑰花瓣在杯外飘舞，一滴滴从玫瑰上散落还带着颜色的水珠打在杯壁上。

曾莱弯下腰，这样坐着能显得矮且没有攻击性。她再次沉入杯底，任由小泡沫一个个冲进耳朵。小泡沫会带来细微的疼痛，但也可以隔绝大部分噪声。摩擦力很好的鞋底在被擦得光洁的地板上产生的绵长又使人牙酸的嘎吱声、大力翻动书页的声音，还有小孩肆意奔跑后发出的大笑声，全都听不见。曾莱在等一声咔嚓，玻璃杯破碎后飘进来的鲜红玫瑰花瓣。

“来消息了。”曾莱靠着曾藜的肩膀说。

“他怎么说？”曾藜在手机屏幕上快速滑动手指，头也不抬地问。

“约我……”曾莱故意慢慢地说。

“什么时间什么地点做什么事？”

“你真的好无聊啊！”曾莱抱怨道，但她没有伸手阻止曾藜看手机。

“你说嘛！你自己又拖拖拉拉不说，没看见我在打游戏？”

“好吧，我说我说。”曾莱把游戏关了，靠在书柜上。

“你怎么退出游戏了？马上推对面家了，你退什么啊？”曾藜说，“不管他约你干什么，等下你都自己去，我才不陪你。这是晋级赛，你却在推对面家的时候退出游戏，你别和我玩了，早知道我就不带你了。”

曾莱扯住曾藜的袖子说：“别生气，我现在再打开。”

“晚了，刚才团战已经打输了，反推，你一个人守不下来，现在上去也是白搭，你别上了，我等着别人举报你。”曾藜转过身，背对着曾莱坐下。

“我就是太高兴了……”

“我现在是一点也不高兴呢。”曾藜猛吸一口气说，她拿着手机，眼看着死亡的灰色画面下蓝色的水晶爆炸开。

“我请你喝奶茶。”曾莱抱住曾藜的胳膊。

“你哪来的钱？”曾藜问，“你爸妈怎么会给你钱？”

“他们为什么不能给我钱？”

“少来，你以为我不知道吗？平时都是我给你买东西，”曾藜摸了摸自己手腕上的水晶珠串，“你不会找其他人‘那个’了吧？”她伸手握住曾莱左侧的上臂，里面的疤痕不多不少还是三条，她又摸着曾莱右手臂数数，也是三条。

“当然没有。”曾莱放松任曾藜摸，摸到疤痕的时候她轻轻皱着眉。

“最好是，”曾藜对着曾莱的眉心吹了口气，“只要你告诉我钱是哪里来的，那我们还是好朋友。”

“就是他给我的，”曾莱打开手机界面说，“我跟他说我想喝两杯奶茶，我是大水桶。”

曾藜没有看曾莱的手机屏幕，她又把头低下去看着自己的手机屏幕。

“我要去找他，你还是继续坐在这里吗？”曾莱问。

“嗯。”曾藜又打开一局游戏，她盯着屏幕，手伸到曾莱的后背。她的手被曾莱拦住了。

“我要走了。”曾莱大声说，她才不在意周围人看过来的眼光。

我从曾藜那儿离开了，终于可以换成我的样子。在曾藜面前保持曾莱的面具是一种持久且会造成刮痕的折磨，面具被细绳系在脸上，系得越久，后脑勺就会出现越深的痕迹。我随机挑选朝东行走的人流混了进去，这是一片清澈的湖泊，清澈的水虽然会使异类在其中更明显，但也有好处，湖泊远处的山峦会在水中投入一个分身，分身在轻轻摇晃的水光中碎成一滩又一滩，接着太阳照射后会出现碎片而被金光连接，山青色和太阳金光融在一起，再怎么刺眼的异类也会被金光吞噬。周围没人在看我，我舒了一口气。如果没人看我，我准备的场景又算什么呢？我挺胸收腹，脚踩着高跟鞋，一摇一摆用力地走，脚下的瓷砖必须随着我的动作打节拍。我今天上半身穿着蝙蝠袖的衬衫，下半身穿了条短裤。我不止一次听说细白的长腿天生就是要勾引人的，勾引谁没说，或许我家生产磁铁，就是把磁铁裹在黑漆漆的皮中，磁铁也不会失去原有的性质，更何况我十分喜欢把腿露出来，如果一件商品要有价值，那必须要大声介绍商品的全部价值，就像母亲遇见父亲的时候，全部积攒的天分都用来寻找“饭票”，为了拿到“饭票”无所不用其极。

周围又有人朝我看了一眼，我看向地面，只做一个不会反馈的信号接收器。

“要两杯珍珠奶茶，全糖，加冰。”我对店员说。周围的视线很难令我感到不适，正相反，我像是让人醉醺醺的红葡萄酒，每一道视线都是想喝酒的人投来的艳羡目光。

我拿上两杯奶茶，脚踩上路边的花坛，手机又响了。

“你在哪里了？”他发来消息。

“我刚买完奶茶。”

“我在停车场的出口等你。”

“什么时候回来？”电话另一头，是连着我的大船在甲板上用扩音器说话。连接两艘船的锁链很久没人维护，风一吹过就会有令人牙酸的金属摩擦声。

“晚上。”小船上也没有润滑油，那就算了吧。

他在停车场出口旁边的路沿上等我，穿着校服裤和白衬衫。校服裤子是纯白色的，衬衫也是纯白的，他无比喜欢纯净的白。汗浸湿了至少一半他的衬衫。外面确实很热，我抱紧我的两杯冰奶茶，从最冷的左手臂中抽出一杯递给他。他知道我是曾莱，但不知道是戴着哪个面具的曾莱。他喜欢像白花一样的女孩，衣服还要是性感的。

他看着我没有说话。

"怎么了？"

"曾藜呢？"他打字问我。

"她还在书店打游戏，要我把她叫出来吗？"

他摇摇头，伸手想拉我的手，又将自己的手臂飞快撤回身体一侧，只是接过我买的奶茶，在我手背留下热乎的水迹。他先转过身，朝路边的车走去。

趁他转过身，我把有水迹的手放到背后擦擦，快步跟上。他打好车，要带我去秘密基地做个他一个人不敢做的实验。这个实验他还只愿意找我，毕竟我的身体是无价之宝。我至今记得扫向我的各种视线的颜色、停留时间、内在含义，我的大脑会自动分析这些情景。大多数时候，我并不会主动看这些数据，但在梦里这些数据会反复地出现，数据没有性质，除非我将数据分拨到不同颜色的盒子里，尽管毫无意义，这是我个人对数据的分析。他的视线是无属性的。组成他存在的或许是一层迷雾，改变迷雾灯光颜色的是我，我通常更喜欢使用白光。

他打的车里满是雪松的刺鼻香味，一开门就误入冬日。

他问起曾藜，让我出乎意料。曾藜反倒是对他关注多一点，她最讨厌结巴，平时喜欢和我讲她观察到的他的行为——面无表情、皮肤苍白，整天抱着热水瓶不爱说话。曾藜的欺负都是在暗地里，像条隐匿在树叶中的竹叶青，她不喜欢咬人，只喜欢吓人。曾藜会出现在他做任何事情时的四周。

他坐在车子的左后座，我坐在车子的右后座，中间隔着一个放水杯的架子。司机没有说话，他也没有。我看了一眼车后视镜下方挂着的平安符，打开手机给曾藜发消息。我和曾藜的关系很难说清，即使是有社会经验的大人也不容易理解，好在曾藜和我没想让别人明白。在我打开手机刚想发消息的时候曾藜已经给我发来一条消息。

“在哪儿？”

“车上。”

“去哪儿？”

“漂浮岛。”

“不要去我找不到你的地方。”

“好。”

我划开和曾藜的聊天界面，给他发消息。

“漂浮岛在哪儿？”

我把地址复制粘贴给曾藜，关掉手机屏幕，靠在椅背上。他不喜欢用嘴说话，所以每次和他独处时都很安静。他用手指戳戳我的手背，又点点我的手机，让我打开手机。大概是他又给我发消息了，他在手机里是一个话多的人，可在现实中他又一言不发。我和他在说话的习惯上几乎是颠倒的，我喜欢在现实中说很多，现实有阳光有风有雨，有一切可以感知的元素，手机里只有一颗灯珠。先前上车的时候我让司机把空调温度调高了，不然太冷，现在车内有了春日微风和煦的假象，不知道苍蝇什么时候也混进了车里。

我没看他给我发的消息，反倒是发给他：“我在洗澡时杀死了一只苍蝇。可我们至今不知道苍蝇四千只复眼中的风景，只能凭借巨大的瞳孔觅见它在快速拍手，在大雨中孤独地跳舞。”

他快速伸手拍死落在他面前靠背上的绿头苍蝇，从驾驶座椅背的袋子里掏出一瓶酒精。他抖落苍蝇，把酒精浇在手上，车里弥漫着一股刺鼻的酒精气味。他拿起手机，用还沾着酒精的手在屏幕上打字："在疾风中被击落，与黑暗融为一体。它的复眼中只有黑暗了。"

我朝他笑了笑，笑容是奖赏的一部分。我和他都不会写诗，但这有什么关系？诗人是孤独国度中的旅客，我们拿到门票绰绰有余。

他邀请我跟他去一个地方是有原因的，他很好奇，而我想享受。我听说漂浮岛很久了，它的准确名字是漂浮箱，可是进入箱子的门票价格将我和箱子隔开很远，在岸上我垂涎杨柳丝可以垂到水面下，而只有他这一艘能大幅度自由活动的小舟能带我进去。

他带着我从正门进去，里面有的店员对我们视若无睹，有的店员看着我们暧昧地笑了笑。我不清楚她到底在笑什么，难道是我拉着他的手吗？我抬起头，天花板上是大片大片被镶嵌在雕成菱形花纹墙体中的铜镜，铜镜上也有花纹，我的面容和他的头顶都有些模糊。我从铜镜上面看见他拉着我朝左拐，再朝右拐，令我产生或许我是毛线球的错觉。他越走越快，疾风朝我们卷来，他推开一扇门，铜镜消失了。这是间没开灯的房间，里面有一个带磨砂玻璃门的浴室，一个纯白色的漂浮箱，一张小桌子，一个瘫软在地面的沙发。

"洗好叫我。"

我看了一眼手机又放下了。我敲敲门板，明明我在屋子内部却好像我才是要来参观屋主房间的客人。进门时我扫了一眼挂在墙上的价目表，如果不是他，我估计还要等上三五年才能来这里，或许之后的时间我会快速忘记曾经想来尝试的漂浮箱。

他进来了，手里还拿着一块写字板，上面是几张白纸还有一根笔。他盯着我，抿起嘴。在洗澡的时候我就看见屋子里放着一套长裤加半身短袖的泳衣，我费了很大劲才穿上，现在他的表情我很难理解是什么意思。他指着打开盖子的漂浮箱。

箱子没打开的时候像一颗白色的卵，打开之后反而像是没有牙的鱼嘴，嘴里被人放了一串灯泡，一大桶水。水里是五百公斤泻盐。水的气味古怪，比海的咸腥气味更浓稠。轻飘飘的气味被碾成线织成纱，覆盖在鼻子前面能闻到但抽不走。我将左脚伸进水里，触感和海水不同，看着只是透明的水触碰后才能感知到这是一箱透明绸缎，一整舱制作皇帝新衣的布料就在我身下，柔软却富有力量，支撑着我漂浮其中。水不停地想要跃起蹦入眼角，却总是差点距离，我已经漂浮起来了。我按下鱼嘴中凸起的黑色开关，盖子盖上了。两个按钮，一个控制鱼嘴开合，另一个控制鱼嘴的内部灯光。我把原本缓慢呼吸着的深蓝灯光关掉，只能看见黑暗迅速笼罩下来。如果在宇宙之中漂浮大概也是相同的感觉，只是身下不再有舔舐肌肤的盐水，也没有阻隔不了音乐的耳塞塞在耳朵里，我伸手把音乐也关上。如今假装远离了重力的束缚，心终于可以自由一会。起初的十秒我什么也没想，不知道是谁偷偷把我挤压思想的罐头打开了，压缩成一个个的球从罐头里弹出，全部降落到我的身上，身下的水晃动得更厉害了，大概是还有一些球砸到水里，很快我周围会漂浮着许许多多的小球，组成我身体的延伸。

“你怎么不进？”陪伴黑暗的是手机的刺眼灯光。

“不喜欢。”

“为什么不喜欢？不喜欢黑暗，不喜欢狭小地方还是不喜欢有味道的水？”

“都。”

“你没有尝试过。”

“对。”

“所以你不应该说你不喜欢。”

他没有再回复我了。我偏偏对他的行为产生了反叛感，他毫无生气却占据着人类的地位。没有人需要他牺牲，他却更喜欢让自己像一头白色羔羊，祭祀时放到高台上没有锁链都不逃跑，睁大横着的瞳仁看向他面前的信徒。我甚至会想，他怎么还没被寂静谋杀？绝对的安静是一种强而有力的武器，它们擅长盯着独行的心灵，会故意创造出黑暗，缓慢笼罩自己的目标，在四下无人时刺穿心灵的咽喉，没有血腥气更没有生命流逝。人的躯壳在被时间统治，心灵和身体处在不同的维度，只有我这般聪明的人能看出来他的心灵消失了。我时常徘徊于思想的世界，说到底只是现实在不停抗拒我。他却不尽相同，或许沉睡于寂静中安稳的摇篮，在睡梦中被刺杀了，真是可怜。如果有能让他心灵再度恢复的事情我一定会做。尽管我不怎么喜欢他的内里，他用钱和我交换观察我的权力还是令我高兴，甚至是亢奋，他的行为对我来说意义非凡，我和大船比也不差。

“你有什么想法？”

“对漂浮箱吗？”以及我听懂他话的天分也为我换来了钱。

“是。”

“很好，我很喜欢。”我把音乐打开，是时候驱散伤害心灵的暗杀者了。

“什么感觉？”

“无法描述。你写不出来。”我还是希望他能试试，如果他实在不愿意，我就找别的办法。他大概不喜欢我的回复，我很久都没有再收到消息。我觉得很久也只有十分钟，飘着的状态十分奇妙，我应该已经脱离了时间，化身一舟在深蓝海面上航行，被水拖着左摇右晃，开始学会甩掉放在身上的重物。其实大海什么都有，船上放再多东西也没用，沉重的船都被海洋吞噬。船越轻越好，或许这是海水对于弱者的仁慈。什么都没有的船也并非不好，我在船底镶嵌着一块世界上最好的罗盘，它会告诉我往哪儿去。我在身上纹了一张地图，它告诉我世界上还有什么东西。我在漂浮箱里晃来晃去，我故意制造更多的波浪，闭上眼睛想象太阳。太阳不难想象，闭上眼睛的黑暗就是凝视太阳太久之后所造成的失明，我却不会放弃与太阳对话，更不愿离开海洋回到陆地。在陆地上不能解开衣服看地图，也不能找到船中的罗盘，属于我的罗盘只有一个。漂浮箱里的温度和湿度都刚刚好，怎么会有人不喜欢，如果有人不喜欢一定因为没有尝试，失去尝试的勇气不好，恰好我能帮忙，我摸摸左右两侧手臂的疤痕，它们时时刻刻都在提醒我不要忘记付出的滋味。这些只是我短暂出售身体的后遗症，所售出的价格令我无比满意。

“无法描述就出来吧。”

我一直在等这句话，这好像是什么许可。

他在外面坐着，仍是我进去时候看到的姿势。可惜他不修佛不修道，有自己的生活规则。他看起来什么都不缺，可以说却不愿，能够不去学校却整日在学校端坐，这是个矗立在海峡上外表庄严的废墟。我从鱼嘴里跳出，自始至终他都没有对我抱怨过一句，他好像没有不满，他的情绪是一个黑洞，我怀疑他甚至不清楚自己的想法，除了喜爱小白花之外没有感情。他太冷静了，更像是冷酷无情，可他看我的眼神却又那么真挚。正常来讲眼神是无法形容的，是我自己对于他眼神里出现感情的渴望影响了我的大脑。大脑——愚蠢的器官，或许正是我一直欺骗了自己。他的视线像是追踪球，准确地在屋内搜寻我走来走去的身影。我故意在屋里乱窜，假装在发疯，我见过发疯的人的模样，疯子没有那么少见，至少我家里就有。他没有给我发消息，没有任何动静，只用我看不见表情的双目盯着我，好似他是个盲人。平日的情绪火山周围总是一片郁郁葱葱，今日的火山开始躁动，先是不耐烦地扭动两下。其实地面没有束缚火山的带子，只是重力一直都存在，火山不管这些，它只想喷发，告诉整个世界，这是一个活火山。先是岩浆在山中涌动。我握紧拳头，指甲被肉包裹。生气值得吗？生气的后果是什么呢？我全都不愿意去想，我需要的只有叫嚣着。我首次进行如此冒险的举动，别再迟疑。

我露出微笑，牵住他的手，我手向上他就站起身，十分配合。他发出上扬的疑问声“嗯”，嘴唇都没张开，真的是他在问吗，他还会发出疑问啊……可是这都不重要，我发疯的时候力气很大，疯癫的只是最表层和中层的我，在最里面是我安静地观看演出的灵魂。我鼓掌，接下来的演出绝对很精彩，他会被我拉到不像水的水里，放了五百公斤泻盐的水就像是灵魂被替换了百分之九十九的人。他会被我像花瓶一样举起来，然后丢到不停晃动的水里，成为被人类遗弃的损坏了大半的小木舟，或者没有损坏但也被遗弃的木舟，人在丢弃的时候基本上不会在意东西有没有坏，就算物品的本质还是好的依旧会因外表、在心中的价值、时间太久而被遗弃，说到底，遗弃不需要理由，任性的人类想丢就丢。他在这一刻成了我的物品，这种在平时绝对体会不到的掌控感实在令人着迷，在他面前我会拥有绝对的权力，他的手会向后乱撞，抓住我的衣服甚至肌肤，在上面留下指甲的痕迹，绝对的掌控……曾藜看到大概会不高兴，有什么关系呢？我已经体会到这种快乐了。

浓厚的盐水似乎被替换成硫酸，我的面部好像要被融化了，变化太快，我的眼睛都没来得及闭紧。

视网膜的每一处都被扎上针，针还在抖动。我闭上眼，好在只有一点水进去，紧急分泌更多泪液来稀释浓稠的水，我需要更多清水来擦洗眼球。他的两只手一只在我头上，另一只在我脖子上。他的力气之大出乎意料，我更没有想到他会这么做，我应该想到的，之前所畅想的是那么理所当然，修饰图片太精细反而会失真。他的身形在日积月累的相处中改变了，而我浑然不知这片浓雾是什么时候来到森林遮住太阳屏蔽风声的。或许是我和曾藜的关系像是气球，里面塞满了日常生活的境况，越塞越多，阻止我观察其他人的视线。我向后挥舞着手臂，途中剐蹭到他的衣角后狠狠地攥住，我甚至把手指都伸长了点，试图能揪住他的肉。我摸到带着温度并坚硬的大腿，我用力拱起手，抓住他的白皮带红肉，指甲裹着衣物下陷进他的身体。他还不松手，仍然拒绝让我的脸回到真实，他在抗拒我的存在。或许我先前所打算做的是错的，可是他根本没有体验过又怎么能了解到呢？我试图抬头，他却再次把我往下压，我的脖子也淹没在水中。我身后的或许不是人，而是一台坚定的丧失思想的机器，当一个人在他面前颤抖扭动挣扎他也毫不在意，多么令人难过的消息，同学竟是行尸走肉还似常人一般活着，周围也没人注意到这点。他是想惩罚我的鲁莽吗？可这样惩罚并没有意义，如果死亡来得猝不及防，在死前大概是没有忏悔只有愤恨的。窒息是一回事，脑子和心跳拥有了一样跳动的节奏，大脑已经从体内来到体外，我不用摸都能感受到它的生命依旧存在。身体感觉轻飘飘的，好像又回到鱼嘴里。

“咔嚓”，是开门的声音。我的身体在奋力挣扎，感官却还在搜集外界的信息。

轻轻的脚步声响起。

曾藜对着舞蹈室的镜子旋转，再旋转。她嘴角拉高，脚下踩着红舞鞋，身后像是有一块十字架支撑着她笔直的脊背。旋转……她没有停下，伸直腿猛踢又是一圈，蓬松的芭蕾舞裙摆上下摇晃，露出穿着白色袜子满是肌肉的大腿。平时这些肌肉都会隐藏在她宽松的衣服下。

“我不喜欢这些肌肉。”她一边旋转一边喘着气说。

“但是你还在跳。”

“我喜欢跳舞，”她说，“或许天鹅就是这样。”

我坐在舞蹈室的木地板上，看着她的脚趾踩在小木块上。整个舞蹈室是一个巨大的圆形底座，她是八音盒上的装饰，落满无人观看但还没被时间遗忘的灰尘，我是她唯一的观众，替她擦掉落尘，用我的身体给她换上新油漆。

我胳膊两侧的疤痕又开始疼痛起来，原来我的身体有这么多血管，只是我从来没注意。我甚至还没有曾藜了解我的身体。她的手指和他的手指区别很大。

曾藜短暂地休息之后又开始旋转起来，轻轻的脚步声。

曾藜什么时候从舞蹈室离开的我都没有察觉。我从地上慢慢坐起来，脸上全是盐。我看向电子钱包还剩下三十块，刚够打车，给他的那杯奶茶倒在地面，圆滚滚的塑料杯里盛满奶茶，杯口覆盖的塑料膜是完好无损的。我一脚踩在杯子上，放任杯子里的液体浸湿地面。

“Victory”，屏幕里显示这样的亮蓝色字符。曾藜切出游戏屏幕，转到聊天框，“还是和你打开心。”

“谢谢。这样把她丢在那里没事吗？”

曾藜把手机屏幕关闭，躺在床上准备迎接新的一天。此时她当然不知道一场车祸正在发生，正如不知道第二天报纸版面上会出现这样一则报道：《昨晚滨河大道发生车祸一女孩丧生》。

讨封

江溱坐电梯下到一楼大堂，用钥匙打开信箱，侧头看了一眼大门外通透的蓝天，小声说：“今天一定是个好日子。”

昨天全是不愉快，江溱取出信件。她有一个笔友，彼此经常写信交流。她们加了网聊账号，网聊时她们只会说今天怎么样，有哪些搞笑视频。一旦开始写信，情况就会不同。她们会在信里交流最近读过的书。笔友写到自己看黄鼠狼讨封的故事，让她联想到相亲对象说的“给我一个面子”。黄鼠狼讨封是为了成仙，而“给个面子”则是为了更好做人。笔友觉得做人这件事是自己的，别人嘴上再怎么说也很难让一个坏人变成好人。相亲对象让笔友给个面子，饭后他去结账，结完之后让她手机转账和他平分饭钱。笔友写道，那天她吃了饭身体不舒服，懒得再和他掰扯，直接平分之后把人删了完事，他和她彼此都清楚互相没看上眼。笔友在最后写道：我倒是宁愿给黄大仙吉利话也不想给那男的面子。虽然笔友在结尾这么说，但江溱还是给笔友发去消息：看你还是给足他面子了，如果是我，我就起身去结账，也不要他平分。

笔友发了个“笑哭”的表情包。

江溱回了个大笑，一件事就这么讨论完毕。江溱关掉手机屏幕，她不用看也知道手机消息顶部是一个发出去还没人回复的请假条，下面是一个被删除好友的聊天框。江溱手指在删除聊天记录上悬停很久，还是没能按下，对于一个没有翅膀的鸟来说，持久的悬空是一个奇迹，她悬空的手指开始隐隐作痛，是非奇迹的副作用。

江溱昨天才完全从男朋友家搬回来，同居两年，多出来了许多东西，屋子里堆满只封了部分和完全没封口的纸箱子，有的纸箱子还因为搬运而裂开一条缝，露出内容物——一棵金色的金属圣诞树，是男朋友送的首饰架。江溱自己要走，然而她带回来的还有与过去两年生活连着丝的物件，过去男朋友在厨房做菜的刀具也被她搬回来了，因为最开始那套刀就是她的。刀很贵，重新买刀还要去登记身份证，江溱从还铺着防尘布的沙发上站起来感叹道，把刀带回来真是个好主意，但她今天自己做饭要费脑筋了，估计要花钱出去吃。江溱随便从开口的箱子里扯出一套可以外出的衣服。从房子走到楼下取信穿睡衣就足够，如果想出去散步，睡衣还是不够正式。她一直以来都以市政道路为穿衣的分界线，小区里面就是私人空间，小区外面的人行道就是公共空间，是与社会连接的空间。她换好衣服后把纸箱子留给没有人待的房间，没有人待的房间说不定会出现一只田螺姑娘或是田螺小哥，帮她把东西收拾好。

小区还是江溱上学时住的小区，她走到上学时爱去的儿童公园，其实只是小区里建造的一幢塑料小屋，只够小矮人活动，从二楼滑到一楼沙地里的滑梯还没法让她伸直身体。跷跷板接地的一端坐了一个穿着牛仔裤的小女孩，看起来是上小学的年纪。跷跷板另一端空着，迎接着可能会被戳破而流下浅蓝汁液的天。

“你怎么不去上学？”江溱走到小女孩旁边问。整个游乐区里只有她一个孩子，今天是需要上课的日子。

“我请假了。”小女孩瞥了一眼江溱。

小女孩的表情像极了江溱男朋友白她一眼的样子，不过小女孩做出来只让江溱咧开嘴问：“那你怎么自己在这儿？”

“你可以自己在这里，我为什么不行啊？”小女孩嫌弃地发出一声“哼”。

“我是大人。”

“我只是比你矮。”小女孩坐在跷跷板上，弯腰伸长手拍拍跷跷板的横梁，说：“你既然比我大，那一定能坐到对面把我翘起来吧？”

江溱很确定只要跨上坐板就能把对面的小孩翘起来。

“哈哈哈！”小女孩指着江溱大笑起来，“你看，翘不起来吧。”

江溱弯下腰，屁股使劲往下坐，也没让小女孩翘起来一点。

女孩指着卡住跷跷板中间的柱子说：“你这边被卡住了，你观察真不仔细。”

“这谁能知道呢，”江溱跨腿从跷跷板上下来，走上前拿出卡着柱子的小木块说，“卡住了你还坐在这里干什么？”

“我在等人呀。”女孩歪着脑袋，脸颊上的肉因为笑容而鼓起。

“等谁？”江溱蹲在女孩面前，她也学女孩歪头的样子问。

“等一个该上班但不去上班的大人。”

“为什么要等？”

“因为我有一张藏宝图，需要一个人和我一起去找宝贝。”

“你从哪拿的藏宝图？”

“家里人给的。本来我应该找他们和我去，不过我生气了，所以我要直接找别人和我一起去。你看起来就很闲。”女孩从自己裤兜里掏出一张叠得厚厚的纸，说，“藏宝图就在这里。找到之后我可以跟你对半分。”

“你自己跑出来家里人不找你？他们怎么放心的？”江溱打量眼前的小女孩，小女孩有一张圆圆脸，大大的眼睛里面盛满女巫的棕黑色药水，还能从里面看见一簇松鼠的尾巴，尾巴轻轻一扫，扫走江溱所有的疑虑。女孩的嘴巴张张合合，仿佛一直在问“行不行，行不行”，在江溱耳朵里就变成“走吧，走吧”。江溱的点头换来女孩一声欢呼。

“你叫我陆草吧。”

“那你叫我姐姐。”

“好的，姐姐，”陆草说，她伸手拉起江溱的手，“我们快走吧。”

江溱凝视着陆草的小手，曾经她的手也这么被包裹，说不上来是令人安心还是令人厌恶的情绪从手掌心开始蔓延。或许在他眼里，她过去和陆草一样矮小，喜爱沉溺于具有危险性的欢愉，将风险都留给更大的手比两只手一起承担风险更危险。江溱的男朋友经常夸赞江溱脾气好，而且明白事理，不会轻易发脾气，比他的前女友们都好。他总会不经意地将前女友和江溱比对，她早该清楚这是多么危险的信号，是狩猎前夕的号角。

“陆草，你这样也太危险了。随便找一个人陪你去探险，万一是坏人怎么办？”江溱突然来了脾气，她夹着嗓子埋怨道。

“哼，我才不怕呢！”陆草拽着江溱的手飞奔起来。她们跑过小区大门。

看着脚下灰色地砖排队列阵飞驰而过，江溱不知道陆草要去哪儿。虽然陆草手里的藏宝图她还没看过，不过她已经安排好安慰陆草的话，小孩子总是风风火火、想一出是一出，半点思考的余地都不留给自己，还跑得这么快。江溱从来不运动，被陆草拉着跑才发现自己在跑步上很有天赋，应该找个机会带着自己跑步的视频去报名参加马拉松。

陆草停下脚步。江溱弯下腰扶着膝盖喘气。

“姐姐不要这么歇着。”陆草蹦起来拍了一把江溱的腰。

江溱直起腰，她没刚才那么累了。

“这是哪里？”江溱问陆草。

“心想事成公园。”

“我怎么不知道附近还有这么个公园？”江溱说，“哪个城市管自己的公园叫心想事成公园啊，真有才，这样一叫，再买点流量，很快就能变成网红景点了。”

“我们都这么叫，”陆草噘起嘴唇说，“你不知道就是你的问题！”

“你在这里心想事成了？”

“会的，”陆草说，“姐姐你有什么愿望吗？”

江溱见陆草这么问，以为自己会想着和前男友复合，但并没有，她只是记起来过去和一个朋友闹掰了。朋友曾是她的小学、初中、高中同学。江溱刚上高中时看到朋友却没打招呼，之后她们见面都像两块互斥的磁铁一般，彼此想靠近却总会被一股力量排开。江溱从来没忘记过去的朋友，或许是因为那个朋友是她和小时候为数不多的联系。

男朋友，正确地说是前男友反而让她没有什么感触。有人告诉她，前男友和她分手后就和一个新的女人在一起了。女人，新的女人，旧的女人，江溱和前男友的新女友在别人的话里失去名字，只剩下新和旧两种属于物品的状态作为区分。江溱不会怪告诉她这件事的人，但话语带来的不适只能她自己去消化排解。喜新厌旧的前男友成为永远封存在黑色罐子里、见光就会消散的某种奇怪物质。江溱还没打算把黑色罐子拿出来晒太阳，罐子里还有些她舍不得喝完的甜汁。恋爱后分手，就像原本有两个池塘，一个放糖水一个放中药，放糖水的池塘干涸后，剩下一点甜被她随手丢进生活的苦涩池塘中，变成一颗颗独立漂浮在池塘表面的泡泡，等她打捞。

“姐姐？”陆草抱住江溱的手臂晃晃。

“没有愿望。”江溱说。

“怎么会有人没有愿望？”

“啊，我还真想到一个，变有钱。”

“这算什么愿望？”陆草缩起五官问，“钱不是到处都有吗？

只要想赚，就能赚到。”

“哎，”江溱小步走到一片树荫下蹲着说，“我在这等你，快去找东西吧。”

陆草跟着江溱走到阴影里，她伸手触碰江溱翘起的头发丝，四处嗅嗅，说：“我知道了。”

江溱抬头看陆草像雨后新笋般稚嫩的双手在她头发上抚摸，沉默地吐了一口气，毕竟还是小孩。她开始观察起公园里的摆设。刚才她都没发现，公园里的植物和高中校园里的植物一样，都是石楠花，开花时难闻但好看。现在这些树还没开花，只淡漠地生长出一张张绿色的脸，等待温暖春风带来情侣间的热吻，让它们窘迫却无处可避，只好爆出密密麻麻的羞涩。她的精神与晃动的绿色同步恍惚，她听见有人在问她为什么当初要那么做。江溱过去做过的值得被质问为什么要那么做的事儿太多，她不知道那人问的是什么事。作为与时间搏斗的人，江溱每一次踏步都在后悔，但是与时间的战斗无法退缩，除非她消失在时间之外才能摆脱战争。因为时间是只会往前冲的疯子，生来就是所有实体生物的刽子手。江溱只能被迫在其中纠缠。她蹲在树边，发现陆草不见了，陆草不知道去了哪儿。江溱赶忙站起身，拍掉落在头发上没有什么存在感的绿叶。

“陆草？”江溱顾不上发麻的腿，张大眼睛慌乱地前进，头像巡逻机器一样四处旋转。陆草的丢失和她有什么关系呢？其实没什么关系，她不是陆草的监护人，陆草会自己出来都是监护人的错，就算走丢，她也只是会被带去警局问个话最多沾点嫌疑，可以少上两天班。她还是在找陆草，人贩子早就该绝迹了，可陆草从她的视野里消失肯定有原因。刚才她蹲着的地方有一条通往公园中心的路，她在这个公园弯路的尽头，也是路边进入公园的小径终点，从这里走不管朝左或朝右都会通往公园中心。她朝左走，一边走一边喊陆草的名字，她的视线中没有人。江溱打算找完这个公园就报警，她边走边喊："陆草！"

"在这儿！"陆草站在弯路另一边的尽头。公园包裹着一个巨大的"零"——一条米黄色地砖铺成的环形道路围绕着巨大的中心花坛。陆草旁边还站着一个女人。

女人穿着黑色的娃娃裙，手上打把遮阳伞，伞的黑色涂面朝里，衬着她肤色更白。江溱朝着女人和陆草走去，她观察女人牵着陆草的手——松松的，陆草想挣脱的话随时都可以。陆草的手是一条灵活的小鱼，可以自由穿梭在透明海水下的彩色珊瑚中。

江溱抬起下巴，扫视女人的每一处，她开始挑剔，女人的每一处都没她好。陆草的眼光在离开她后变差了。江溱好像一团火焰，顺着空气开始蹿腾上升，攀附在女人身上每一处灼烧，一旦女人有一点不对她就可以张口攀比，但她对男人总是会熄火。女人则是举着伞任由江溱打量。

"江溱？"女人问。

江溱发现心想事成公园真有点邪门。她刚才想起的"老朋友"就站在面前。曹妙莹和以前几乎没区别。虽然她们从高一开始就没再说话，江溱在高三却没少去曹妙莹班级的窗户边看她。江溱总想找机会和曹妙莹说说话，但一直没想好怎么开口，想说的话憋了十年，再开口就能让人闻到酒香，一闻就会知道这酒藏了太久。江溱抿起嘴，朝陆草招招手说：“过来。”反正曹妙莹说话的语气也不确定，不如再让酒多埋几年。

“好久没见，你都有孩子了。”曹妙莹举着伞感叹，“小孩都这么大了。”

“不……”江溱刚说了一个开头，低头看向抱着自己胳膊的陆草。

陆草对曹妙莹说：“姐姐认识我妈妈？”

江溱赶紧对曹妙莹摇头，一边推托说：“不不不。”但她发现自己很难对眼前的情况做出解释，甚至连出口反驳的权利都被陆草紧攥着。

“你还是和以前一样好面子。”曹妙莹迅速给这件事下结论。

江溱知道自己又错过一次开口说话的机会。

陆草拽着江溱跟随曹妙莹坐到公园的长椅上。

“你真有勇气。”曹妙莹用手捂在小腹上说。

江溱注意到曹妙莹一直在看陆草，“怎么了？”

“你怎么决定把她生下来的？”

“想要就生了。”江溱明白自己对孩子根本就没兴趣，但自己如果想生的话一定会生。

“她爹也想要？”

“我没爹。”陆草插话进来说。

“啊，原来如此……”

江溱发现陆草瞄了自己好几眼，她趁曹妙莹不注意瞪向陆草，但陆草还是笑嘻嘻的，像只捣蛋后被骂前敞开肚皮的小狗。曹妙莹说完后开始沉默，江溱这时才找到自己说话的空隙，问：

“怎么了？”

“只是有点疑惑，”曹妙莹仍然捂着肚子，带来一种沉默的暗示，像是在真空里只能靠手势说话的人，她的嘴被看不见的手捂住。

“疑惑什么？”江溱知道曹妙莹想说什么，但她不想接话，她要逼迫曹妙莹自己吐出藏匿在软肉下的沙砾，她才不会觉得曹妙莹肚子里的是珍珠，如果有人肚子里长出一颗珍珠，多少都要炫耀一番。

“唉……”

“唉！”江溱学着曹妙莹的样子叹了口气，“看来大学霸也有烦恼。”

曹妙莹眨巴眼睛说：“所以你才见面不和我打招呼吗？”

“你还记着呢。”

“你不也记着吗？”

江溱倒是打算说早就忘记了，可她刚刚才表现出自己还一直惦记着曾经的事。

“不说我了，以前到底怎么回事？”

“还是说说你吧，这么久没见了我也挺好奇的。”江溱拍拍陆草的肩膀说，“你也看见我这些年的成果了，你呢？”她侧身用抬起的下巴指着老朋友。

“忒……”曹妙莹吐出一口气，本该是唉，但加了点气势就变成要吐不吐，十分别扭。

曹妙莹虽然坐在长椅上没动，但江溱看见曹妙莹扭成一根盘曲的树根，双手捂在肚子上随时恐慌地看着周围掠过的一切事物。显而易见，她想要肚子里等待孵化的宝贝，但她身上正在冒出起保护作用的荆棘被四周弥漫的真空向内压，只要真空还在，这些刺迟早会扎破她的宝贝。

“你一个人生活有没有什么困难？毕竟他都不在你身边。”

“没有困难，”江溱毫不犹豫地说，“最大的困难是你不想要。”

“你难道没有听见周围人说的话吗？”

“什么话？”江溱推测地问，“肚子里是野种？女人不自爱？女人没本事，男人跑了？未婚先育？关我什么事。”

“你还真是没心没肺。”

“我的心肺不长给他们，”江溱无所谓地说，但代入一下自己，如果真要那样，她肯定到了特别喜欢孩子的年纪，和她小时候喜欢收集卡片一样，那时她像飓风，会摧毁任何想要阻止她收集的人。阻挡她的人都会被她推开，和她一直以来的想法一样，她的心肺长在自己身体里。

“所以那时你才拒绝和我交流吗？你扭过头一直无视我的眼神，就像你现在这样。来回扭动身体和头来回避我的眼神，你看到我了！而且你还记得我，但你却要装作和我很陌生。那天同学们都看着我们，还有人问你为什么不和我打招呼，你说什么人没看到。我还是挺喜欢你的，说的是过去的你。既然你已经下决心和过去完全分割，我也不好说什么。但你还会来看我。你到底是怎么想的？一边拒绝和我说话，一边又做出想要弥补我的假动作。还有，我被他们笑了好久，不过这不重要。你那么做的原因却让我一直很困扰。”

江溱听着曹妙莹说着很长一串话，捏紧拳头，什么都没说，直到她听见“我被他们笑了好久，不过这不重要”才张开嘴，压着声带，“他们笑话你都不重要吗？”

“我和你曾经是朋友，我只想知道你这么做的原因。他们笑话我也只是想看我有什么反应，无聊得很。我学会了你的没心没肺，学得很好。”

“那老师可能会让你失望。为什么她那么厉害，你却这么废物？好歹让她教教你吧，你一个人给我们班级排名倒退的贡献最大。你们不是从小一起长大吗？让她分点智商给你嘛！”江溱学着过去听过的话给曹妙莹复述道，“只要和你不认识，他们就不会这么说了。不过现在已经无所谓了，就像你刚才说的，我和你曾经是朋友。自从离开学校，一切都在好转。今天遇到你也很意外。既然你也还在意这件事，那就说出来，省得我们一直都对这件事念念不忘。”江溱不知道哪里来的勇气，好像从她学会对前男友说“不”那一刻，她身上的勇气就在源源不断地冒出，她可以无视在山脚下锲而不舍推石头的西西弗斯，而把伫立在山顶的石头推下去，她已经让西西弗斯休息很久了。她侧过身看着靠在自己胳膊上的陆草，拍了拍陆草的背说：“你今天还想吃冰激凌吗？”

“好呀！你可得给我买个大冰激凌！”

“那就走吧。”江溱站起身，没有回头看还坐在椅子上的曹妙莹。她只是好像又变成了一阵风。风刚打算移动就被人拦住。

“你的新手机号是多少？”曹妙莹问，“你生了小孩的话，帮帮我吧，我真的不知道和谁说才能理解我。”

“姐姐，姐姐，你觉得我做得怎么样？”陆草一只手来回摇晃江溱的胳膊，另一只手举高捏着江溱的肩膀，“你看我会是仙人吗？”

“你会是很好的助人为乐的仙人。”江溱发现自己早上收到笔友写讨封故事的信是一个预兆，甚至从前男友家搬出来可能也是一个预兆，发现前男友出轨更是一个预兆。关于一个人的前前后后几十年，陆草可能都看到了，江溱有勇气推动巨石或许也有陆草的帮助。江溱并不担心自己被陆草看透有什么问题，陆草要变成仙人了。

“那不是你的孩子啊？”曹妙莹轻声说。

“我没孩子。”

“你还是那么……爱面子。”

“但我说的都是我自己想说的。”

陆草走了，她从自己牛仔裤兜里掏出一张藏宝图，郑重地放进江溱手心。

江溱打开藏宝图。藏宝图是一张空白的纸。心想事成公园带着曹妙莹一起消失，只有江溱拿着一张白纸站在小区的儿童乐园里。跷跷板在原地上下弹动，不知道是哪两个小朋友坐在上面晃来晃去，等看到有人来又一溜烟跑走，翘课是唯一不能被大人发现的事情。她打开手机，刚才只告诉了别人自己的手机号，她只能等待联系，却不知道会不会有人联系自己。

供奉

咖啡店内摆着几张脚粘在地板上的银灰色金属桌子，圆形的金属板凳固定在地上，白色瓷砖擦得一尘不染，暖黄色灯光照在我的书本上。我习惯每天上午来这里学习，配上一杯咖啡和蛋糕，除了这里我不会在其他地方吃甜品。咖啡店的老板我认识，这里的蛋糕用料比较好，关键是给我的蛋糕、咖啡都半价。其他店二三十或三四十的咖啡在这儿得花六七十，蛋糕要四五十，所以这里人少安静。虽然每天来的人都不多，但大部分年轻人的脸我都见过。这些人来的时候还会带上自己的朋友，他们大都穿着设计奇怪的奢侈品，胸口一个洞，袖口一个洞。今天坐在桌子旁边的是一位穿着墨绿色绣金线真丝裙的女人。女人手上戴着一只和田玉手镯，脖子上挂着看起来有四五十克金的平安锁。她不太熟练地划动手机屏幕。我眯起眼睛捕捉到她手掌坑坑洼洼的纹路。

她戴的玉手镯我在玉器店里见过，玉手镯上还贴了一层金丝扭成的花，店里得卖二十万。

“喂……”女人终于拨出了电话。

我听到她的口音，这让我想起偶尔回老家时会见到的亲戚。

“你来不来，我请你喝——寇菲！寇菲，很好喝的寇菲，还有克亦可哎（其实是可可），说是香香软软。好好好，快，我给你打车，你来。”她说话的声音完全盖过咖啡厅里播放的爵士乐。原本适合我看书的地方已经成为喧闹的菜市场。我猜她叫来了和她一样的人。

阅读需要安静，尤其是我正在看的书，书里写鸦片的历史，但我还在努力记住书里的人名地名，在一长串的历史中捋顺事件次序并不容易。从小到大我的历史都是一团糟，记不住第一次世界大战的时间，记不住日本偷袭珍珠港的时间。不过现在我记得女人进来的时间，她摧毁了我平静的阅读时光。我把书靠在桌子中间的纸巾盒上，观察她。她还在划手机。店里有人刚坐没多久就急匆匆走出店铺，走之前还和店员说着什么。两人交流一番后看向那个女人，女人对他们的目光毫无察觉。店员发现目光注视不起效之后朝要走的客人耸耸肩。那人捏着纸杯走出店门，在透明的大玻璃窗前将满是咖啡的纸杯丢进垃圾桶，我看见棕色的咖啡在进垃圾桶前流泪了。那人用自己的方式宣告与咖啡店关系的终结。我看着她，想她不会介意这件事情的发生，她穿成这样进门就是要吸引眼球的，我对这种可悲的吸引目光的方式很了解。

由于做过类似的事，我熟悉那女人的行为，如果她的行为能有一点“积极”变化我会很高兴，好像她连带着我的份完成一种特殊的壮举。我盯着大门，那女人电话里的人终于出现，她手里拎着红色塑料袋，塑料袋里还插着一颗大葱。那女人的朋友我就叫她葱姐，那女人叫玉姐。

玉姐招呼着被咖啡店气息绊住手脚的葱姐。葱姐想把椅子向前挪动，椅子却固定在地面上。葱姐朝玉姐笑笑，把袋子往地上一放。袋子被玉姐提上桌面。玉姐张罗着给葱姐点了一份很多奶的“寇菲”，是店里最贵的。

店里最贵的豆子确实好，但我怀疑葱姐一口把咖啡喝光后根本品尝不到咖啡的果香和甜味，给她喝很浪费。我点不起那杯咖啡，如果能给我喝多好，我要用一段很长的文字描述那杯咖啡，从地面升到天堂只需要点一次。我点开手机里的余额：只剩一百。我才用收到的钱买了两颗纯金转运珠，还有一个在寺庙中开过光的发财符。我问了占卜师，他说我这个月财运很旺，但得放弃脸面。放弃脸面是个什么意思，占卜师也说不出口，我也不想问，只当又给出去三百块钱。网上总有算得灵的人，我从来没遇上过，不是说我犯小人就是说有烂桃花，可我什么都没见到。我喝一口咖啡，凝视手腕上的转运珠，现在是你们回报我的时候了。

玉姐抬高下巴伸长脖子环顾店内其他人。我在她的视线扫到我之前低下头。

“我跟你说，”玉姐压低声音。在我听来，音量和正常人说话一样大，最起码我完全可以听清她说的话。

葱姐配合着把头伸向玉姐。

“我做了一个梦！”

“啥样儿的梦？”葱姐问。

“我从来都记不住梦的内容，直到前几天，我做了个梦，梦里有好多步骤，梦里的人叫我给它全都记下！我记下后那人就走了。你猜猜之后怎么着，我跟着做，就发大财了！”

店里原本关注玉姐的人都把偏过的头收了回去。

“你可别逗我了，你儿子在银行工作给你买个玉镯子有什么的。”

玉姐咂咂嘴，脸上的横肉抖动，说：“都是我自己买的！他还得存钱买房呢，不然人家小姑娘不和他结婚！我告诉你，之前他买车的钱可都是我出！你看他自己掏得出来钱不？”

“那你是咋做的？”葱姐问，“哪来这么多钱？”

“我告诉你，梦里那人说啊，只要接触我，我就能把财运传给接触我的人。那人肯定是财神。”

“你咋知道？”

“除了财神谁还有这本事？你跟着步骤做，不管是让你做什么，你做就对了。”玉姐又跟葱姐补充一句，“一定要照做。宁可信其有，不可信其无嘛！你做也亏不了啥，总比投资啥的强啊。我告诉你这么个办法，做不做就看你自己了。你不老念叨着想换个大房子吗？”她握住葱姐的手，又说，“好好做。试试不亏嘛。”

“你下载国家反诈骗 APP 没有？”葱姐问玉姐。

“当然，上头的内容我都背熟了。我儿子非让我天天看。哎呀，放心吧，照梦里说的做，一分钱都不用花，再说了，人家看你心这么不诚，说不定还不来找你呢！”

“对，你儿子呢？好久没见了。”葱姐问。

“唉，他忙着呢，别提了，”玉姐说完双手捏住手机，再次对准桌上的二维码，“真不方便。我还要再来杯咖啡，你要不？”

“要过年了也不来看看你？”葱姐张大嘴问，“以前多孝顺一孩子呀？你儿子和你关系多好啊，怎么这样呢？”

“说是今年有事耽误了。”玉姐赶忙打断葱姐抱怨的话。她看上去很着急，着急想要摆脱儿子不来见她的窘境。

葱姐摇摇头，上半张脸皱着，好像看到什么不忍心看的场面，但也不想把头扭开，还想瞅瞅会发生什么。她肯定对玉姐说的话将信将疑，那话谁敢信呢？

等她们从店里离开，我才敢在店员收拾东西之前拿走玉姐的纸咖啡杯，想沾一下好运。不管那事儿是真是假，试试总没错。我一直都相信试试总没错。福袋火的时候我经常开福袋，总能开出我想要的东西。看见抽奖，我总要去抽一次，不管能不能中奖，试试总没错。还有试吃，吃着吃着就省下一顿晚饭，还能吃到味道不错的零食、蛋糕。所以试试吧，填志愿也是试试，投简历也是试试，总会等来一个“万一”。

我带着她用过的杯子回家了。其实刚才去拿杯子的时候，店员注意到我的动作，那眼神我现在还没忘，好像我的动作背叛了人类社会文明，好像我捡杯子的时候已经加入非正常人类滑稽小组，但我还是把杯子带出咖啡店，出店门之后，我特意面对垃圾桶停留三秒钟，这下店员会以为我是把杯子带出去丢垃圾的。可是为了钱，有什么错？

初五迎财神，我去寺庙求财。这天寺庙的人特别多，我抬头看见被举过头顶的香海，香海还在不断向下落灰。寺庙主殿前竖立着一座点了香烛的小塔，塔的边沿向下，中间有很多凹槽，如果能把硬币丢进凹槽，就说明你今年能留住财。扔硬币也有讲究，扔到的层数越高说明今年财运越旺。为此，我专门带了一袋硬币。寺庙里人很多，在塔下丢硬币的人也不少，我捏着香跟着人群拜完一圈后重新回到主殿门前。一个穿一身香奈儿的女人拉着一个穿一身 MIUMIU 的小女孩走了进来。我在塔下丢十几次了，还没丢上去一个硬币。我侧身给小女孩让开一点空位，让她也能丢硬币。她看起来只有一米一，伸手连小塔中间的香炉都碰不到。

“先去拜佛再来丢硬币。”噘着嘴的女孩被她妈妈拉走。

我又丢了一次硬币还是没上去。我只得站到旁边休息一小会。在主殿前跪下的人越来越多，还有挤去功德箱递钱的人增加了主殿前的人流量。我看见穿香奈儿的女人朝功德箱里塞了十次一百块钱。她塞钱的果断让我惭愧，我连买六十九块钱的背心都要纠结两三天。

小女孩又挤到我旁边，我朝外退开一点，小女孩拿了一枚硬币向上抛。

如果靠太近，她衣服破了不还得算我的？我知道 MIUMIU 很久了，一条 MIUMIU 的裙子在我购物车里躺了两年。但听我的朋友夏天说 MIUMIU 质量很差价格很贵，如果不是有钱人没人会买。夏天就买了一件，她说是高仿，我觉得那衣服和正品长得确实像。

我睁大眼睛，那枚硬币落在塔的最高层。我紧跟着拿出一枚硬币，试着向最高层丢，她那么矮都能扔进去，为什么我不能。

硬币却再一次掉落到地上。我朝塔的最下层丢了近三十次才扔进去一枚五毛硬币。等我想丢一块硬币的时候，人群已经将我的身体裹挟进供奉佛像的殿堂。

我站在寺庙出口的礼品售卖处。夏天给我发消息说，“帮我带一枚开了光的财神符，谢谢”。她给我转来两百块。一枚财神符只需要九十八，我把多余的钱收下，不和她客气。夏天让朋友们叫她 Summer，听起来像是在外企工作的精英。

“好，我帮你带个财神符。”我给夏天回了消息。我还是喜欢管 Summer 叫夏天。在冬天里一直叫夏天有一种很快就要热起来的错觉，在阴郁的冬天能获得映射烈日的意象很重要，我可不想得季节性抑郁。

寺庙周边的礼品店都拥挤不堪，尤其是设计难看的财神卡片几乎人手一张。不知道从什么时候起，我也迷信起来。我在所剩无几的财神卡里选了两张，拿走一条绿白金三线混织的手绳——外面只卖九块九，还有一个锦鲤摆件。寺庙里售卖的物品都被大师开过光。

“我突然想起来一件事，你还在寺庙里吗？”夏天给我打来电话，听起来像假如我说不在寺庙她就会立刻晕厥。

“还在，怎么了？”

“还有祈福卡记得也给我买哈，就买最贵的那种！你可以把你的名字也写上去。”

“好，我去帮你看看。”

“最大的祈福卡一千！”一张红色的卡纸就一千块钱，大师会每天对卡纸念经，连续念一个月。我猜夏天要的就是这个，这绝对是我见过的最高的人工费。卖卡纸的地方剩余的卡纸也不多。

我选了张中号的祈福卡，把转账的信息给卖卡纸的人看，她说："师兄，您心里知道就好了。不用给我们看的，给不给钱都可以，只要您有心。"

"你用心了吗？"之前有人问我，"可我不觉得你有用心。"

我用心的时候你都看不到，你看不到那和没用心有什么区别；我把转账记录给你看，然后你才说给不给钱都行，而之前又说一张一千块。我心里一边念叨着一边给夏天报告我已经完成任务。

现在我怀疑祈福卡的作用就是让我遇到玉姐。

玉姐用过的纸杯子边缘因为留下咖啡而黏腻，还有点湿热的触感，我感觉自己摸到了夏季阵风过后别人穿着短袖衫的后背。我怀揣着强烈的意志，在梦里等到它。我眼前有一片温暖潮湿的白雾，每一丝雾都是纯白色的。我抓起一丝雾，看见雾里出现了夏天。夏天跪坐在我眼前的大厅地面上，她嘴唇在动，但没声音。难怪夏天找我代购财神卡时多给我一倍的钱，祈福卡也带上我的名字。我又抓起一丝雾，里面的人是我见过的穿着香奈儿成衣的女人。还有玉姐、葱姐，每丝雾气都内含一份获得更多的愿望。当这些白雾混在一起时，空旷的大厅里显得昏暗。我不知道在雾气中竖起的巨大圆棍形生物是什么，可我肯定这是玉姐说的它。有能力的东西从不用自己展现自己，和彩色钻石一样，你看到它就知道这不是玻璃而是昂贵的钻石，对能力的追求和渴望使你一看见就知道该同时使用嫉妒、羡慕和崇拜三种情绪来描述它。它在雾气中只展现出黑色的模糊身影，但它本身肯定不是黑的，而是愿望太多，完全将它本色掩盖，然而再多的雾气都无法将它湮没，它会永远都在那里。我感觉自己摸到一处门槛，门槛之后是我意想不到的世界。它就是一个可以带着我跃上高空的超高跷跷板，带着野心的我会一直坐在翘起的那头，没有什么可以把我拉下去。我对它充满信任。我为之前怀疑玉姐感到愧疚，对愿意尝试的自己心怀感激。我不怀疑它的能力，任何人见到它都不会选择认为这是梦。

“你……来……了……”它说话的速度很慢，在看不见顶和四周边沿的大厅里传来它话语的回声。

“我该怎么做才能有钱？”我加重“有钱”这两个字的音调。我脚下踩着反光的大理石地面，如果神有居所，也该是这么干净的地方。

“你的目标是你的最爱，因此要供奉你最害怕的东西。”

“我怎么知道我应该供奉哪一个？”

“你会见到的。相信……相信……”大厅中巨大的黑影碎成一条条翻滚的黑色肉块，像是虫子弹动的身体，又像是从高处蹦下来反转身子的猫。它重复两遍相信，相信肯定是重要的。对于神或者某些有特殊能力可以满足人类愿望的东西来说，信仰总是重要的存在。我重复默念“相信”，以防我忘记。相信，然后是供奉最害怕的东西，那个东西我会见到的。

它离开后我依然在大厅里，我还没听见闹钟的声响，但我知道我在睡觉。能够带来清醒的梦肯定也是它的能力。它离开时没有将我扔回无序的梦境里说明它对我很好。幸好我并不完全害怕做没有规则的梦。我只是有点害怕，尤其是遇到噩梦的时候，我曾经梦到我和探险队进入城堡，我蜷缩在厨房里，透过厨房下的狗洞窥见城堡的主人正在轻易剖开动物的腹部。他的行为当然很残忍，但我更羡慕他有钱，那像是德国天鹅城堡一般的地方只住着他一人。他在城堡里肯定觉得自己拥有了全世界，如果我住在那里肯定会这么想。

我最怕的是虫子和鬼。由于世界上并不存在鬼，所以我比以往更关注我身边出现的虫子。我明明见过它的存在却依然无法相信世界上存在鬼，我，已经完全被它的魅力折服。我相信那是超现实的存在，鬼却只是臆想。夏天叫我出去陪她吃饭，外面的虫子应该会比较多，出现在我身边并且不跑动的虫子应该就是我需要供奉的对象，正常的虫子看见人肯定会跑走。人再怕虫子，可对于虫子来说，人也是可怕的存在。我在虫子眼里大概和它差不多，只是虫子没有思维，无法思考。我跟在夏天后面，一边想着相信，供奉，虫子，一边观察夏天。夏天最害怕或者最爱的东西是什么？夏天和我在租房群里遇见，当时夏天在找房子住，而我在找房客。我不想找男房客，她不想找男房东。我第一次租房，她也第一次租房。我们之间的巧合太多，为我们提供了互相接触的借口，也提供了互相认识的可能。我们真正见面后发现大家有相同的爱好、类似的经历还有相符的生活习惯，曾经我越来越喜欢夏天。本来我不喜欢夏季，夏天的出现让我对夏季有了好脸色。夏天说自己是从国外回来的，以前在国外做销售，现在回国休息一段时间。夏天在我这儿也住了三个月，她从上星期开始对我大方。我不能确定她是不是来之前就很有钱，如果有钱为什么还要和我合租，或许她想低调一点。

“到啦。”夏天带我来到一个招牌是黑金色花体字英文名的餐厅，店里零星摆放着几张大理石圆桌，厚重的丝绒椅子有宽阔胸怀可以让人整个缩进去，店里的装修也是黑金配色，入口处的水晶大吊灯看着过于华丽，进门之后的卡座里没有灯，只摆放着默默燃烧的香薰蜡烛，淡淡的鸢尾花味使餐厅变得更昂贵了。服务员带我们两个走到靠街边的卡座。街道被傍晚的天撒上一层通透的水蓝色果冻，在果冻里肯定是寒冷的水汽。我不再看街道了。

“你说你没吃过好吃的西餐，带你来试试这家如何。我觉得很好吃。”

“我相信你的口味。”我说。夏天穿着橘色小背心，外面套了个灰色外套，如果她没有出国的话现在的穿着大概也和我身上的差不多，普通的短袖，普通的牛仔裤。我一直对出国有执念，我曾经也差点要出国。我在手机里经常看瑞士的绿色山脉，也经常看北欧冬夜宁静的雪景，那些景色只存在于人少的地方。幸好昨天晚上我最喜欢的不是瑞士。

夏天坐进卡座。她抖动一下肩膀，外套就从肩膀上滑下来。我知道她会不自觉地显示自己的魅力，皮肤的滑腻和白皙在昏暗的餐厅里分外显眼。餐厅内播放着爵士乐，她开始和周围格格不入。她当然是好心请我吃饭，但有时我就讨厌这样的好心，好像我和街道上的乞丐一样，在她的带领下才拥有一个温暖的栖息地。事实上却是我给她提供了住宿的地方，才让她能在陌生的城市歇脚。

其实，我很享受她请我吃饭，这是对我在家打扫卫生的肯定与补偿。她不会打扫卫生，以前都由她男朋友帮她打扫。她曾经有一名谈了七年的男朋友，不知道为什么男方非要分手，而且分手之后她怎么找也找不到他，为了远离伤心的地方所以才回国发展。她手机壁纸现在还是那个很帅的男孩，那是他们高中时拍的照片。

“我周三要出差，想着上次说带你去吃西餐，正好你有空，我们一起吃了吧。后面几天就麻烦你帮我打扫一下卫生啦，你知道的，那个屋子一天不拖地就有灰。”

我点头答应她的要求。夏天对我进她的房间没有抵触，按照她的话来说就是自己没有什么怕人看见的地方，更何况她信任我，我是她的好朋友。夏天刚来时还想将整个卧室的地面都铺上地毯，但被我拒绝了。她说有地毯的地板看上去不会脏，而木地板上总是有头发。她房间里的木地板有我生活的痕迹，如果被夏天换掉，那些痕迹都会消失。我曾经学过一点记忆宫殿，虽然学得不好，但是每一块地板都存放着一点我的记忆，比如说我和某人在上面拼乐高，丢掉零件时的生气，拼好乐高时的开心。我要保留木地板，也要留住租客，作为交换，我每天都去打扫地板。

点餐的服务生一直在看夏天。夏天仍在微笑，但她强硬抗拒着任何人的靠近。显然，她还记得自己的前男友。

“我去一下洗手间。”我压低音量对夏天说。我不明白为什么要和别人诉说我的行动轨迹，但说我要去厕所已经变成站立时就会说出口的固定搭配。

洗手间和外面几乎没有灯光的餐厅不同。厕所里黑色墙壁上投射下纯白的光线，照在马桶和洗手台上。小小的厕所被故意布置成舞台，不知道谁是观众。我从洗手台边上的抽屉里取出一片卫生巾，还不该到时间的不速之客总是在我最没防备的时候来。我扯开卫生巾。

卫生巾中心有一只不胖的蛆，看起来饿了很久。

小时候在学校有人传言我怕虫子后，总有人想测试这个关于我的传言是否真实，笔盒里面总会出现各种各样的虫子，有时候是蚕，有时候是被砍成两半的蚯蚓（通常另一半几天后也会出现在我的书桌中），还有其他各种各样的虫子。我虽然见过很多虫子，但依然没有脱敏，不过我学会了不带笔盒去学校，给我的书包上锁，不在我的书桌里放任何东西。用虫子玩弄同学的风潮随着升学而过去，我依然不带笔盒，仍然给书包上锁。所有虫子里，我最讨厌蛆。蛆与肮脏、疾病连接在一起。可眼前这个蛆，我看着并不觉得讨厌，也不觉得恶心，只是想把它供起来。我一看到蛆，我就想到它，按照玉姐说的，我会把它好好供奉起来。蛆多么小一只，这么小一只在没有食物的卫生巾里能够生存到现在，难道不是奇迹吗？肯定靠的是它的力量。它是真的有力量。

“请问有人吗？”门外有人敲门。

“有人。马上！”我给出她想听到的答案，又抽了一片卫生巾。刚才的卫生巾肯定不能用，我要让蛆，就叫它“财”吧，我要让财在里面休息。我真想快点回家。

“你看起来很高兴哎。”夏天不知道为什么也很高兴地说。

“我刚才看见一只鸟带着肥虫子回家。这次能抓到大虫子，说明它有很好的捕猎技巧，不会饿着自己，它肯定会在这座城市里生活得很好。”说完，我才发现刚才说的语无伦次，好在不要紧。我摸了摸财在的位置。

“那只鸟一定会很快乐。”夏天好像和我一样看到那只不存在的鸟，发出了由衷的感叹。

今晚的西餐比之前吃的难吃还贵了些，在我印象里夏天付钱时很不开心。

回家后，夏天坐在客厅沙发上一脸闷闷不乐，那时我还不知道发生了什么，只是一个人回房间直视财。

出生在卫生巾里的财身材肥胖本身就是一个奇迹。我不知道财的母亲怎么把财丢进密封好的卫生巾中，只有用它把财放进去作为理由才能解释。财被我放进金属盒子里，上面用扎了孔的纸巾盖住。我的兴奋随着纸巾盖上而消散，财扭动身躯的画面仍然在我眼前闪现。我捂着嘴，撑过极喜后醒悟的恍然夜晚。我还是决定继续饲养财。我一直坚信，不管情况如何都先试试再说。趁着夏天还在沙发上盯着手机发呆，我溜去厨房从冰箱里拿出一个橘子。一瓣分给财，剩下的全归我。

“你喜欢织布？”当它问我这个问题时，我正背对它做衣服。

听到它的话，我发现自己都不知道什么时候开始做梦并在梦里缝布片。财变成婴儿躺在我身前的摇篮里。我的脚压在摇篮的一侧，正前后晃动。“不喜欢。”我手上的动作完全停不下来。

“你做得很好，”它说，“记住，要用最好的东西供奉。”

我对它的话感到迷惑，什么是最好的？对财最好的，对我最好的，还是对它最好的？它却没有对我的疑问作出回答。大厅内的雾气被风沙驱赶后，我才看见大厅的样貌——大厅的天花板被一圈柱子顶起来，我现在依旧看不清天花板上有什么，天花板是一片灰。大厅柱子中间的空隙里有大片云彩。我听人说，神都喜欢住在至高处，能看见云的地方肯定很高，模糊的天花板或许是神回家的电梯，凡人肯定看不清。

我拎起财的摇篮，很轻，像是用草编织成的。我走到一个柱子旁，大半个身子都靠在柱子上，这样即使伸长脖子去看，也不用担心会掉到不知道哪儿去。我猜下面是冥河。云下散落着看不清具体是什么的彩色斑块。每一块色彩都在呼唤、邀请我观看它们的表演，它们用浓烈的颜色装扮成有生气的动物。然而它们自己就有一种生命力在其中，不知道谁将它们丢下又引出它们无法完全诉说的怨言。风吹散了它们的窃窃私语，我还想再听，再看，再吸取其中的生命力，但风将我吹开，坚定地抗拒我的探究行为。不过风还是晚了一步。

夏天来时戴着一条浅蓝色丝巾，上面绘有水上的威尼斯。我只见她戴过一次，在她前男友生日的时候。那时候我家里也刚发生变故，突然开始独立生活，就好像一块丢失了另一极的磁铁。看到她戴上前男友送的丝巾，我和她好像贴合在一起，成为不幸生活中有幸遇到的一个共同体。

夏天戴的丝巾在风吹来时顽强地进行抵抗，和其他斑块缠在一起，我的目光捕获了丝巾。我不知道该感叹它与她的残忍，还是幸叹自己最喜欢钱，最讨厌恐惧的只是虫子。有那么一瞬间，我不讨厌虫子了。我抓住想要从我脑中溜走的恐怖虫子的身影，将虫子死死压在我心中最深的位置。我依然害怕虫子，但我也感激虫子。

我学习过去的自己，依旧平等地对待夏天。我在早上刚起来时张嘴抿嘴，最大程度地活动脸上肌肉，这样肌肉才会好控制，不会对夏天表露出任何鄙夷的情绪。但我可以随意指责玉姐。玉姐不知道我是谁。我知道玉姐不会比夏天好到哪去。我开始凭空描绘玉姐儿子的模样。玉姐和夏天给我提供了战胜她们的宝贵机会。我从没这么愉快地获得过胜利。学生时期的攀比让我很不爽，但我不参与他们的游戏。如果我参与进去，那我会成为我自己讨厌的对象。最重要的是，不用尝试我也知道我没有能力参与有浓厚竞赛感的游戏，因为胜者只有一个。做不到获胜，还是不参加比赛为好。我错失过大把机会，还好保住自己强烈的自尊。外界对我的指责我熟记于心，反驳的话也积攒了一堆，但我从不开口。只要不开口，一切都有余地。耐心的人才会成为胜者，就像现在的我。我必须对还在我脑海里的反驳信仰无效的人说声抱歉，因为信仰确实有用。

“回去可别跟你爸说咱来给香火钱的事。”

“哦。可是也给他祈福了啊。”

“他深入学习马克思，觉得这些，”她用手指了一圈稠密乳白的天空，“都是骗人的。”

“他不信就算了呗，还带他干啥？”我用下巴指着写了全家名字的祈福纸说。

“钱都给了，多写一个也不会怎么样。”

仔细想想，出事那年正好没给香火钱。我现在去寺庙比以前还勤。我没有借口不去，只是依然分不清哪座殿供奉了什么神像，有什么作用。如果寺庙的佛只有一个就好了，我只需要经常去看看它就能完全实现我的愿望。我向不同的佛像诉说不同的愿望，或许他们自己也手忙脚乱，因为要把合适的愿望转发给相应的佛。而我从他们那里没捞着好处，只觉得是自己还不够虔诚。遇见它我才明白，曾经一直在阻止我虔诚对待他们的力量是什么。

我学习供奉财一个星期就在梦里收到一串幸运数字。还好我有能力买到几张彩票。我把买回来的彩票放在书柜最显眼的位置，等待开奖。它一定在看着我，告诉我它已经在给我提供我最想要的，所以我可以安心享受我生活中的每一天。

夏天回来的时间越来越晚。我早上醒来有时候还能闻到客厅里残存的酒味。我一向起得比夏天早，对于靠着保险费用和房租生活的我来说，生活是一辆轨道固定的火车，我只需要欣赏火车周围的风景而不用操心火车是否会突然失去动力。我坚持每天都去朋友的咖啡店里点一杯咖啡，在咖啡店里看书同时观察其他人，面对永远都空白的 word 文档。我一直想写都市灵异类的小说，给网站编辑看过大纲，都被委婉拒绝。见到它后，我发现自己并不需要都市灵异类的小说来满足什么。

玉姐今天带了另一个人来咖啡店。我知道她会这么做，这个咖啡店对她很有吸引力。店里的装修、咖啡的价格、服务员的微笑、安静的顾客，都和她以往的生活环境大不相同，这是能看出来的，我的眼睛不会出错。我的眼睛很擅长寻找同类，一看到同类我就会恶心。

玉姐换了新发型，涂了口红的嘴说到关键点时会缩小音量，我听不清她在说什么。她偶尔会看我一眼，不知道她是不是发现自己在不经意间帮助了另一个人。葱姐没坐在她对面，这次对面是一个穿着朴素的老头。她喜欢把眼睛瞪大，好让别人相信她说的一切。

“我儿子送的嘞。”她用三根手指挡住大半边咧起的嘴。

老头双手在裤腿上来回摩擦后才伸手捏住马克杯手柄。他清楚自己和这里格格不入，却不好在此时离开，因为他被她抓在手心。他皱起眉头，但又笑呵呵地应承她的每一句话。

玉姐伸手拍拍老头的肩膀，好像在给予什么施舍。

我认为玉姐是不会成功的，老头和葱姐很像，都是满足于现状的人。他们不愿意进行任何会扰乱现有生活的行为。一场没有敌军的战斗，我懒得再看。

我点开彩票网，双色球我只中了两个号码。

“小姐，你的咖啡。”

我没有理会在吧台后因为我又点了一杯咖啡而叫住我的服务员。我只想去看财，或许还可以回家睡上一觉去见它。不知道它会不会见我。我和它并没有能通信的通道。它毕竟是类似神一样的角色，我没有资格常见也正常。我开始后悔出门的时候没有带财，因为我太确信我出门的时候家里不会有人。但我觉得把财带在身上四处走动不会比让财在盒子里生活更舒服。

“你在做什么？”夏天就站在我房间里。她手里还捏着财。我摆在飘窗上的香炉滚落在地面，花瓶在地上碎成一片片，还有果盘里的水果零食都被弄散在地板上，汁水四溅。

“难道不应该是我问你吗？”我长吸一口气努力压抑情绪。财还在她手上，财不能有任何闪失。

“你疯了吧！在家里供奉这些东西。”

“这是我的房子，我想摆什么就摆什么。你不去上班偷偷溜进我房间打碎我摆的供品，你还在这里质问我？”

“你知不知道你在干什么？”夏天离我还有几米的距离，但我看见财在她手指间奋力挣扎。我看见财的手撑在夏天的指头上，财的脚试图踹开贴在自己身上的手指，财是那么努力想要为自己争取到自由，甚至我听见财在喊“妈妈”！

“我知道你做了什么。”我顾不了太多，直接从脑海里选出最锋利的大刀，“我知道你做了什么。”我又朝夏天挥砍了一刀。夏天和我都有默契，我前进一步她后退一步，她身后就是飘窗，几乎无路可退。

夏天跌坐到飘窗上。她原本俏丽的面容被蜡黄以及蜡黄下的苍白遮盖，惨败的她有权利这么做。她瞪大眼睛，我甚至可以看清她眼睛里的血丝。不用她多说，我知道她被遗弃了。

我从她手里抠出财。财圆滚滚的身子富含生命力。

“你的时间也不会太多，好好珍惜吧。”夏天背靠飘窗小声说，她还用更小的声音说了一句，“反正我是后悔了。”

“没关系，我还是会请你吃饭的，”我对夏天说，“不过也得我有钱才行。”

夏天依然坐着问我：“如果你有钱你想做什么？”她抻着脖子，眼睛在等待我的答案。

“先请你吃顿饭吧，”我抱住双臂假笑说，“然后存着去旅游。”

夏天咧开嘴笑说：“等你突然拿到一大笔钱就不会了，你会陷入狂喜的陷阱。然后大把大把地花钱，钱对你来说只是数字，最后你会迷失。有钱的日子持续不了多久。不过，轻的物品不能换来重砝码。”

我侧身给夏天让开一条离开我房间的通道，她该走了。我看见她就觉得不舒服。夏天大概也有同样的感受。她走开时完全没看我。

财在夏天手中存活了。我把白纸折成一条V形的纸铲，把纸铲放在财面前，它自己爬了进去。我把财倒回它该在的盒子里。我不能把财放到我的床上或桌上，这些地方对它来说太大而且是极好的躲藏场所，只有财才知道自己有多怕人类。如果财被我压死，那绝对是我的过错。

它再次在我梦中出现。我每晚做梦都会来到大厅，但它不是每天都在大厅里。它当然没有义务等我。在它不在时我将这里探索了一圈。大厅下是个废墟，废墟里全是私人物品。私人物品堆积在一起，我只能从其中窥见部分，我在最上层发现了玉姐和儿子的合照。在玉姐的物品落下前，下面还有很多现代的物品，手机、衣服、包、手表、过去的首饰，甚至是家具、灯泡。我听见它们的窃窃私语。我完全没法离开这里，一看到它就心神激荡，它出现在我生命中必定是来拯救我空洞生命的奇迹。

夏天问我有钱之后想做什么，我想做的很多，比如找一个地方去住然后和周围的邻居搞好关系。用钱资助需要上学的小女孩并收获赞美。甚至是花钱在网上购买流量，有大把和他人沟通的理由。最好还能去整容，漂亮人总是特别多朋友。当夏天想要触碰财的时候，我们就不是朋友了。

“你没有保护好……”它的语调平稳、缓慢，让我有种面对冬季结冰湖面，尽管不知深浅却必须走上去时的害怕，我不知道下一秒哪里会裂开。我的金钱、梦想还是身体都在大厅里被它一眼看清。它很庞大，仿佛我在面对一座山，一座山后还有更多的山，任凭自身被白雾遮盖也能显露自身的山。常听到关于山的传闻，大多是因为山的神秘，山总是充满未知，加上山上的天气更难以预料，人总会幻想在山的某一处存在什么精怪，人对于山来说太渺小了。

它把我赶了出去，不用它多说，我也能感知到它的生气。

重新放进盒子里的财越来越胖，我给盒子罩了一层黑纱。看着财，我有种预感，有种胜利将要到来的预感。由于装了烟雾报警器，我不能在房间里点香，因此我网购了三支通电就能亮的蜡烛。三只红色的眼睛在我睡觉时一直巡视着屋内的阴暗处。我睡得不好，但这都是为钱必备的牺牲。

“你明天有空吗？”我敲敲夏天的门。这些天，夏天丢掉工作后更不爱出门了。

“你的钱到了？”夏天没打开门，在门后问。

“到了。”我很骄傲自己听从了它的话，葱姐和那老头将永远失去这个机会。夏天在门后窸窸窣窣，像是在换衣服。

夏天打开门，门后是透出黄黑色光线的窗帘，外面明烈的太阳和阻止太阳进屋的盾在抵抗中流出金黑色的血。在门打开后，我瞥见床上放着夏天换下来的衣服，只有一眼，然后就被从房间里出来的夏天挤着后退一步。

夏天从房间出来后低垂着头很沉默。但当吃饭时，她好像想通了什么，嘴角勾起，一边吃一边还在哼唱。我听不清她在唱什么。

“你在唱什么？”

“什么都不是，只是高兴而已。”

“我请你吃饭有那么高兴吗？”我是真的纳闷，夏天之前还对我不理不睬，现在又不知道为什么很兴奋。

“我只是想到，你会和我一样，就觉得高兴。虽然你没有听我的劝告，但不重要了，因为很快你就会发现，你该听我的。”

“你还在为不能成为一个成年人的老师而别扭吗？”我抖动起腹部的肥肉，忍着笑说。我没有真的生气。

“不，只是想到有人会和我一样就很高兴。”夏天终于放弃掩饰自己，她对我露出朋友的另一面。当她发现我固执的时候，应该已经放弃与我交流的心思，不过一直没舍得走。她听到我拿到钱，也就是从它手中拿到交换物的时候，带着看傻子的同情目光看我，作为和我走上同一条路的人，她看到自己终于不是一个人，想到我会有后来日子的时候，她肯定会窃喜。夏天在窃喜中离开了我的屋子。她告诉我，她要去别的城市生活。

“你不留下来看看？”我向夏天挑衅。

“不，”夏天低下头，抬高眼球盯着我说，“我感受到有一股力量在催促我离开。我想我知道你的代价是什么了。”

如果夏天的离开是我拿到钱的代价，那我必须让夏天快点走了。

夏天走得确实快，她只用一天就打包好东西，第二天就约到载她离开的小货车，瞬间从我眼前消失。

重新回到没有它的梦境有些不习惯，夏天走了我也不习惯。我走进夏天曾住过的屋子推开窗户，让风卷走夏天的气味。我在手机上发布新的租房消息，特意将房租降到比周边低一半的价格。我把网络社交账号上的名称改为“有钱任性”。我只想把大笔钱存到银行里，等银行给一些存钱的福利。

我没想到朋友的咖啡店开得那么大，不过十几年过去，我不了解她也很正常。虽然我们依然偶尔说话，她愿意给我半价优惠，但我对她的生活一无所知。

我走进咖啡店时，一个老头正从咖啡店内出来。我看见了玉姐，她满面愁容，视线一直黏在走掉的老头身上。是时候和她聊聊了，夏天离开这件事加重我倾诉的欲望。

“阿姨，你还好吗？”我没问她能不能坐，就直接坐在她的对面。

“又是你啊，看见你好多次了，你也几乎每天都来喝蔻菲。”

玉姐说。

“对，你也一样嘛，阿姨。是什么让他们又拒绝了你？”玉姐的脸早就被诉说的欲望充满，我知道她看出来了，我和她是一样的人。我也不藏着，直截了当才是和她沟通的最佳方式，毕竟，我从来都不善于在话中隐藏情绪。

“唉，太难了，我只是想要亲情重新回来。”

我扫桌上的二维码点了杯咖啡。“哦，”我点点头，“我在它的大厅底下看到你和你儿子的照片。他怎么样？”

玉姐用红眼睛瞥了我一眼，她从包里抽出一张纸巾说：“他加班过劳死了。”她用纸巾按压两侧的眼角，并把桌上的咖啡杯往自己身前放。

“真是可怜。”我侧过身，对着端来咖啡的店员。我把谢谢含在嘴里，等他把咖啡放下时我才会矜持地出声。

店员看着玉姐十分疑惑，把第三杯咖啡放在玉姐面前，“请慢用。”

我直勾勾地盯着店员，你把咖啡往哪儿放？这么大一个人坐在玉姐对面，你没看到吗？

店员走了之后还回头看看玉姐。玉姐的座位正好背对店员们，因此他们光明正大地看着玉姐，诧异的面孔，偷笑的面孔，还有我愤怒的面孔。只有我的愤怒被玉姐捕捉到了。

“被忽视的感觉挺不好受吧，”玉姐把咖啡从她那边推到我面前，“可以理解。”她收走伤心的表情，在我被忽视的窘境出现后，她直起腰，在我面前摆出高大的胜利者姿态，和它有点像，但我可以一眼看出玉姐是拙劣的仿冒品，完全没有体现出一点它的风貌。眼前的仿品只是由于她扭曲的性格和爱显摆的天性而自然出现，就像海水拍击形成的雕塑无法和卡米耶的雕塑相比。海水做成的雕塑也要有人欣赏才能成为雕塑而不是石块。她的形象没有经过任何打磨，我是绝对不会欣赏她的，毕竟她的形象建立在我被无视的卑微形象上。

“和亲情相比好像也不是很重要。”我压抑着无来由的愤怒，将锐利的尖刃对准在这时候靠近我的任何人。她想让我做她的对比物，也要看我是否愿意。我仍然坐在她对面，我们都默契地没再开口说过一句话。撇开她对我无善意的对比外，店员的行为才让我猜疑。这里的店员和我很熟，非常熟，而且我从没做过任何对他们有害的事，他们好像都突然瞎了一样。我凝视他们每个人都超过三秒，可没人在意或是发现我的目光。我还在打量其他人，四个坐在一起打游戏的小孩，一个正在看电脑的女人，一个正在打电话的男人。人对扫视的目光很敏感，我不信没人注意到我的目光，我想过一直盯着别人观察，总会被发现。

“至少我是可以看见你的人。”玉姐反驳我。她的话这次很在点子上，但我这时并不需要。

我向玉姐撇嘴，差点还做出一个鬼脸。

我要走了，去做我刚才想做的事。我走到店员面前，跟他说话。在我主动要求店员的关注时，店员才会注意到我。

“是你啊，我还以为今天你不来了，快去坐吧。”

不被人注意是一种惩罚，但也是一种幸运。我走出咖啡店，手里还拿着咖啡。我找到街边的公园，先擦了一下椅子，然后我整个人躺倒在椅子上，这是我一直想做的。公园上方没有建筑物阻挡视线，我可以直接和天空对视。我一直想这么做，因为我没法再回到学校的足球场上躺倒，但是我可以躺在公园里的椅子上，只要我不介意被别人的目光注视。今天的天空是泡过蝶豆花的水加了一点厚椰乳和吉利丁冰冻后的蓝色布丁，椰乳和蝶豆花水搅拌得很好，没有一丝白露在外面。有钱之后我开始捡起曾经丢下的想法，天空、天空，我想飞起来，但我连会融化的翅膀都做不出来，更别说飞了，如果当时我许愿是飞起来，不知道我会不会有翅膀。飞这件事离我的理智太过遥远，连试都没法试。

“啊，不好意思，你没事吧？”

我感觉到有人压到我的肚子，但只有一下。

“对不起，刚才不知怎么走神了，没注意你在这里，真是不好意思。你没事吧？”说话的人一屁股下去压醒我的梦。

“不，没事。”我从椅子上下来站直，刚才不小心睡着了，还没穿厚衣服，现在嗓子一直痒痒地想咳嗽，“你坐吧。”我失去欣赏天空的兴致。这时，我才发现自己的心多爱摇摆不定，如果那个人能看见我就不会打扰我做梦了。

梦醒后我去了潮玩展。果然有钱和没钱是一种截然不同的状态，有钱后我只想娱乐自己。因为我正在退出社会，不论是从哪方面。我提交的简历从来都没回音，即便我想去肯德基做汉堡也没人要我去。我挂着半价甚至是免费入住的房子都没人来。这让我像是一个一人占据了整个城堡还依然孤独的怪人。

在潮玩展里，我直接订了一个展示柜，放在电视墙上。家里很快被挤满。我给这些玩具拍了张照片，发到网上。我复制潮玩博主给自己帖子打的标签，接着我坐到沙发上准备听网络上赞叹、羡慕的声音。我不断刷新帖子，并且给自己的帖子购买流量，依旧没人回复我的帖子。

我不仅要免费请住，我还要免费请吃、请玩。我在网上找人订了一块木板运送到公园，上面有我的个人电话以及我是谁，我要做的事是什么。我迫切地要与它抗衡。现在我所承受的一切肯定是夏天说过的它要的代价。我曾经以为代价是克制我害怕虫子的想法，成功养大蛆，让它顺利成长为苍蝇。结果还有隐藏更深的代价。它签给我一个不透明的条约。既然如此，我必须反抗。那时我还是想得太少了，有一股力量会推开任何想要靠近我的人。今天是我不再被看见的第二个月，也是我第三十次接到说好要来吃饭或居住又因为各种各样的事情而来不了的电话。能够和我说话的人，据我所知，只有夏天和玉姐。我早在想和她们说话前就把她们踢出了我的世界。想要融入社会是我的本能，但作为人，一个智慧生物，我应该学会克制本能。我开始学习克制，但是大房子不利于我克制交流的欲望，于是我搬到了一个小公寓，并且告诉中介我要出租房子，租金比周围便宜，打个八折。原来的房子在我搬走后第二天就租了出去。

新公寓很小，适合一个人居住，不过我总是在外面。我发现运动有助于我克制自己交流的欲望，当我开始在山路上跑步，我脑子里面就只剩下前进。我跟在别人身后跑，别人跟在别人身后跑，虽然我们彼此不认识而且不说话，但有一种默契在我们周围，跟着别人一起跑，好像就不再孤单。跟着别人一起跑是我每日的社交时刻。

不到一个月，跑步已经无法令我满足，跑步的队伍是一种正在进行集体仪式又无法触摸的社群。我不曾记得我们沉默的集体仪式什么时候失去了满足的能力。在发现跑步无法满足我时，我想起过去梦境中生活在城堡里的那个人。他一定和孤独做了很久的朋友，才会做出丧失理智的事。他愿意为不改变已经适应好的生活而付出一切努力，就像他曾经想挽留的生活一样。他曾经生活在大城堡里，周围肯定会有很多人，不然他何必搬进城堡呢？

我在没人在意我是谁的互联网里找到一个“探险”群。探险的路线早已经被人踏过千百遍，就连森林中掉落的树枝或顽强生长的野草也早被脚丫碾得陷进泥土。群主自己将群号公开，这是我能加入其中的原因。

我做好万全的准备去探险。

夏天在这时找我借钱。我感到奇怪，虽然她之前已经不愿请我吃饭，但她应该不会把自己的钱全花光。

“只是代价，”夏天说，“被骗着借了高利贷。”

“这怎么能被骗？是你太不小心。”我对夏天没有丝毫怜悯，反而觉得用此作借口说是拿到钱的代价是对它的亵渎。

“你还是不信我！你难道没有感受到你已经在付出代价了吗？”

“能免费得到钱当然需要代价了。不然呢？既然你拿了钱就应该付出点什么。我可以承受代价，你也应该接受才对。”

“它从来没告诉我们拿到钱后需要付出的代价。”

“你应该想到。”

“只需要一个车祸，甚至是一次意外的被下毒……你不能这么一直淡然。”

“你是在承认你嫉妒我吗？”

“才不，我是在可怜你。”

我再度无视夏天，可夏天总来骚扰我，还有玉姐。我对她们的骚扰深感厌烦，但我狠不下心删掉她们。她们是能和我聊天的两人，也是仅有的两个。

探险和我想的不同。在队长点名时，她显然不知道还有一个报名的人是谁，那当然是我；走到一半我崴了脚，不得已坐在原地看着他们离开。最后我一瘸一拐地按照原路返回。当队长在核对名单上的名字时，只会觉得自己当时多打了一个名字上去。

崴脚是一种不幸运的标志，似乎更是一种不祥的预兆，夏天和玉姐的脸一直出现在我眼前。玉姐的朋友圈在发布关于要借钱的消息后关闭了，而夏天的微信则一直没有动过。我从未因为她们俩而起过报警的心思，我和外界沟通本就不算顺畅。夏天和玉姐如果出现什么问题应该自己去找警察才对。她们的例子在前，仍给我不少关于未来可能性的提醒。我必须谨慎对待未来生活中的每件事。我对崴脚看得很重，今天可以崴脚，明天我就能踩空井盖，踩空楼梯。我避开没有红绿灯的路口，或是跟在别人身侧走过马路，让别人走在外侧，司机可以看见他们而看不到我。我坐地铁只会在地铁刚打开门的时候进去，耗费一些时间但无疑更安全，我还没到可以请保镖的地步。我手里的钱都是只出不进，必须省着花。不过我对寺庙仍然大方。我回到前段日子夏天请我代购财神卡的寺庙。在寺庙外时我提前换了一袋硬币。那天看到的小女孩还在我脑海里挥之不去。假如我给佛捐许多钱，佛保佑我再富一阵也是应该的吧？毕竟功德箱里的钱都给了僧人，僧人有钱就能更好地服务佛在世间的化身。我帮了化身这么多，正身给我漏点财气也是应该的。进寺庙前，我觉得一枚硬币就足够，但总想着准备一袋才算保险。

塔前的屋子里坐着一尊金色大佛。佛像高大，眼皮微垂，眉心一点红漆，端坐在四方台子上。我凝视佛像，他正在注视我和我身后的它。我发现自己身上有股它的气味，一股属于泥土的腥臭味，正失去遮蔽而弥漫在香烛浅雾中。我扭头观察四周有没有人注意到我的气味，所有人都在拜佛。佛像前三个可以跪的木凳子上挤满了人。我看见佛脸上的笑容越来越大，从微笑变成嘲讽。我还是按照原本的计划给佛像前的功德箱扫了码，捐出一千一百块。我比那个浑身香奈儿的女人捐得更多，这给我待会投硬币带来不少信心。

“你们看地上好多硬币！是你的吗？是你的？”

“没人要，那我丢下试试。”

“我也丢个试试！”

“这硬币有毒啊！全都能丢到最上头。”

“快快，给我也拿一个硬币！”

我站在塔的外围，香火的烟气一团一团往上跑，在模糊的镜头里看着他们捡走我扔下的硬币，一个一个都停留在塔顶，我扔完一整袋，也没有一枚硬币留在塔上。

硬币撞击塔顶发出“叮叮”声。我怀疑就是他们拿走了我的钱。刚才在我扔硬币的时候，有人转走我卡里的钱，每一次我扔硬币发出的响声都和手机里被转账的提示音相同，以前我从没注意过这个声音，因为根本没钱可转。功德箱上的二维码不知道什么时候被人替换，我扫的二维码和佛、寺庙没有一点关系。今天我不该来的，崴脚就是一个不幸的标志，是不幸将要来临的诱饵，只要不来我还是有钱的。对骗子的愤怒情绪在我心里根本没出现过，我所有的钱突然丢失的荒谬比愤怒分量更重。虽然荒谬，我还是得找警察帮个忙。

“您的房子打八折租出去啦！什么时候方便签个合同？”

“不租了。”我把这三个字编辑成一条短信给中介发去。

饼干

本该是快乐的一天，我早早起床打扮好等着去商场逛街。昨天我在手机里看见喜欢的店铺又上了新款，恰好是周五晚上，从公司出来时在听 Ocean（Pacific），缓慢的、忽大忽小的钢琴声模拟出海浪的轨迹，带来可以触摸的平静。我住的地方看不见海，幸好还可以听到海。隔壁来了一个听障小孩，刚戴上人工耳蜗，也不知道小孩听见的东西和我听见的是否一样，我没有了解过，这问题和我的生活完全没关系。我还是为小孩的改变而高兴。我也曾发生过改变。回到家，对着贴在玄关墙面的全身镜，我脱掉身上的黑 T 恤，里面是一件针织彩虹吊带露背小背心。我对着镜子扭腰，肩胛骨突出，从侧面看腰背很薄，我还有马甲线，从肋骨下一直延伸到裤子中。我把九分牛仔裤脱掉，换成了玫粉色的低腰短裙。我穿着小背心和低腰短裙走进厨房。现在我很少把这些衣服穿出门。

本该是快乐的一天，我在商场逛街，醒来却在医院。我觉得自己不该穿那一双厚底的洞洞鞋，或者走路的时候小心点，或者不要听到别人夸我的话，我应该就不会走神了。她们当着我的面，虽然小声，但我仍然可以听见她们在说我很瘦。曾经我是个胖子，现在不是了。

我醒在医院里。把这辈子的尴尬事从脑子里翻出来，都没能打败我在医院醒来这件事。我穿着短裙，安全裤的黑边从短裙边沿冒出头，这是一种穿裤裙的时尚。我从炙热的门外走进冰凉的商场，穿着白色短袜脚踩黑色洞洞鞋，一脚踏入刚拖过地的瓷砖地面。

我确实是瘦了，不过听到别人说我瘦，作为夸赞实在是令人高兴，一高兴我就想起来曾经我是个胖子，胖子的世界没有那么多事值得高兴。或许有的胖子从来不在意自己的体型，但我非常在意，在意到一天吃不下去一顿饭。只要长胖一斤就是我没做好体重管理，不做好体重管理就穿不进去漂亮的衣服，我不想去大码店，大码店里面的衣服腰围比我胸围都大。当然，我不应该讽刺那些要穿大码女装的人，从道德上来说这不好，从心理上来说我很快乐，看胖女人是我保持瘦的动力。我只在心里小声说，从来没有和别人说过我不喜欢胖女人，相反，我对胖胖的同事很友好，胖不是她们的错，是食物太好吃。如果我吃不胖，我也会想吃什么就吃什么，我已经过了随便吃饭然后催吐的年纪。催吐对身体的损伤很大，而且很臭，那种酸臭味会被闷在我的身体里，如果只是在肠胃中那还不碍事，但就像在封闭的室内打开一罐肥料再盖上盖子，那股味道会留在室内直到鼻子适应。我不能强迫别人和我一起适应。

"你的肚子挡到我了。"当时坐在我旁边的人小声说，她看上去很尴尬，只是找不到能用什么更准确的语言来描述我的肚子太圆而挡到她的路。她可以说："麻烦你让一下，通道太窄了，只要有一个人坐在通道前就没人能进去。"她通红的脸似乎说明她不是故意的，但明明有更好的办法，她可以请我站起身让她进去，而不是准确地叙述"肚子挡到她"。周围传来几声压抑的轻笑，更让我确信她是个笨东西。

"对不起。"她挤进座位之后小声说。

按照常规，对不起后面应该跟上"没关系"，只是这三个字我怎么都说不出口。我一言不发，重新坐回座位。比起庞大到一个座位都坐不下的人，我的身材还算好。可对比一收腿就能让别人进去的人来说，我很肥。别人会怎么看我，认为我是猪圈里吃得最香的一头猪，在大难临头还忘不了吃的猪。进食是一种生存本能，那我热爱生活的能力有多强？坐在座位上，我幻想我是身手矫健的特工，徒手爬上高达一百层的大厦。我会坐在大厦顶尖的玻璃上，好像骑上全世界最高最好的马，张嘴呼吸迎面而来的大团潮湿的空气，和飞机穿过云层时机头的感觉一样，吐气变回挡到别人路的胖子。仰头对准更胖的天空，我好像还是会选择跳下去。天空庞大但包裹着无数生命，我只有肚子里十几斤细菌和身体里几十斤脂肪。

"真不好意思，我昨晚睡得太少了，现在脑子还是糊涂的，"她凑到我旁边小声说，"我没有别的意思，你脸圆圆的很可爱。"

"嗯，我知道你在安慰我。"毫无意义的安慰，只能加深我对自己的负面印象。我低头刷着手机，里面有很多我缓存的萌宠视频，里面的猫狗牛羊看起来都胖墩墩的，十分可爱。

“不，我是认真的，”她用手背蹭蹭我的胳膊，“我真的是认真的。你长得像这个。刚才偶然瞥到的，我没有偷看你的手机。我从来都不会说谎，哎，你知道剧本杀吗？我每次玩剧本杀最怕抽到‘凶手’，如果我是凶手我就不会撒谎也找不到好的理由。我小时候出去玩曾经因为拍的照片太烂，和我同行的朋友都生气了。我就和她说我小时候玩相机不小心拍了个遗照结果给家里带来坏运气后我再没碰过相机。我知道这是一个很差劲的理由，虽然她看起来信了。我不知道她信没信，反正她之后还和我说过话。”

“我觉得她没信，但你想办法安慰她，所以她接受了。”这种蹩脚的理由不会有人信，但她确实看上去很真诚。

“幸好她接受了，不然我都不知道她该有多伤心。那会成为她以后的回忆，她那一瞬的回忆被我拍摄的照片摧毁，唉。”她看起来比我大，穿着真丝衬衫和西装裤，手腕还戴着手表。

手表看上去质量不错，至少不是几十块钱的廉价货。我盯着她的手表看了一会，指针下方的背景是一整片贝壳内里的彩膜。我知道她想说什么，只要努力就能减肥这种事情无法在我身上发生，我连喝水都会长胖。每天就算运动，运动后吃的饭也足够我再长一斤肉。我难以控制食欲，但也不想切胃，一想到有人要把我的肚子划开一条缝，把我的一部分切除再缝合，掏出挖走我的一部分就难受。我失去一部分当然会变瘦，但我不想要。

“所以后来我决定学习摄影，也有我自己喜欢摄影的因素在。”她指着自己脚旁的黑色圆筒包，“因为有人找我约拍，我约拍很贵的”，她一边说着一边有些得意地抬起头，“不过，我现在对你很有灵感。你要不要考虑来做我的模特呢？”

“你为什么要让我做模特呢？因为我的体型吗？我的体型很适合你做宣传。”

“不不不，我只会留下你最漂亮的阶段。给你看我以前拍摄的图片。你看，她们都和你差不多，但我拍出来的照片里她们都各有各的漂亮。体型不重要，重要的是我能在她们身上发现美。而且，你看我在网上发的图片，没有一张是她们以前的图。我不会那么做的，我只是喜欢传递美。我觉得你特别有潜力。”

她手机里的模特们有些在暖融春日花丛中和草地亲吻，有些在冷硬白冰中倔强盛开，还有些在阴云下的城市里悠闲漫步，她们本来的模样已经被消解，只留下美。在照片里，她们看上去完全不胖，一切都是刚刚好。

“她喜欢可爱温馨甜美的氛围，所以我拍摄的时候就用香蕉涂抹镜头，获得朦胧感，”她指着在樱花树下大笑的照片说，“我真的很会拍照。要不你再想想？”她眼巴巴地看着我，无声地劝说我成为她的模特，“你喜欢什么风格？我什么风格都可以拍哦。服装道具和化妆造型我也都会做，而且我绝对不会指责你。”

她点明了我最害怕的地方。我告诉她我再想想。光是看到照片里的人，我就已经开始畅想我在黑沙滩捧起一块冰水晶的样貌。我会穿着白裙，身体修长。照片里的人看上去体态丰盈，肩头圆润，在她们身上我找不到胖的痕迹。为了摆脱胖的诅咒，我曾去抽脂，家里也愿意支持我，因为我确实太胖了。我还记得那些针扎进我身体时的疼痛，好像光着身子在钉板上滚了一圈，好像我正在衙门里给谁鸣冤。鸣冤的只能是我，我受不了减肥药物的副作用，受不了切胃的恐惧，只能一日日忍受肥胖带来的嘲笑。肥胖带来的所有身体问题都比不上任何一声嘲笑。

空调运作时发出像动物低语的声音，我不知道那是什么声音，但肯定是叫声。在我周围的人有的闭着眼睛休息，有的在看自己带的平板，看来没人在听我和她的对话。我不清楚他们是不是在我转头观察前就挪开了视线，如果他们一直在观察，我就能提前一步知道我的动作。他们是动态视力强大的猎食者，可以轻松得知我看照片时的激动，窥探我的激动、想要改变的内心。我很担心会不会有人听到我内心的想法。我一直都这么担心着，但从来没遇到过我担心的情况出现。

她拍了拍我，就像她什么都知道，所以才来安慰我。她平和的目光像太阳下的油菜花田，而我恰好喜欢油菜花。

我还是去了，哪怕被当作工具使用也无所谓。工作室是用旧厂房改造的，整个园区都没什么人。我处在挤满人的都市，但我见到的区域好像一座鬼城。她摆放好道具，我在奔跑，她也是。工作室里展示的照片比她手机里的多：相片中粉色和绿色的边缘混合在光的指引下呈现金色的人，在组图的末尾化作一个洁白的骷髅，骷髅周围长满大概十五厘米长的青草，青草顶端开着紫色小花。白金色的骷髅安详地睡在草地上，她身上还穿着薄荷绿的裙子。在浅蓝色冰面上的人，最后成为一个被禁锢在大冰块里的骷髅；而城市中的人则穿着黑袍悬挂在摩天轮最高点。

“这是怎么拍的？”我问她。

“有些是合成的，有些用了道具……”她说，“对于摄影师来说这些都很容易，难的是怎么找到合适的灵感。我一看到你就觉得你会适合这个风格。”她拉出一个纸箱，里面摆满了与魂灵鬼怪相关的道具，她递给我一个水晶球让我抱住。我的脸在水晶球里面变得滑稽可笑。

当我看到照片里的另一个自己时，我才知道为什么少年会趴在水边和倒影对视。少年看到的不仅仅是美丽的自我，还有别人夸赞时的幻象也会出现在水中。一个人只知道自己美仍不足够，必须有他人沉迷的视线才能突出美的存在。我坐在她的工作室，吃着她给我拿的饼干，看着照片，我才发现自己那么美。我拍摄的主题是在百鬼中逃窜的女孩，鬼影是布做的，我对自己的表现很满意：奔跑时揣满继续生命的渴望，逃脱时脆弱得恍然，以及逃离后的愉悦，都在预示最终我会获得胜利，我会穿过相片，把胜利带到现实。

我的美是一种附在眼睛上的幻想，只有我自己的眼睛才能看到，现在闭上眼睛在同事的抱怨声中接着工作。我拿走一袋她给我的饼干，很好吃，我想在网上买，但是找不到同款。

“你是不是瘦了，”坐在我对面的同事说，“你肯定瘦了。”

“我吗？”我指着我肥厚的一叠下巴说。

“你绝对瘦了，你该去称下体重。”

我带着忐忑看向体重秤的数据，我确实瘦了，而且瘦了五斤。

“你是怎么做到的？”同事今天总是在我桌子旁边晃悠，来来回回打量我，像看一个展示刻板行为的动物，“你最近吃了什么东西吗？”

我吃了她工作室里的饼干。饼干很好吃，不管我吃得多撑都会忍不住来一块，由于饼干数量有限，我给自己规定了每餐后只能吃一块。“我没做什么，只是吃了饼干，”我给同事展示了一下饼干袋的包装，“你可以在网上找找有没有卖的。”我很犹豫要不要分享我最爱吃的东西，在她失望的眼神中我关上柜子。

同事撇着嘴，一扭一扭回到自己座位上。平时拿着平板刷刷画面的她这下正在猛敲键盘。无非是说一些关于我小气的话，一不分享饼干，二不分享变瘦的诀窍。可惜我自己也想不通。

我告诉她，摄影师，我现在叫她摄影高手，她的饼干我还想吃。

她在电话那头犹豫地说，那种饼干是她从别人手里买的保健品，她从来不推销，只卖给觉得这个饼干有用且愿意承担风险的人。

“什么风险？”

“这种东西都有风险，就像吃药会产生不良反应。”她说话时声音很轻，好像刚进行过一场激烈搏斗。

“有什么不良反应？”

“每个人的遭遇都不同，我没法告诉你。只看你有多想瘦。”她的声音在电话里听起来有些蛊惑性。

“只看我有多想瘦”这句话就是一把炙热的剑，轻松砍断我内心的全部防线。她刚挂断电话，我就又把电话拨了过去。

“请把饼干给我。”我说话时正对着眼前的照片，她给我拍摄的相片全被我洗出来放大挂在客厅墙壁上。洗相片的人还问我这个人是谁这么漂亮，我没勇气说是我自己。穿着宽松长T恤黑色长裤把肉全部遮住的人能和照片里皮肤莹白穿长裙奔跑的人一样吗？她的饼干我吃了，和过去网上可以买到的减肥药不一样，吃下后除了变瘦没别的感觉。

我付出了存下来的薪水，得到了一箱饼干。我有些后悔在工作室时没有多拿点，没有让她再给点。我已经为这东西付了费，我和她之间除去拍摄的关系只剩下交易饼干这一条路可走。

一箱子里有六盒饼干。我吃完一盒瘦了五斤，吃六盒就是三十斤。三十是一个庞大的数字，每个月上班都要熬很久才能到下一个月，三十斤，体重秤从来没有见过那样的数字。吃饼干的瘦，是自然无痛的瘦，是需要别人提醒才会发现的瘦，不是会导致皮肤松弛的瘦。很快我会和正常人一样。

摄影师是个代理商，我加她另一个号时发现的。我猜她前几个模特都吃了饼干，她的工作室似乎是一个硕大的捕食网、雨林里的猪笼草，这里虫子到处都是。无论怎么说，我还是要去她的工作室，吃个饼干，喝个茶水，再睡一觉准备接受更瘦的我。

“那个饼干不要吃太多。我觉得你买得太多了，”代理商说，“你用不了那么多，这个饼干很厉害的。”

“可是你背景海报上写着六盒一疗程。”

"只是推荐，因为别人吃饼干最开始没有你这么好的效果。"

"不，我要瘦。"我对她说，"这个饼干味道特别好。有没有没加料的？"加料，这个词用得好像我在吃功能性动物饲料。

代理商没再理会我。摄影师把她推给我的，但其实她们是一个人。这种"药"毕竟没有合法销售的许可，谨慎地售卖也是好事。我顺手把同事推荐给代理商。

护士看到我醒了很高兴。护士手里拿着一个纸杯，里面是热水。她说："你可要多吃点饭才行。"

我吃得很多，只是没必要和她说。

"你太瘦了。"护士感叹，转身离开病房。

回想起在商场听到的惊叹，我得到安慰，我现在这样刚刚好。护士说我太瘦，看我的胳膊上面还没有骨头的形状，当然那种瘦不好看。什么好看什么丑我十分清楚。

"你的血检应该做好了，缴费后就可以去取报告，"另一个护士从外面转进门内，医院的地面或许是一个巨大的转盘，一个人站上去等转盘把自己送上工位。

我的血检好了，我先去缴费，检查费都可以用医保，不需要我现在从口袋里掏钱就行。低血糖和营养不良是我身体最大的问题。我告诉医生我一顿可以吃三碗饭。

医生根本不相信我说的话。我赞同医生说的，我知道这听起来多可笑。从病房出来时我看到洗手间里的镜子，镜子里的人脸颊凹陷，手臂纤细，肩胛骨凸起，没有什么肉。我穿的大硅胶胸垫让我看不见我的脚尖，是时候换一个更小的硅胶胸垫了。现在这个大的胸垫一眼看上去就是假的，与真实毫无关联。低腰短裙后面沾了点灰尘，估计是在刚拖完的地面沾染上的，因为我没站稳。我不喜欢在商场摔倒的样子，好像我是一个没有任何体重的“谨防地滑”指示牌。我从医院拿了点药，检测报告做不了假，即使我没感觉有任何问题。没想到，一个愉快的周末消失在刚拖完的地上，被我一脚踹走。

饼干已经吃完，我的胃口奇大无比，但我还在瘦。

同事问我是不是有厌食症，我给她分享了两块饼干，那是我新买的。看见同事把饼干吃下去那一刻，因为被很多人指责过于瘦弱而产生的不快顷刻消失。她在我的注视下撕开包装，吃掉一块饼干。

“你真的太瘦了，吃点高热量食品吧，”她一边吃饼干一边对我说，“这个饼干吃起来感觉油不够多，你得吃那种有油且甜腻的东西。”

我点头赞同她说的话，掏出手机问：“你要吗？我请客。”

她听到我请客兴奋地眨眨眼。她捏着肚子上的肉说：“不了，你吃吧。”

我隐瞒下吃饼干会瘦的秘密，从桌子下的袋子里拿出一包饼干送给她，说：“这个饼干确实油不够多，不过对于减肥的人来说刚好。”我看着她收下饼干，我们的关系更加靠近了。

我开始吃饼干、蛋糕、奶茶、炸鸡、烧烤，我还在瘦。我喜欢的针织彩虹衫穿在我身上松松垮垮，我喜欢的低腰短裙不再被我腿上的肉挂住，而是被我的盆骨抵着不落下去。

“你一定知道那个饼干是怎么回事，工作室照片上的女孩们都怎么样了？”我给摄影师拨去电话。

“我说了你不需要那么多，为什么不相信我？”虽然她在指责我，但指责的人率先开始哭喊。

我只能用沉默回应她的问题，我当时想的只有瘦，而且瘦得越快越好。

“你来我的摄影室一趟，你还有一点时间，处理好你的事。”她突然用十分冷硬的口吻命令我，电话那头她的声音失真，像是一串数字在说话。

我把办公室的电脑壁纸换成摄影师给我拍的照片。我之前总是怕被说自恋所以没有把自己的照片换成壁纸，但现在我只想欣赏自己。

她命令我处理好自己的事情，可她的事情似乎也是一团乱麻。当我从办公室回去的当晚，她激动地打电话让我不要再去找她了。

“怎么了？”我咬下一大口炸鸡说。

“有别的人来了。”她说完便挂了，留下一连串滴滴滴的音效。

有别的人来了，所以我不用去她的摄影室了，那我怎么办？过了一会，她给我发来一个视频，视频里她把系统里我的照片全删了。

我再想打电话给她时，她已经把我拉黑了。我手机里的代理商好像从来没有出现过。

我手机里的照片也同步消失了。幸好我之前打印了许多份照片，那么美丽，好像我被永远封存在照片里，用我最美的样貌。

回到办公室，我的电脑壁纸变成了一片绿色的大草原。坐在我对面的同事正在咔嚓咔嚓咀嚼饼干，她大方地把饼干分给周围的同事。

蝴蝶标本

“你别再叫了，我耳朵好痛，”她双手抱头，夸张地把脖子缩起来，“这可是博物馆，你不是最守规矩吗？跟我说啊，这里关着不能从这走，不能从这里挤进去，不能吵闹，小声点，手指头不要蹭在博物馆的玻璃柜上。”

“子谨，你知道我最怕虫子……”何悦委屈地辩解，“突然看到这么多虫子挂在白墙上我很怕，而且周围没人，我叫之前观察过。”她脚下踩着地砖一点点挪动，虽然害怕，但还在等钱子谨看展柜里的虫子。她闭上眼睛，向后仰着腰，偷偷张开一条缝观察被钉死在玻璃柜下的棕黑色“尸群”。甲虫表面光滑的棕色“盔甲”盖在很多只脚上，即便把手的数量算进去，对于人类而言这些脚也实在太多了。

“哪里恐怖了？”钱子谨笑着给了何悦一拳，“你怕，还在偷偷看？”

“怕，但好像也没那么怕，没有以前怕。”何悦侧过身朝昆虫展厅出口走去。

“你又在叫什么？”钱子谨压着嗓子说。

“好美！”何悦指向一面巨大的玻璃展柜，里面放着一百只蝴蝶标本，每个品种雌雄各一只。“这个是马库斯闪蝶，”她对展柜底部粘着蝴蝶品种名称的板子说，“59号，雄蝶；60号，雌蝶。这真是一个品种吗？雄蝶蓝色镭射的翅膀和雌蝶普通浅棕色的翅膀，怎么看都不像，唯一像的就是翅膀的轮廓。”

蝴蝶按从小到大排列，马库斯闪蝶、欢乐女神蝶、双列闪蝶、尖翅蓝闪蝶。切割成合适形状的玻璃，一片片显现在蝴蝶翅膀上，北极冰川与黑夜全从蝴蝶身上反射到何悦的眼睛里。何悦盯着展柜里的蓝色，目不转睛。

“好像蝴蝶都是这样，雄性很漂亮，雌性就很朴素。可能是好看的雄性才能被看上吧。”钱子谨扒着玻璃朝里看着说，“确实很美，像有人把美甲镭射粉都镶嵌进它们薄薄的翅膀里，如果真有这种技术，那一定比螺钿要厉害。”

“不要扒着玻璃……”

“这上面有很多手掌印，不扒着看看不清，会有一种雾笼罩在上面的感觉。好吧好吧，不扒了，你看你什么表情。”

“不要和我生气啦，只是你扒了之后玻璃上会有更多雾的，”何悦缩着脖子抵挡钱子谨伸向脖子的手，“好久没这么玩过。感觉像在十八岁。”

“我一直都觉得自己是十八岁，永远卡在刚成年的时候，”钱子谨拿回之前放到何悦手里的包，“谢啦，一会你要拍什么我帮你拿包。”

“先看看再说，其实我在想要不要买一个蝴蝶标本回去。”

“这里是博物馆呀。”

“我知道，但它总得卖点纪念品吧。蝴蝶标本也不稀有，而且还可以卖很贵。”

“一定会很贵。你要真想买可以去网上看看。不过，我记得你怕虫子。蝴蝶也是虫。只是翅膀够大才没有让你注意到它的躯干。”

“可是你不觉得那个翅膀很漂亮吗？”何悦说。

“漂亮也要被钉在展柜里。”

“不钉在展柜里，我们怎么能看到？”何悦注视着眼前的蓝，这种柔和又宁静的颜色让她感到舒适。

钱子谨用力拍打何悦的肩膀大声说：“回神了！”

何悦猛地直起身，手指捏起自己的脸，嘟囔着：“看入迷了。说起来，我跟你说过没有……”何悦曾经想学画画，因为她在图书馆翻看画集的时候看见一张画：浅淡的粉、耀眼的橘、沉静的蓝，让苍白的天空蔓生出血色，是春风催促在冬天上了三个月班的雪人赶紧下班，那是她这辈子都不会忘记的景色，比她对初恋男友的记忆还要牢固。那张画里还有一座沉默的山，山顶有一座空旷的五角亭，她看到很晚，第二天画集就从图书馆消失了。她认为那是上天在催促她学画画，不过她实在没有天赋。“这个蝴蝶让我想起那页画，我记得是一个游戏设定集，不知道是什么游戏，反正我再没见过。”

“刚才我都在想，你是不是无意间打开通往异世界的门了。”

“唉，那种事情应该不存在吧。”

“当然。”

何悦跟着钱子谨顺着参观路线走到博物馆出口的文创店。

一只蓝紫色的蝴蝶悬停在硕大的白色画框中，画框的背景是一片深绿色的灌木丛，虚化的玫瑰盛开在平面图里。这个框里留出还能放下三只相同蝴蝶大小的空位。

“这件多少钱？”

“一千九百九十九。”原本在收拾手上盲盒的员工走过来站在蝴蝶下。

何悦猜测员工可能没看过蝴蝶在花丛中飞舞时候的样子，显然她们都不清楚这只蝴蝶来自哪里，但它显然和身下的背景很搭。她又看了一眼这只蝴蝶，蝴蝶比玫瑰大，它应该去配牡丹，但它的颜色和牡丹不搭。她不喜欢把蝴蝶的尸体放在奇怪的墓地里，透过蝴蝶她好像看到自己死后被放在了她最讨厌的儿童游乐场里。儿童游乐场很吵，而她很安静。尽管对标本心怀怜悯，她还是拽着钱子谨出去了。

“真的很好看。”钱子谨走到门口时说。

“这是一项对钱包的巨大挑战。我们还是去做一些容易的事吧。”何悦整理了一下自己的背包，这种双肩包总让她回到小时候春游的时光，没有什么包比双肩包更适合出游。

“现在去无灯小镇说不定还能赶上黄昏，攻略说我们可以在湖边的椅子上休息，等待夜幕降临，甚至还可以在湖边煮个泡面看太阳落山。等你回去，你也可以自己做个标本试试，肯定比做好的便宜。”

何悦眼前全是蝴蝶，心不在焉地跟钱子谨坐上车，她眼前飞过一只小蝴蝶，但不是一千九百九十九元的那种。小蝴蝶灰扑扑，人类路过也不会多看一眼，如果那只画框里的蝴蝶不够漂亮或许现在还在世界的某处舞动翅膀，掀起世界更远处的风暴。它太漂亮了，被停放在画框里是无法逃避的宿命。

无灯小镇的黄昏十分宁静，这里晚上九点统一熄灯，热爱夜生活的人早就逃离进全年灯火不熄的城市，只有电力缺失才能让城市停下脚步，轰鸣的机械声，轮胎碾过地面的嘈杂声全都挤进夜里。何悦在湖边躺椅上伸了个懒腰，流油的咸鸭蛋黄挂在天空，红油淌入水面，吉利丁凝结在没有波澜的湖面，她绝对不吃咸味甜品，只喜欢坐在一旁等待欣赏。

“你到底为什么那么怕虫子？”钱子谨第三次挥手帮何悦赶走周围的苍蝇时问，“从没听你说过。”

“怕虫不正常吗？很多女生都怕虫啊。”何悦看着刚贴好穿戴甲的手指说。

“你是从什么时候起开始怕虫的？我们都认识五六年了，一起玩也有四年了。”

何悦看一眼钱子谨，笑了：“你什么时候开始变成好奇宝宝的？”

“就在看到你怕虫的时候，不过感觉你好像也不是特别怕，你可以盯着蝴蝶看很久。我看蝴蝶的身子看久了都害怕。”

何悦和钱子谨在网上因为一起打游戏认识。何悦摇摇食指更正道：“我只是盯着蝴蝶的翅膀看，你把蝴蝶的身体看作一条纯黑的杠就没问题了。”

钱子谨耸耸肩说：“行吧，下次我也试试。”

何悦总是难以诉说自己怕虫的理由，她知道那个理由有多荒谬。在她发现自己可以因为尖叫获取关注时，她以虫子作为恐惧对象。对于一个女生来说，怕虫是多么正常的事。当班上的男同学发现女生怕虫之后就会尽情捉弄，然后再以某种微小救世主的姿态出现，他可以很轻松帮女生销毁那条干坏事的虫，拉近和女生的距离，或者也可以单纯肆意地欣赏女生尖叫哭泣的表现，如果他希望，还可以送上一张从厕所扯出来的厕纸，收获感激的目光，反正她发现不了虫子是他放的。主动的示弱让何悦总能得到男生的帮助，她从一个没人知道的转学生变成众所周知需要保护的对象，尽管有时候来帮忙的男生并不多，但只要她张口就有人帮助拧开瓶盖，避免汽水从瓶口涌出弄脏她的手。她再也不需要用剪刀打开塑料包装袋了，随便找一个男生就能帮她撕开。搬书的活儿也轮不到她。当一些女生被质疑凭什么需要男生帮助的时候，她完全不存在这样的问题，她是值得、需要被帮助的女生。后来何悦看见女生们逐渐习惯自己拧瓶盖时，她明白自己需要换群帮手了。通过摘掉眼镜，指着女生手上的壁虎说害怕虫子之后，大家对她更加友善。她是那么无害，那么需要帮助。那时也有人问她为什么那么怕虫，何悦只摇摇头说天生的。直到一只虫子飞到她头上，脚和翅膀被她的头发缠住，当那个硕大的虫被室友摘下来时，她再也不用操心怎么解释怕虫的问题了。

“如果哪天有只这么大的虫子，”何悦用大拇指和食指捏了一个圈，“飞到你头上，被你头发缠住只能发出嗡嗡的噪声，你也会怕虫。”她满意地看到钱子谨的脸皱成一团，发出一声嫌弃的“啧”。

“突然理解了。”

“我没说错吧，这绝对是怕虫最好的理由。”何悦从椅子上跳起，躲开朝她飞来的虫子。虫子停在她的椅背上，纤长的翅膀收拢，露出比翅膀更长的身体，黑乎乎一团。她看不清虫子身上的细节，只凭借印象里虫子的元素想象虫子躯体的表面：恶心的绒毛，奇异的复眼，带有粉末的躯干，肮脏的细菌和寄生虫都落到她租来的椅子上，不知道在她租这个椅子前还有多少虫子降落在这里。她后退一步，尖叫起来。

“好了好了，我把虫子赶走了。”钱子谨的手掌握紧何悦的肩膀，“你不要再叫了。真不知道你这么瘦哪来那么大的声音。”

何悦闭上嘴，环视湖边坐在其他椅子上的人，他们和她对上视线后都沉默地移开脑袋。她不知道自己刚才叫得有多大声，大脑被想象出的虫子躯干冲击成一片空白。

“看来在博物馆里你还是收敛不少。”钱子谨喃喃道，她声音很小，好像这样就可以平衡刚才何悦的超大音量。

“毕竟博物馆里提前预告有虫子。”何悦小声地说。明明应该不再那么怕虫子，她已经很久没有凭借尖叫换取关注了，她发现自己还有别的事情可以引起关注，如果她想的话，比如换上色彩鲜艳的吊带短上衣，浅粉色的阔腿裤，更多时候她不想引起关注，大街上到处都是陌生人。

“看来以前我们去动物园玩没碰上虫子是我们两个人的幸运。”

“也是其他游客的幸运。”何悦说。她刚才不应该想起最开始怕虫的理由，如果不是剃光头太丑，她会把缠住虫子那块头发剃光。她在湖边又坐了一会，手机电量开始流失，她和外界正在失去联系。

“我的手机也快没电了，走吧，”钱子谨赞同何悦回去休息的提议。她还没想好晚上怎么过，九点就熄灯的地方，从来没有睡得这么早。

“你知道么？我曾经刷到一条视频，是一个学霸女生做的。她说自己晚上八点睡，早上四点起，这样她可以看到日出，顺便享受独属于自己的清晨。”何悦忍受不了和朋友之间出现一刻沉默。她相信朋友之间的信条就是没有沉默，即使这会造成她像牛皮糖的错觉。她只是分外友善。

“我觉得今天就是一个很好的尝试机会。你觉得呢？”

“没问题，既然九点熄灯，那我们就九点睡吧。”

钱子谨在晚上十点还在刷手机，何悦也是。

何悦把手机从眼前扒开，她瞥了一眼钱子谨的床位，床位上有手机屏幕的光亮。她躺在床上，营造出自己在睡觉的假象。她还没看够外面的天空，和平日在城市里能观察到的一小块蓝色天空不同，在湖面上看到的夜空是明亮的，虽然这种微弱的明亮不足以让她们健康地刷手机，但至少不是全黑的。她可以看见银河撩开厚重黑纱从夜晚中走出，每夜都是她的秀场。但银河每晚都来，她毫不在乎有没有人观看，她只是享受黑夜，喜爱地球上的舞台。柔和的表演者和温润的气质完全将何悦吸引，她厌恶城市中的人造灯光。人造灯光透露出一种假劣模仿痕迹，人造的太阳和太阳完全不同，比真钻和假钻的区别更大。

何悦躺在床上，睡不着。她也不想翻身。翻身就会戳破她睡着的谎言。钱子谨叫了何悦几声，但何悦不愿意暴露自己的真实状况。何悦缩在被子里，听见钱子谨叹气、开门，接着走出门的声音。

何悦在床上，她喜欢自己一个人待着。如果去看夜景最好只有她一个人。她喜欢发现自己是渺小的，当站在小山丘或者湖岸边抬头看天时只有自己的感觉非常美妙，天只和她产生了连接。这一刻，她在沟通天地，最好周围还有一圈萤火虫。萤火虫在黑夜里发光，让她的眼睛无法看见虫子，只能看到飞舞的光点。这时，她是神秘的自然化身，远方天空最喜爱的动物，证明她与别人最大的区别就在于她的特殊，她能聆听到天空的呼吸。没有钱子谨在旁边观看天空才是最好的。之前她在湖边想自己走走，但钱子谨还在附近。椅子旁边还是椅子，她的周围全是人，她只是众人中的一个。凸显自己特别的方式或许是尖叫。在天空下她永远都是一个孩子，年轻是她展示行为的特权。

在黑夜中，她不需要凸显自己是最特别的人，因为周围只有她一个。除非在关灯后闭眼时，何悦没见过这么黑的场景。她脚下是松软的泥土，大地铺盖掉落枯叶做成的羽毛被，她踩在上面除了脚陷入一半土地还会带来一些咔嚓咔嚓声，湿润的气息和青草的气味让她大口呼吸，在城市气味的海洋中她已经快要窒息了。她似乎沉没在墨汁中，抬头看向有星星的夜空时才能看到一点光的影子。她出来没有目的地，和被风吹出来的蒲公英种子一样，只要能扎根哪里都行。她需要一个可以完美看到星空的位置。湖岸距离酒店太近，她不想被钱子谨发现。

她穿过很短的泥土路，重新走回附近村民铺好砖石的公园小道，在一个扶手椅上坐下。抬起头，天的全部都在她眼睛里。

何悦只短暂地休息片刻，就被尖叫声吓得从椅子上跳起来。她朝尖叫声响起的地方跑去。除了一个声音不熟悉的女生外，钱子谨也在。还有一个委屈的男声，嘴里嘟囔着“孩子，要孩子”。

“走开！”钱子谨对一个男人模糊的身影大喊。

“快走，不然我们要报警了！”何悦盯着那个模糊的身形，大大的头，瘦弱的身体。她看不清黑影的脸，但她可以猜测到他大致的模样：愚笨、畏缩、被欲望支配，身体上长满动物的毛发，如果出现在神农架还可以成为当地传说中的野人。她捏着手机，如果这人不走她会摁开手电筒，对准他的眼睛。现在她还没打算看他的样子，如果他因为别人知道他的模样而狂怒行凶对所有人都不好。钱子谨和那个女孩应该也是有相同的想法，对于可能的危险必须谨慎。

“孩子，我要孩子……”男人的声音和身高都和成年人一样，他退回阴影里，夹杂着他孩童般的哭泣。他的哭声尖锐，悲伤大于在海里游泳半年的北极熊。或许他曾经也是意气风发的猎食者，现在只能祈求食物跑进自己嘴里。

“你没事吧？”何悦和钱子谨异口同声地问。

女生小声说：“不知道他刚才从哪里窜出来的，嘴上一直说‘要孩子，要孩子……’，幸好你们在周围。”

“感觉他像是，”何悦点点脑袋，才想起来这里一片黑，“脑子有点问题。”

“肯定是，”钱子谨确认说，“你住在哪儿？”

“就住在前面的宾馆。我想出来看看夜空，朋友不想出门，我就自己出来了。”女生说着叹了口气，“我还是待在屋子里玩游戏比较好。”

“来这里玩游戏很亏的。”何悦确信地说。

公园道路两侧有蝉鸣。何悦尽力让脚走在道路上，刚从地底下钻出来的蝉可能就会在路旁的土里爬行，轻轻一蹦就能跳到她身上和她一起回到房间，房间里没有灯，所以她不知道虫子在身上，虫子还会随着她一起跑到床上，半夜睡觉她会张嘴，蝉还会跑到她的嘴里、耳朵里。

“真好听，”女孩说，“能听到蝉的叫声真好！你想它们在地下那么久，一出来就开始赞叹外面的世界多漂亮，而我们一直在外面待着，所以总是遗忘周围有多美。”她在和周围两个女生找话题，她不了解她们，也不知道她们是谁，连接三人的是刚才的经历和共有的性别。

何悦知道女孩的意思，她丢弃自己刚才打算说的话，说:“但蝉的长相很可怕。”

“可能是和土地的连接时间过长。如果人类的一生也要和土地连接这么久，人也会长这样。再说了，虫子不会追着人说要孩子。”

何悦发现确实是这样。她听着蝉鸣，念着蝴蝶。

“孩子挺可爱……”钱子谨说，“当然，孩子是怎么来的很重要。”

“当然。”女孩答应着。

“要是能看到蝴蝶就好了。”何悦打破刚到来的寂静。

“你也喜欢蝴蝶吗？蝴蝶好美，比蝉好看。”女孩说，“我就是做蝴蝶标本的，忍住臭味就可以把蝴蝶变成永存的展品。”

“为什么会臭？”何悦问。

“因为蝴蝶标本是用蝴蝶尸体做的，蝴蝶尸体再好看也是尸体，是尸体就会有臭味，和人类也没什么区别。”

何悦回到房间后就把在淘宝上看到的未展翅蝴蝶从购物车里删除。蝴蝶漂亮翅膀的吸引力已经减弱，一个完好的蝴蝶尸体就要一两百块，她还要忍受蝴蝶的恶臭。女孩还告诉她很多做蝴蝶标本的细节，比如说要给蝴蝶的尸体注入热水好软化，软化之后才能展翅，不然翅膀会碎。她对蓝色的喜爱没有对尸体臭味的恐惧深，即使她从来没闻过那种气味。

“你喜欢什么蝴蝶？我可以做一个送你。”她对何悦说，转头看着钱子谨，“你要不要？”

“你是怎么克服那种臭味的？”何悦好奇地问。

“没办法克服，你没法把嗅觉屏蔽掉。每次还没适应气味的时候很难熬，但我会一直想着漂亮的蝴蝶出现在画框里。蝴蝶翅膀的背面花纹都没有那么漂亮，摊开后才好看，我喜欢展开蝴蝶翅膀，看见大自然最美丽的颜色出现在它身上时的样子，所有的臭味在我看到漂亮翅膀的时候都会消失。毕竟它们已经死了，我是唯一能让它们恢复成生前模样的手艺人，”女孩得意地说，“而且蝴蝶标本可以卖上价，当然我确实很喜欢它们！”

何悦和钱子谨同样婉拒了女孩说要送一个标本的好意。因为她们都知道救人的前提不是为了得到标本，一旦答应要标本作为感谢会变得奇怪。何悦不希望那样，如果有需要她会直接找女孩买。她还没确定好是否购买标本，如果画框突然坏了，臭味就会出现在她的房间里，还有，她可能会突然注意到蝴蝶的虫子躯体，紧接着对昆虫的疯狂想象会令她大喊大叫，歇斯底里，仿佛彻底疯狂。她没有疯，她只是假装怕虫，假装怕虫让她变得真的非常怕虫，看到虫子都会忍不住忘记自己是无法被昆虫吃掉的巨大人类，她好像只是虫子的食物。

何悦和钱子谨送女孩回到房间，即使在旅馆里也不能掉以轻心。

“你什么时候醒的？”

“我一直没睡。”何悦不假思索地吐露了真相。

“为什么？”

“想自己一个人。”她没撒谎。她想独占天空而已。

“那你明天？”

“我已经一个人待够了。”

钱子谨掏出卡，拉着何悦进门。旅馆只给了一张房卡。

“你走的时候也是自己悄悄走的。”

“我以为你睡了。我不能吵醒还在睡觉的你，而且我很快就会回来。”

“嗯，很快。”何悦在黑暗中点点头，露出调皮的笑。

“这下可以睡觉了吧？”钱子谨用手电筒的光照着床铺说。

“可以。”何悦看了眼手机，现在是凌晨一点。

“你有看够天空吗？”钱子谨裹着被子转个圈对着何悦的床铺问。

“有。”何悦咂咂嘴回答。

何悦拉着箱子等钱子谨退房。她的余光看见昨晚的女孩，她昨晚没看清脸，但对于声音和身型都有印象。女孩挽着一个男生的胳膊。女孩大概一米六五，男孩有快一米八。昨天就是他在房间里待着不出来让女孩自己去外面才导致女孩差点遭遇危险……女孩毕竟是成年人，自己晚上出门也很正常，他大概是这么想的，而且不能让女孩觉得自己管太多，如果遇到危险也是女孩自己的错，他会很伤心，但伤心不会持续太久。何悦看到女孩把新买的水递给他，他接过水瓶，怎么用力都拧不开瓶盖，瓶子反而被硬生生掰成扭曲的形状。女孩把瓶盖塞到衣服下，用力一拧。何悦可以看见她胳膊上浅浅的肌肉形状。水从她手指缝隙和衣服缝中渗出。那个男孩存在的意义是什么？何悦不知道。

何悦目送女孩和男孩一起离开。她会把昨晚的事告诉他吗？似乎不会，他们现在笑得多开心。昨天何悦和钱子谨还问过女孩要不要报警，但她们连那人什么模样都不知道，而且那个人似乎脑子有问题，报警只会耽误她们自己的时间，她们都决定今天早晨离开，当时已是凌晨，到早晨没剩多少时间了。

何悦和钱子谨顺着他们走过的路走，这条路的尽头通向旅店的出口。白天这里有许多小蝴蝶，何悦猜它们可能是凤蝶。她对于蝴蝶没什么了解，她只喜欢翅膀有大片靓丽蓝色的蝴蝶。她在走之前又去看了一眼湖上的天空。视野里出现的蓝没有被任何建筑阻挡，不仅如此，湖面上的蓝也被她的余光捕捉。直到钱子谨来催，何悦才低下仰着的头。

“我们可以回头再来。”钱子谨说。

“不知道回头是什么时候了。”为了防止长美甲戳进手心，何悦松松地拢起手，腰向后倒，借助全身的力才把行李箱带上高铁。她的胳膊很细，缺乏锻炼和足够营养的瘦让她看起来很弱小。她对自己的瘦还是很满意，挑中的衣服都有她可穿的小码，不会出现喜欢的衣服没有她的尺码的情况。她的瘦让她获得很多帮助。她无法想象自己吃胖会是什么模样。

“好了，我帮你把箱子放上去。”钱子谨一手提起何悦的箱子。她看起来很轻松地把箱子甩进行李架，拍拍手里可能存在的灰，坐到何悦身边。“你自己是怎么过来的？把箱子放在自己座椅前面吗？”

“不，”何悦摇摇头说，“我找人帮忙。总有人能把箱子提起来放上去。”

“那你一定没办法做地球上的最后一个人。”钱子谨说。

“如果人类的灭绝是注定，我有什么理由反抗呢？”何悦毫不在意地按下水杯上的弹扣，她不需要用手拧的杯子，而选择使用一根手指就能打开的水杯，人类拥有丰富的想象力，并且会运用想象力，她又何必使用可能会为难自己的拧盖水杯。

“我现在才发现你用这个杯子是有用意的。”

“毕竟我会选择。你也喜欢这种杯子吗？我可以给你发个链接。”

“不用了，谢谢，我有杯子。”钱子谨拧开自己的水杯。

何悦坐在座位上，外面的蓝天一会被树挡住，一会被房子挡住，蝴蝶们不知道去了哪里。她掏出手机，翻看着蝴蝶尸体。蝴蝶尸体在图片里看来依旧优雅美丽，完全保留了生存时候的状况。她也可以把蝴蝶放到画框里，保留下它生前的样子，但是臭味和虫子……直接买一个做好的要多花三百块钱。

“买吧买吧，”钱子谨凑过来说，“不然它会在你脑子里面一直待着。”

何悦把蝴蝶尸体加入购物车，她还需要一点时间做决断，毕竟她以前一直都怕虫子。她一旦买下蝴蝶尸体，用手捏着蝴蝶的躯干朝里面注入热水软化就意味着她以后不会再怕虫子了，数量很多的腿在她手里捏着，复眼，她根本看不见那么小的东西，躯体，也被她用手捏过，其实就是那么一点点东西，完全没什么值得害怕。她害怕了很久，不知道以后会不会一直害怕下去。

王先的马

王先的马死了。

王先是我家的雇主，他爱马这件事好像谁都知道。我去外面采购的时候总有人来问我是不是王先的朋友，他还有她都想要签名，想送自己的孩子去跟王先学画，我在王先光环的影响下也成了半个名人，王先的某某。

王先三十年前不知道从哪抱来一匹小马驹，从此他开始画马，只画马不画人。我猜因为我给他送草料他把我也画在画上了，他的马很喜欢我。如果有人和马生活过一段时间就会知道马是一种聪明的动物，它们的眼睛就像人一样，有高兴不高兴、生气悲伤的情绪。当你们成为朋友那真是最美妙不过的事，你的马朋友四肢修长，奔跑时身形矫健流畅，是人类无法获得且安装在自己身上的美丽形态，我猜王先喜欢这一点。

王先这辈子没结过婚，反正我在庄园里是没见到过女人出现在他的屋子里。庄园里大部分地方卫生都是我们家做的，除了他的屋子，那是绝对不能进去的地方。除了我没人看过他房间内部，角落里有一台缝纫机，地面上有大量的布料，有些料子上沾着杂草。他把马穿过的衣服带回来，从马驹时穿的到上个月换下来的脏衣服全部挂在墙上。六十平的房间里只有一张单人床，剩下的是立着的木画架、油画布、平铺在大桌子上的宣纸、干掉的墨盒，房间里唯一整洁的地方只有放笔的架子以及画布。王先爱画油画，也画国画。油画里的马静卧在草地上，国画里的马总是飞驰的，只是画同一个动作的不同角度。有的收藏家爱买他的套画，就像买连号纸币一样，他画了几十套。画的市价并不高，但总有人喜欢。

我和他的小马驹几乎是一同长大的。这是一匹白色的马，有金色的毛发。有人想借王先的马配种，他拒绝了，就像他拒绝让更多人出现在他的生活中一样。我还记得去王先家，他眼里只有那匹马。

“你又溜去王先家了，昨天你妈揍你我都听见了。”

“听见就听见呗。”

“王先家里有什么好玩的？”

“我昨天只趴在窗户上，刚上去就听见里头有声音，王先在里头发癫，呜呜咽咽的。我没敢进去，就犹豫了一小会儿，结果被我妈看到。”

“你也太寸了！他在里头干啥啊，你瞅着了不？”

“没有，声音太怪了。”我不敢再在晚上偷偷溜进王先家里，王先发出的那种声音令我感到不适与恐惧。我没兴趣去探寻他晚上在家里干什么，只愿趁着白天去偷偷找他的马玩一会。他的马很聪明，附近有其他人家的小孩也喜欢找他的马玩，但它从不理会其他小孩，它见到其他人还会躲开。王先并不乐意我去找他的马，但我总是偷厨房里的方糖去喂他的马，他的马见到我会高兴地凑上来。

可惜马死了。

我不知道它是怎么死的。那天庄园里来了很多辆车，我猜来的人都是兽医，因为他们开着大卡车带着器械来的。王先带着他的马在屋子里等待医生的治疗。医生们离开房间时，大都皱着眉头攥起拳头。我在王先屋子门口等着，等了三天，只剩下王先和他的马没有出来。当我问医生里面怎么样的时候，医生们只向我摇摇头。摇头，到底是什么意思？没救了？王先事先嘱咐过我没有他的许可不能随便进屋。我将耳朵贴在王先的屋门上，门里传来马的叫声和王先呜呜咽咽的声音。我敲敲门，问："先生吃饭吗？"没有回应。王先四天没出门了。我等到第六天，门里有马的嘶鸣声。马应该没死，可王先为什么要把马留在屋子里，怎么不回答我的问题？就算他不吃饭，马总要吃吧，很难相信他宁愿饿着马也不愿意出房间。我等到第七天，打开房门，原来门一直都没锁。

我刚打开门就忍不住吐了，门里的臭味像是火焰灼烧我的鼻腔，烧灼我的眼睛。我还没看清里面到底是怎么回事，王先冲出来了，他双手撑地，膝盖也紧贴着地面，左手左腿一组、右手右腿一组前进，就像马一样。他还发出马的叫声，用他沾着排泄物的脖子蹭蹭我的腿。我没忍住又吐了一次。王先的马在王先的房间里腐烂了，而王先像马一样畅快地奔向马厩。室内弥漫着恶臭，我也跟着跑到外面去了。他用膝盖和手肘爬下楼梯时似乎没有痛觉，快速、用力地朝着户外跑去。王先给马准备的大块地上种满苜蓿。他俯下脖子贴着地咀嚼苜蓿，身上套着丝绸衬衫，身下穿着宽松的睡裤，排泄物黏在裤子上。王先已经不是王先了，他的排泄物都是熟悉的马粪味。我替他脱下裤子又扯掉上衣，他竟然是一匹马。要不要替他请个精神科医生呢？我拿不定主意，而庄园里只剩下我一个人，不如就让他做一匹马。可怜了那白色的皮与金色的毛。

附录

生活的独白和死亡的启示
——《荼蘼花开》点评

远　人

庄千禾是不折不扣的“00后”作家。但她运笔老练，成熟得像接受过异常严格的小说训练。

这篇小说的主题是夫妻间的生离死别。在与此类似的小说中，读者总会读到某种声嘶力竭的痛苦和煽情的表达。庄千禾的运笔始终保持了足够的冷静。小说开篇是妻子问丈夫，还记不记得他们是在什么地方认识的。丈夫回答说在花店。这是极为平凡的开头，在小说的底牌揭开之前，它甚至是一个多少让人感觉无聊的开头，生活中的夫妻很少进行这样的对话。而且，夫妻间的认识过程应该是彼此都记得的。妻子特意发问，会让读者认为妻子处在一种无聊的情绪当中。

随着情节的展开，读者会逐步理解，妻子的问话源于此时是她和丈夫组建家庭的起点。在认识之前，他们有各自的生活；在这之后，才开始他们共同的生活。妻子是从这句问话中，踏上回顾他们认识过程的“旅途”。

说庄千禾的运笔老练，是她并不愿意从大众视角出发，而是选择一个非常小的切口，然后从进入的瞬间展开丈夫情绪的书写。

很难说小说中的丈夫是否一开始就知道妻子的病情严重。从小说的时间跨度看，他们在小说开篇的对话核心，是妻子想要荼蘼花，丈夫之前是开花店的，妻子喜欢花，他们的缘分就从花店开始。小说有个特别体现张力的地方，即妻子和丈夫对话开始时，他们的儿子还没有出生；到小说结束时，儿子已经长大。这就说明，妻子患病之初，并没有引起丈夫的重视。就整篇小说而言，作者的手法很独特，将故事设置在妻子自知病情时开始，然后全部进入丈夫的独白。在丈夫那里，独白是因为所有的事情已经发生，包括妻子也已经去世。他独白的对象就成为他面对生活和妻子死亡带来的种种情绪。

庄千禾的老练也就体现在这里。她没有让读者倾听丈夫的独白时感到如何如何痛苦。或许，真正的痛苦的描写不是读者想当然的那样，让小说主人公陷入悲情，而是在一丝一缕的回忆中表现出主人公的性格。从这里来看，人有什么样的性格，才会有什么样的表达。小说中的丈夫性格体现在他不断表示自己如何不喜欢夏天，如何感叹儿子的长大，如何从高铁和绿皮火车的比喻中体验两代人的鸿沟。甚至，当丈夫从妻子的咳嗽中意识到妻子的病情后，作者的手法也很像加缪的《局外人》

手法，在不起一丝情感波澜的叙说中，紧扣自己的感受。作者的笔尖从不描写妻子的心理活动，这使得这篇小说充满现代小说要求的客观表现。

作者的运笔的确客观，当妻子住院后，丈夫所表现的不是情感，而是一桩桩事件，“我不能每天都住在病房，我还有我的生活，我的生活需要为她的生活服务，我身上有无法挣脱的桎梏，由过去的感情与责任感铸就。她的脸比以往更消瘦，皮肤上的黄色因为少晒太阳而退却。我靠近她的时候，她不再伸出手，因为我拒绝牵手。她有了睡眠这个新的爱人”。

这些独白使读者也很难进入丈夫的内心，作者只交代事件，不交代情感。但字里行间不是没有情感，而是作者在尽量抽空情感，将所有的感受交给读者，这正是现代小说的核心——让读者转化为小说中的人物。作者对情感交代得太多，会使读者对人物的情感产生某种抗拒。毕竟，现代读者不是古典读者，古典读者甘愿被作者牵到情感之中，现代读者则更愿意跟随作者交代的事件而生发自己的情感。就像丈夫说妻子“有了睡眠这个新的爱人”时，丈夫将情感藏在冷酷的现实深处，但读者会被这样的客观语调所吸引，进而展开自己的阅读理解。

小说中的丈夫也的确很像妻子身旁的局外人，一句“虽然我谈不上完全爱花，花作为我的工作伙伴这么多年我还是有些怜爱，尤其她非常爱花，也许是证明我们两个非常适合的手段”就能使读者体会，哪怕在同枕而眠的夫妻之间，也谈不上有真正的了解和彼此心灵的进入。丈夫承认自己爱花，但不确定和同样爱花的妻子之间有什么真正的心领神会。现代生活已经将人与人的距离拉得足够远，即使小说中的丈夫在医院陪伴妻子，也仅仅是出于丈夫的责任而非情感，他甚至回忆当初给妻子送花无非是“为了让她开心并且希望她知道我的想法”，但他是不是渴望知道对方的想法？这是丈夫内心没有出现过的问题。就此而言，小说中的丈夫始终只在意自己，从未在意过对方的真实想法，进一步说，丈夫没有——或者无力进入另外某个人的内心。

在这篇小说中，丈夫无法进入的，除了妻子的内心，还有儿子的内心。或许，那个日益长大的儿子，也没有在意过父亲。从小说主人公的独白来看，“孩子和她，她和孩子，正在我有限的世界中彼此推挤对方，每一块都有必须成为占地面积最大的欲望，这或许只是我的感受”。

我读到这里时能够体会，作者所写的看似是一个简单的人的生活，却未必不是现代人的生活。主人公对妻儿的全部想法都集中在一个点上，那就是“他们还想从我这里获得什么”。这是一句令人震惊的话，因为很少人会将自我进行这样无情的揭示，但它也是对现代生活最真实的揭示。当妻子去世时，作者同样没有描述丈夫如何悲伤，而是以“我醒了，区别是她没醒”的客观描述告诉读者死的到来。

就丈夫的全部独白来看，他又绝非想主动成为生活的局外人。小说的最后，是令人意外的温暖出现。作者首先通过近乎荒诞的描写，表现了丈夫肚子的膨胀——因为妻子曾给他种下一颗种子。作者不需要告诉读者，那是一颗什么样的种子。作者从头至尾保持的高明是，不需要人为地拔高什么，但人终究是人，没有谁会永远成为生活的局外人，生活的冷酷谁都在品尝，但温暖始终是人性深处的渴望，所以作者最后的落笔是丈夫不自觉地渴望妻子的回归，哪怕他们并不了解，但在经历最痛苦的生活煎熬后，谁不想有一段重新开始的生活？谁不渴望有另外一个人能使“我们的脸紧紧贴在一起”？在通篇无情感的独白到最后，小说主人公终于从不可挽回的生活中发现了最真实的自己和最真实的情感，这其实是说，对作者这位年轻的小说家来说，生活仍然是她抱有的最大期待。

（本文原刊发于2024年第12期《椰城》“三重奏”栏目，稍有改动）

网络时代的狂人呓语？
——《少年的独白》点评

王　君

100 多年前，鲁迅先生的《狂人日记》不仅开启了白话文短篇小说的“创世纪”，也借助狂人之口发出了时代的呐喊。阅读眼前这篇《少年的独白》，忽然有一种微妙的感觉：这是否可以理解为一篇属于网络时代的“新狂人呓语”？尽管用年轻作者的这篇作品比肩鲁迅先生的划时代巨著，诚然有点不当，但是，我分明从《少年的独白》的字里行间读出了“狂人”，也读出了呓语，缺少的是日记体的文体躯壳。

——这不失是一个适于介入的阅读视角。

故事并不复杂，主角只有一位，网瘾少年“我”。“我”沉迷于网络游戏无法自拔，父母无奈之下把我送去专门的学校戒除网瘾，这篇作品就是网瘾少年被送去戒网瘾前后的内心独白。诸如此类的现实故事数不胜数，如何写作这样的故事才是值得探究的。

小说最独特的处理在于代词的使用，包括虚拟的“祂”，以及现实中存在的“它”及“它们”。“它”及“它们”不难理解，作品中的“它”指代妈妈，“它们”指代妈妈、爸爸。父母对于自己沉迷游戏的压制、不理解，以及送自己去戒网瘾，都使得少年与父母之间产生了巨大的隔阂，父母都成了外在于少年的事物，消失了性别不说，甚至连人的表征都不复存在了，成为与少年的生命不相干的它物。

“祂”则完全相反。小说开头写道：“我家住进来一个恶魔，它们都觉得我疯了。我倒没有这么想，要知道有些人天生就与其他人不同，尤其是我。”祂是一个奇异的存在，虽然被视为恶魔，但对少年来说则完全不一样：“祂”有如神灵一般，或者说，“祂”就是一尊神灵。是“祂”，帮助少年发现了一种天赋，使“我”在网络游戏的天地里纵横驰骋，战斗常胜。这种天赋给予“我”太多的自信、使“我”沉迷，父母无奈之下只得送少年去戒除网瘾，连这件事“祂”都比我提前预知，甚至通风报信。但是，少年无法抗拒，只能顺从父母的安排，与“祂”从此有了裂痕。

对于戒网瘾的学校，少年由拒斥到接受，再到慢慢融入，过程极其艰难，而转变的标志就是少年与“祂”之间越来越疏离，越来越不信任。当“祂”消失的时候，“我”才意识到，“祂就是我”，原来如此！

小说的最后：“我看见祂在家里来回旋转翻腾，碰掉厨房中的锅碗瓢盆，在半夜用电锯锯断桌子的腿，在凌晨打开电视放到最大声。”少年头疼不已，但是，“头疼也不是不能忍受，到新年还有一段时间，这段时间里生活都有了目标，我确定下未来了”。至此，少年终于完成了一次涅槃。

“祂”是小说中“我”的对立物，是作者创造出来的另一个“我”，也是牵引“我”沉迷网络的力量，但也推动着故事的发展。这种凭空创造是需要才华的，确切地说是需要想象力，作者通过对“祂”的想象展示了写作才华。有的时候，“祂”将书架上的书扔在地上，却“像一只猫懒散地趴在书架上”，少年捡书的时候，“祂也不急，就躺在书架上让我看着祂是如何被书籍切割、挤压和消散的”。也有的时候，“祂”是黑色的：“整个上午我都在房间中搜寻祂的痕迹，那种黑色可以吸取所有光线，最纯净的黑也就是像祂一般让人看不见任何反射出来的光。”这样一来，“祂”就变得生动可感了，作者也正是通过这样充满想象的语言，给予读者新鲜的阅读体验和力量。

小说题为《少年的独白》，其实又是“我”与“祂”的对话，在对话中充斥了狂人呓语，从而写出了沉迷网络的少年的一段独特经历。在这个意义上，这篇小说独特而值得称道。

（稍有改动）